愛に目覚めた冷徹社長は生涯をかけて執着する

Shio & Toya

桔梗 楓

Kaede Kikyo

EB

エタニティ文庫

目次

愛に目覚めた冷徹社長は生涯をかけて執着する

プロローグ

ごぉぉ、ごぉぉ。

午後八時十五分。夜の地下鉄ホームは、様々な装（よそお）いの人々で溢（あふ）れていた。

イヤホンを耳にはめ、音楽を聴く学生。

疲れた顔でスマートフォンをいじるサラリーマン。

そして、昏（くら）い面持（おもも）ちで俯（うつむ）く、河原志緒（かわらしお）。

ごぉぉ、ごぉぉ。

志緒の目の前に延びる線路の先は、先の見えない真っ暗なトンネルに繋がっている。

先ほどから志緒の耳に届く風のような音は、地下鉄の走る音なのだろう。

駅構内に、聞き慣れたメロディーが響き、次いでアナウンスが流れる。

『まもなく回送列車が通過します。危ないですので、白線の内側にお下がりください』

ごぉぉ、ごぉお、おおお。

暗かったトンネルの奥から、ふたつの光が見えてくる。それはどんどん近づき、まぶしく志緒を照らした。

その時――

「危ない！」

唐突に響く声。引かれる右腕。たたらを踏む足。

志緒の目の前を、地下鉄が勢いよく通り過ぎていく。そして自分の右腕は痛いくらいに握られている。

志緒のすぐうしろで、荒く息を刻む音が聞こえた。

「あなたは――」

志緒は振り向いた。そこには、いつになく怒った顔をした男が立っていた。

彼の名は、七海橙夜（ななみとうや）。

会うたびに甘い言葉をかけてきては志緒を翻弄（ほんろう）する、取引会社の社長だ。

常に強気な笑みを浮かべている七海は、今は恐ろしいほどに思い詰めた表情をしている。

真剣な眼差しで見つめられて、志緒の心はどきんと大きく音を立てた。

――どうして？　私、動揺している。

志緒は自分の心に戸惑った。しかし、誰かがその戸惑いの理由を教えてくれるはずもない。

まるで自分と七海だけ時間が止まってしまったみたいに、ふたりは動くことなく……

ただ、周りでは大衆が忙しそうにホームを行き来していた。

第一章

それは風の強い日だった。その風に流されて、小雨が降っていた。

十月の初め。街路樹が葉を朱(あか)く染める秋の季節。

志緒の祖母が息を引き取った。享年七十三。長きにわたる闘病の末だった。

通夜を経て、しめやかに告別式が行(おこな)われた。次の日。志緒はひっそりと家を出た。

見送る人は誰ひとりいない。両親に別れを告げたところで、無視されるだけだろう。

手に持つのは、自分の私物が入ったスーツケース。最後にと、志緒は自分の生まれ育った家を見上げた。

この家には、志緒と祖母が楽しく過ごした思い出がたくさん詰まっている。

しかしそれ以上に、辛い思い出のほうが多かった。

ゆえに家を出るのだ。祖母が旅立った以上、思い残すことはない。

志緒は黙ったまま、この家と決別する。

――さようなら。

そう心の中で呟き、家に背を向ける。

「あら、やっとこの家を出てくれるの？」

突然、うしろから声をかけられた。ころころと、鈴を転がすような可愛い声。だけど志緒にとっては、心に錘（おもり）がずしりと落ちるような憂鬱（ゆううつ）さに満ちた声。

志緒はゆっくりと振り向く。

するとそこには、高級ブランドのワンピースを着た女性と、背の高い男性が立っていた。

妹の愛華（あいか）。そして、愛華の婚約者である元敬（もとひろ）だ。

「まあ、今日中に出て行ってくれなきゃ、パパとママが追い出すって言っていたけどね。あのうるさいばあさんが死んで、あなたが消えてくれる。今日はなんてステキな日なのかしら」

ニコニコと笑顔で、ひどいことを口にした。

彼女は、祖母が亡くなったことを心から喜んでいるのだ。彼女だけではない。両親も『ようやく死んでくれた』とはしゃいでいる。

悲しんでいるのは志緒だけだ。実の息子である父親すら祖母の死を望んでいたなんて、胸が痛くなる。

「さようなら、お姉ちゃん。どこに行くのか知らないけど、せいぜい不幸になりますように」

笑顔で呪詛を口にした。どうして実の妹にここまで憎まれなければならないのか。志緒は、愛華の思考がまるで理解できなかった。

それに、彼女の隣に立つ男、元敬――

心底侮蔑したような目でこちらを見る彼は、かつては志緒の婚約者だった。

しかし志緒は彼から、一方的に別れを告げられたのだ。その理由はいまだにわからない。彼の思考もまた、志緒には理解できなかったということなのだろう。

だから、もういい。もう、関係ないのだ。

自分はここから去る。幼少の頃から志緒のものをすべて奪い続けた妹も、志緒を捨て、なぜか嫌悪の感情を向けるようになった婚約者も、そして、愛華を溺愛し、姉である志緒を虐げてきた両親も。

皆、さようならだ。二度と会うことはない。

志緒は無言で前を向き、スーツケースを引っ張って歩き出す。

勝ち誇ったような愛華の笑い声を背に、志緒は生まれ育った家を発つ。

空を仰ぐと、薄暗い雲が厚く立ち込めていた。

それは今の志緒の心を映したみたいに、今にも泣き出しそうだった。

◆
◇
◆

河原志緒は今年で二十四歳になる社会人だ。交じりけのない真っ黒な髪はセミロングで、仕事時はサイドの髪をうしろでまとめてバレッタで留めている。顔の造りは、とろりと目じりの下がった垂れ目以外は特徴らしいところもなく、全体的に大人しそうな風貌をしている。

いつもと変わらない。志緒は今日も静かに、黙々と仕事を片付けていた。

窓の向こうは、さあさあと静かに雨が降っている。

秋の長雨とは、九月の中旬から十月の上旬までの天候を言うが、今年はいささか長引いているようだ。十一月に暦が変わってもなお、しとしとと雨は降り続いている。

今日は水曜日。時刻は午前十時五分。志緒は社長室で雑務をこなしていた。

社長宛のファックスをチェックし、トレーに分けて入れる。社長にアポイントが入れば、本人に確認してからスケジュールを調整してねじ込む。

志緒の仕事は、人材コンサルティング会社を経営する社長の秘書だ。

会社の規模は中小企業のレベルだが、派遣する人材の質がいいと評判で、取引の依頼は年々増える一方である。

そんな会社を切り盛りする社長は、もちろん多忙な毎日を送っている。社長が少しでも動きやすいように先回りして整えるのが、志緒の主な仕事だ。

志緒は手に持っていた書類の束をトントンと整えて、ふぅと息をつく。

手首には、祖母の形見(かたみ)である腕時計がはめられており、時を刻んでいた。

志緒は眉根を寄せ、腕時計を見つめる。

家を出て、小さな単身用アパートに住み始めて、一ヶ月。

結論から言えば、志緒はまったく祖母の死を乗り越えることができずにいた。

なにをしていても、ふとした拍子(ひょうし)に祖母を思い出してしまう。

そのたびに落ち込み、形見(かたみ)の腕時計を握りしめて泣く。

食事をしてもおいしくない。そもそも空腹を感じないから、食べたいという欲求が湧かない。

自分でも意味のない感傷だとわかっている。いつまでも前に進めない、弱い己に嫌気が差す。

こんなはずじゃなかった。あの家を出たら、もっと前向きに生きることができるはずだった。

志緒は今日何度目かわからないため息をつく。

その時、デスクの電話がプルルと鳴った。

「はい。株式会社インリソースです」

『ああ、河原さん。ちょうどよかった。占部だけど』

「はい。どうかしましたか」

志緒はすぐさま気持ちを切り替え、胸ポケットからペンを取り出した。

占部とは、志緒の直属の上司だ。つまり、社長である。

太り気味なことを気にしている温和な性格の中年男性で、洞察力は人一倍優れている。その辺りは、さすが社長といったところだろうか。

『実はちょっと打ち合わせが長引いて、戻りが少し遅くなりそうなんだ。それで次の予定なんだけど、もうすぐ七海さんがいらっしゃるはずだよね？』

「はい。十一時にお約束していますから」

スケジュールを確認しながら志緒が答える。

『悪いけど、お昼の一時には戻れると思う。こちらからも先方に謝罪の電話を入れておくけど、待って頂きたいんだ。うまく対処してくれるかな』

「わかりました。お引き留めしたらよろしいんですね」

『頼むよ～。それじゃあ、あとでね』

占部はそう言って、電話を切った。志緒も受話器を置き、早速応接室の準備を始める。

窓を開けて換気し、軽くモップをかけて、テーブルをふきんで拭いた。

「インターネット環境、筆記用具、メモ帳、貸出用タブレット……うん、揃ってる」

今更確認する必要もないものばかりだが、万が一、足りなかったら失態である。念のためのチェックを済ませた志緒は、給湯室でお茶の準備にとりかかった。

そこまで終えたところで、十時五十分。約束の十分前に総務課より来客の連絡が入る。志緒は戸棚に入れていた新品のタオルを手に持ち、小走りで階段を下りた。

ロビーに到着すると、そこにはとても目立つ男がひとり、立っていた。

彼は志緒に気づき、笑顔を向ける。

「やあ、おはよう」

「いらっしゃいませ。お待ちしておりました、七海様」

志緒はお辞儀をして七海を出迎えた。

七海橙夜。彼はたびたびここを訪れては、社長と商談を交わしている。秘書である志緒とも顔見知りだった。

彼の髪は一見黒なのだが、光に照らされると赤茶色に輝くことを志緒は知っている。短髪をさらりとうしろに撫でつけた髪型と強気な眼差しは、常に溢れんばかりの自信に満ちている。

意志の強そうな吊り目で、きりりとした精悍な顔つき。高い鼻梁。相貌は非常に整っていて、おまけに色気まである。

体格がよく、背も高いため、海外ブランドのビジネススーツがよく似合っていた。野性的な雰囲気を醸しながらも、立ち居ふるまいに品があり、常に人の視線を引きつけてやまない。

まさに、王者という言葉が似合う男性だ。二十八歳という若さながら、そのカリスマ性に誰もが惹きつけられる。彼はビジネス雑誌で、たびたび新鋭の注目プレジデントとして表紙を飾っていた。

「占部とお約束していた件ですが、ただいま先客との打ち合わせが長引いております。ここへ到着するのは一時頃になりそうで、申し訳ございません」

「ああ、聞いているよ」

七海は笑みを浮かべているが、志緒は愛想笑いのひとつも見せない。

「もし、七海様のあとのご予定が詰まっていないようでしたら、占部が到着するまで待って頂きたいとの伝言を預かっています。お願いできますでしょうか？」

「それくらいなら大丈夫だよ」

「ありがとうございます。では、ご案内いたします。傘は、こちらでお預かりします」

外は雨だ。七海は濡れた傘を持っていて、雨雫が床に水たまりを作っている。

「ありがとう」

七海が志緒に傘を渡す。それと交換する形で、志緒は彼にタオルを渡した。

「肩が濡れていますよ。これをお使いください」

「至れり尽くせりだな。もしかして、このタオルは君のもの？」

ふかふかのタオルを手に、七海が爽やかな笑みを見せる。

なぜそんなにも嬉しそうなのだ。志緒は、そっけなく言葉を返した。

「いえ、悪天候の時にいらっしゃったお客様には、いつもお渡ししている新品のタオルです」

大体、客人に私物を渡すなど非常識である。

なにを言っているのやら、と思いながら、志緒はクルリと七海に背を向けて歩き出した。

「なんだ、残念だな。俺だけの特別扱いかと期待したのに」

心底落ち込んだように、これみよがしなため息をつく。

志緒は彼の前を歩きながら顔をしかめた。彼は初対面の時からこんな調子で、志緒に思わせぶりなことばかり言うのだ。正直言って、どんな対応をするのが正解かわからず、志緒はいつもだんまりを決め込んでいる。

（まったく。七海様はどの会社に行っても、こんな風に女性に声をかけているのかしら。女たらしと思われても仕方がないわね）

「軟派で、軽くて、言動が冗談ぽい。女癖も悪そうだ。そんな風に思ってる？」

心の内で思っていたことをぴたりと当てられて、思わず志緒は足を止めた。うしろを向くと、七海がニヤリと勝ち気な笑みを浮かべている。

「図星？」

「いいえ」

志緒は短く否定して、ふたたび廊下を歩き出す。

「残念だが、君だけだよ。俺は河原さんに特別扱いされたいから、こういう風に言うんだ」

七海が本気か冗談か判断しづらいことを言う。

志緒は無言を貫くしかない。

（もう、本当に七海さんは苦手だわ。さっさと応接室に案内して、自分の席に引っ込もう）

こういった手合いは、非常に対応に困るのだ。

志緒が階段を上って廊下を歩いている間にすれ違う社員は、誰もが七海を見た。特に七海は女性の人気がとても高いため、彼見たさにわざわざ廊下で待ち構えている人もいるようだ。

七海はアーベルトラストというＩＴ関連の企業を経営する、代表取締役だ。企業向けの情報インフラの提案、そして構成、整備などを手がけていて、新興企業ながらも二年前に上場し、その株価は順調に上昇している。投資家からも他の企業からも、大変注目されている会社と言えるだろう。

そんな企業の敏腕社長で、しかも顔がいい。仕草にも品があり、紳士的。……となれば、憧れない女性のほうが少数だ。きっと彼は、多くの女性に声をかけられ、憧れられているのだろう。

だが、志緒はと言えば、その少数派に類するほうだった。仕事だから仕方がないけれど、本当は、できるだけ顔を合わせたくない。

志緒は応接室の扉を開け、七海を通した。

「こちらでお待ちください」

「ありがとう」

「Ｗｉ－Ｆｉ環境は整っております。筆記用具やノートは、ご自由にお使いください」

ぺこりと頭を下げ、一旦応接室を出る。志緒はその足で給湯室に向かい、彼のために用意していたお茶を淹れた。そして応接室の扉を二度ノックして、ふたたび室内に入る。

ソファに座る七海の前に、温かいお茶を置いた。

「ああ、心が落ち着くいい香りだね。これはハーブティかな？」

「以前、占部から、七海様はハーブティを好まれると聞きましたので、用意いたしました」

「ふぅん？　そんなことを言ったかな。占部社長も、そして君もよく覚えていたね」

七海はハーブティの香りを楽しんだあと、ゆっくりと飲み始める。

「ちなみに、このハーブティのチョイスは誰が？」

「私です。お好みに合わないようでしたら、別のものを淹れ直しますが」

「いや。今の俺にぴったりのハーブだったから驚いたんだ。河原さんはハーブに詳しいのか？」

七海に淹れたハーブティ。それは『エゾウコギ』という薬草を使ったものだ。シベリア人参とも呼ばれる植物で、疲労回復と集中力を高め、また、体を温める効果もある。

「特別詳しいわけではありません。七海様がお好きだと伺ったので、少し勉強はしました」

「へえ、それは嬉しいね。是非とも、ふたりで色々なハーブを試してみたいな。どうかな？　今度の休みにでも」

「暖房を効かせていますが、今日は一段と寒いです。よかったらお使いください」

七海の言葉を遮るように、志緒は彼にブランケットを渡した。くっくっと七海は肩を震わせて笑い、志緒からブランケットを受け取る。

「まったく、反応が可愛いなあ」

びしっと志緒の額に青筋が走る。思わず素に戻って睨んでしまったら、七海は慌てて手を横に振った。

「怒らないで。ただの本心だよ」

「……七海様」

「この会社は君がいるから、いつも優しい気遣いに溢れているね。俺に言わせれば、君のような秘書さんがいると勘違いするお得意さんが続出しても不思議はないよ？」

「仰っている意味がわかりかねます」

志緒はムッと眉間に皺を寄せた。七海は勝ち気な吊り目で志緒を見つめる。

「俺なら期待してしまう。こんなにも自分を気遣ってくれるんだ、もしかしたら好意を持ってくれているのかなってね。そんな男は本当にいない？」

七海は形のよい目を細める。口元には笑みを浮かべているが、目が笑っていないように感じるのは気のせいだろうか？

志緒はよくわからない居心地の悪さを感じて、ふいと七海から視線を外した。

「私にそういった類の冗談を仰る方は、七海様くらいしかいません」

「そう。それはよかった。あと、冗談ではないから、そこは訂正しておいてくれ」

さらりと、困り果てることを言う。

こういうところが、好きではないのだ。多くの女性はこういう風に言われたら頬を染めるのかもしれないが、志緒はどうにも苦手だった。軽薄に思えるし、自惚れに見えるほどの自信家ぶりに辟易してしまう。そうは言っても、彼が持つ自信は実績に裏打ちされたものだ。

しかし志緒は、七海の成功者たる堂々とした態度がだめだった。なんと言うか、キラキラしすぎていて、近づきたくない。

だから志緒は、あからさまに話題を変えることにした。

「七海様。昼食はいかがなさいますか。よろしければお弁当やデリバリーを用意いたします」

「ああ、そうだな。今日は外で済ませる予定だったけれど……」

ふむ、と七海は腕を組み、悩んでいる様子で目を閉じる。そして、妙案を思いついたというように顔を上げた。

「そうだ。一緒に食べないか？」

「はっ？」

志緒は思い切り訝しんでしまって、七海がクスクスと笑う。

「なんだ。そんなに嫌うことないだろう。この辺りには詳しくないから、君のおすすめを教えてもらえると嬉しいんだけど」

志緒はむむっと眉間に皺を寄せた。せっかく話題を変えたのに、また蒸し返すつもりなのか、この人は。

（本当に勘弁してほしいわ。なんのつもりなのかしら）

七海に憧れる女性はそれこそ星の数ほどいるだろう。彼と外で昼食なんてしたら、たちまち社内で噂になることは想像に難くない。いかに自分が人の視線を集めているのか、彼には少し自覚してほしい。

「申し訳ございませんが、私は昼食を用意しています。おすすめの食事処をお教えすることはできますので、少々お待ちください。それでは失礼いたします」

志緒は丁寧にお辞儀をして、さっさと応接室を出る。

「はあ」

ドッと疲れた。やっぱり何度会っても、七海という男は苦手だ。

女性の扱いに慣れている感じがするところも嫌だし、恋愛を遊びと同等と考えていそうな気軽さも好きになれない。

（彼の目が本気に見えたりすることもあるけど……いや、本気なわけない。あんな風に言って、困惑する私の反応を楽しんでいるんだわ）

そう自分に言い聞かせる。なぜなら、七海のようになんでも持っていて、その気になれば女性もよりどりみどりな男性が、自分に本気になるわけがないからだ。

（私は、あの優しかった元敬さんにさえ嫌われてしまうんだもの。好きになられる要素なんてない）

かつての志緒の婚約者を思い浮かべる。

両親と妹に虐げられて、なにもかもを奪われていた日々。幼少の頃から罵声と蔑みの言葉を浴びせられていた志緒は、すっかり大人しく、自尊心の足りない人間になっていた。

そんな志緒に声をかけ、優しく接してくれたのが、元敬だ。

大学四年の秋。キャンパスで出会い、不思議と気が合って、たちまち仲良くなった。

卒業したら結婚したい――そう言ってくれた時は涙が出るほど嬉しかった。ようやく自分はあの家を出て、幸せになれるんだと。

しかし、その幸せは長く続かなかった。

彼の軽蔑しきった冷たい瞳と、妹の勝ち誇った顔を思い出す。同時に、幼い頃からずっと聞き続けてきた両親の言葉も……

『根暗で陰湿な性格。おまえはまったく可愛くない。おまえは誰にも愛されない――』

志緒は首を横に振って感傷を振り払った。

そして食事処のリストを七海に手配し、昼休みのチャイムが鳴るまで黙々と仕事を続けた。

志緒はいつも昼食を休憩室で取るのだが、外の空気を吸いたくなってしまい、近くの公園に赴く。

朝に降っていたはずの雨は、もうやんでいた。

厚く、どんより空を塗り潰していた雲は幾分か薄まり、わずかながら太陽が顔を出している。空気はひんやりして、キリリと目の醒めるような晩秋の風が志緒の頬を撫でた。

人ひとりいない寂しげな公園にあるのは、ベンチの他にはブランコと滑り台だけだ。濡れた砂利を踏みしめて屋根の下の木のベンチに座る。

膝に置いたのは、自作の弁当。包みをほどき、弁当の蓋をカパッと開ける。

箸を手に取り、いただきますと小さく呟いた。

しかし、なかなか一口目に進めない。何度もため息をついて、食べなきゃ、と自分に言い聞かせて、無理矢理卵焼きを口に放り込む。

「……味がしない」

もちろん味つけはしている。それなのになぜか、気分が悪くなる。無理に咀嚼してごくりと呑み込み、ペットボトルのお茶を飲んで気分を紛らわせた。

ここ一ヶ月もの間、志緒の食生活は散々だった。手作りをしても、はたまた外食をしても、おいしく感じられない。味覚が恐ろしいくらいに鈍ってしまっていて、食欲も湧かなかった。

だが、栄養を取らなければ倒れてしまう。仕方なしに、志緒はカロリーバーを口に詰め込み、サプリメントで栄養を摂取するという毎日を過ごしていた。しかし、それではあまりに不健康なので、久しぶりに弁当を作ってみたのだが、このざまである。

「おばあさま……」

慕っていた人のことを呟くと、涙がじわりとにじむ。

──落ち込むのはやめよう。いつまでも泣いていたら、おばあさまが天国から叱ってきそうだから。そう思っているのに、まったく前に進めていない。祖母の分も生きると決めたのに、志緒の気力は減る一方だ。

志緒にとって、祖母は愛を知るすべてだった。志緒はなぜか、物心つく前から両親に疎まれていて、妹が生まれたあとは、その態度がさらに露骨になって……。

──姉妹間での、明らかな待遇の違い。志緒だけ食事を与えられない日もあった。しかし志緒が虐げられると、いつも同じ敷地内に住む祖母が志緒を守ってくれた。両親は祖母には頭が上がらなかったらしく、祖母が叱れば渋々志緒の待遇を改め、嫌々ながらも食事などの最低限の世話はした。

それでも、志緒が小学生になる頃には食事は別になり、志緒はいつも祖母の住む離れで、ふたりで料理をして、食べていた。

志緒に冷たい両親を見て、妹の愛華は『姉は虐げてもよい』と学習したのだろう。妹による姉への嫌がらせはエスカレートする一方だった。姉が手にするものは、すべて自分のもの。志緒の持ち物を愛華がほしがれば、妹の味方をする両親が、手段を選ばず奪い取る。そうして、志緒は自分が手にしたなにもかもを妹に取られ続けた。友達からの誕生日プレゼントも、初任給で購入したネックレスも、すべてだ。

志緒にとって味方は祖母ひとりだけ。あの冷たい家の中で、唯一志緒が安心する場所。それが祖母の傍だった。

実の母親よりも母らしく接してくれた大切な人を失った志緒は、こんなにも孤独を感じて、いまだに悲しみから抜け出せずにいる。

志緒は自分の弁当箱を見つめた。何度見ても、おいしそうに見えない。

肩を落とし、傍に置いていた弁当箱の蓋(ふた)を取る。しかしその時、ヒョイと蓋(ふた)が奪われた。

「えっ⁉」

「へえ、手作り弁当か」

ベンチのうしろから現れたのは、七海だった。

なぜ七海がここに⁉　志緒が驚きに目を見開いている間に、七海は志緒の隣にどっかりと座る。

「食事に行こうと外に出たら、君のうしろ姿を見かけたものでね。あとをつけたんだ」

「あ、あ、あとをつけたって、どうして」

「そりゃ、少しでも君の傍にいたいからに決まっているだろ。ところで、食べないのか？」

人差し指で弁当を指す。

――傍にいたいってどういうことだ。あとをつけたって、そんなストーカーみたいな真似をしたのか。大体、いつから志緒を覗き見ていたのだ。

ぱくぱくと口を開け閉めしながら様々なことを一度に考えた志緒は、唐突に我に返る。

「た、た、食べません」

「え？　これで昼食は終わりとか言わないよな？」

「食欲がないんです。私のことは放っておいてください。この辺りのお食事処のリストはお渡ししたはずです」

「それより、その弁当。片付けるなら俺にくれないか？」

「はあ!?」

志緒は思わず素っ頓狂な声を出して、顔をしかめた。すっかりビジネス用の顔を忘れている。

「お断りします。七海さんのお口に合うようなものではありません」

口早に言って、弁当を片付けようとした。しかし、今度は弁当箱が奪われる。

「ちょっ……！」

「いただき。箸、借りるぞ」

七海は志緒の箸を使って弁当を食べ始める。志緒が慌てる中、彼はパクパクと、いっそ小気味良いテンポで食べ進めた。

「うん、うまいな。これ、ピーマンにじゃこがまざっているのか」

「え、ええ。それはピーマンとじゃこのおかか炒め……ではなくて！」

「これは鶏の照り焼きだろ。なかなか凝ったメニューじゃないか」

「別にそれは、つけおきしたものを朝焼いただけです」

「ふうん、いいね。河原さんは料理上手か」

ニコニコして、彼は弁当箱に入っていた俵おにぎりを口にする。

「またひとつ、君を知ることができた」

「なぜ、そんなに嬉しそうなんですか」

「君を知ることは、最近の俺の趣味だからね」

「は、はぁ……？」

思わず体を引き、唖然としながら七海を見る。すると七海はニヤリと横目で志緒を見た。

「さて、俺はどこまで河原さんを知っているでしょう？」

「し、質問の意味がわかりかねます。七海さんにとって私は、取引先の社長秘書であり、それ以上のことは知るすべがないと思います」

「フフ……。まあ、普通はそう思うだろうな。いや、そう思いたいのかな？」

意味深な言葉を口にして、彼はカラになった弁当箱を閉じ、志緒に差し出した。

「ごちそうさま」

この場合、『おそまつさまでした』と言うべきか『勝手に食べるな』と怒るべきなのか。

志緒は結局なにも言い返すことができず、黙ったまま、弁当箱をクロスで包んだ。

「人のお弁当を取らなくても、おいしいお店がたくさんあるのに」

思わずそんな減らず口をたたいてしまうと、七海はクックッと軽く笑った。

「もう食べる気がなかったんだろ？　弁当は傷(いた)みが早い。せっかく作ったのに捨てるんじゃ、もったいないじゃないか」

「それはそうですけど」

正直なところ、食べてもらえて助かった。食べ物を捨てるのは心が痛むし、朝に弁当を作った労力も無駄になる。

「まあ、食欲が湧かなくても、なにか腹には入れておいたほうがいいぞ。いい仕事は、充実した食生活があってこそだからな」

ぽんぽんと志緒の肩を軽く叩き、七海は公園を立ち去る。

志緒は眉間に皺を寄せたあと、ため息をついた。七海と話していると、妙に疲れてしまう。終始彼のペースと言おうか。

やはり、できる限り関わりたくないタイプだ。

志緒は腹に手を当てたが、やはり食欲は感じられない。もう、今日の昼食は食べなくてもいいだろう。志緒は元気のない足取りでのろのろと会社に戻り、総務課の自席についた。

「え、これは、なに？」

驚きに目を丸くする。なぜか自分のデスクの上に、有名なジュース専門店の野菜のスムージーと、可愛らしくラッピングされた焼き菓子の包みが置いてあったのだ。

「もしかして……七海さん？」

先ほどの弁当のお返しだろうか。

そうだとすれば、志緒が公園から会社に戻るまでの間に、七海はこれらの店に行って購入したということになる。なんというフットワークの軽さなのだ。しかも周りにいる女性社員が騒いでいないということは、他の社員が戻る前にすばやく置いたのだろう。よその会社でそこまでするとは、呆れを通り越して思わず感心してしまう。

志緒はなんとなくスムージーを手に取った。

「変な人」

ぽつりと呟く。どうして七海が自分に興味を持つのか、まったく理由がわからない。

（遊び……暇潰し。そう考えるのが妥当ね。あまり深く考えないようにしよう）

自分はあくまで、七海の取引先に勤める一介の秘書だ。それ以上でもそれ以下でもない。必要以上に関わらなければ、そのうち彼も飽きるだろう。

志緒はスムージーにストローを挿し、飲み始めた。トマトベースで、セロリの風味がみずみずしい。ほんのりスパイスのきいた味はあとを引く。

「……ん。これは、おいしい、かも」

久しい感覚だった。なぜだろう。スムージーは素直においしいと感じた。

◆◇◆

十一月も中頃になると、長かった雨はようやく終わりを告げる。代わりにやってきたのは、身が凍るような寒波だった。冬の足音が近づき、街を歩く人々の装いはあっという間に冬のものへと変わっている。

「河原さん、大丈夫？」

エアコンの効いた社長室。ファックスの仕分けをしていた志緒に、今日は社内で仕事をしていた占部が訊ねた。

「はい。社長のスケジュールですよね？　一時間くらいなら今から外出されても問題ないかと」

「違う違う。君の体調を聞いているんだよ」

志緒は「え？」と目を丸くして、書類を持ったまま振り向いた。

占部はでっぷりした体を椅子に押し込め、人のよさそうな眼差しで志緒を見つめていた。

「この一ヶ月で、君はすっかり痩せてしまったし、顔色も悪いよ。ちゃんと寝ているかい？」

「心配をおかけして申し訳ございません。睡眠はできるだけ取るようにしています」

そう口にしながらも、実のところは、あまり眠れていない。ベッドで横になると、どうしても祖母との記憶が蘇り、物思いにふけってしまうのだ。

——早く立ち直らなければ。早くしっかりしなければ。

心が焦るばかりで、まったく体はついてこない。

自分でも嫌になるくらい、情けなかった。これでは祖母に叱られてしまう。

思い詰める志緒を見て、占部は困ったように白髪まじりの薄い頭を撫でた。

「河原さん。無理しないで、休める時は休みなさいね」

「はい。お気遣いくださり、ありがとうございます」

志緒は頭を下げた。優しい言葉が心にしみる。声だけで人を和ませる力を持っているのが、占部の不思議なところだ。これも人徳なのかもしれない。

志緒が、トレーに入った書類を振り分けてファイルに閉じていると、占部に電話が入った。彼はしばらく会話をして、電話を終える。

「河原さん。すまないが、今日の五時にアーベルトラストの七海さんが来ることになったよ。至急、人材マネージャーの予定を確かめておいてくれるかな。できれば君にも同席してもらいたい」

「かしこまりました。確認しますね」

志緒はパソコンで社内チャットを立ち上げ、マネージャーにメッセージを送った。そういえば、最近は頻繁に七海がやってくる。彼の会社で、たくさんの人手を必要とする大きなプロジェクトが動いているのかもしれない。

（そうだ。占部社長は今日の夜、会食の予定も入っているんだった）

七海との打ち合わせが何時に終わるかはわからないが、占部がスムーズに移動できるよう、手はずを整えておこう。

スケジュール表を眺めながら志緒が考えていると、占部がふいに話題を変える。

「ところでさ」

「はい」

「アーベルトラストの七海さん。どう思う？」

「……はい？」

そう言った自分は、相当訝しげな表情をしたのだろう。占部がおかしそうに笑う。

「ははは。河原さんが僕の秘書に就いて一年が経つけれど、特定の人間にそこまで嫌そうな顔をしたのって初めてじゃない？」

「い、意味がわかりかねます」

志緒は気を取り直し、努めて冷静に対応した。しかし占部はニマニマと笑って頬杖をつく。

「いい男だと思わないかい？　将来性は抜群にあるし、見た目もいい。更に言えば、明治時代より続く財閥家の跡取りだし、なんというか女性の理想を詰め合わせたような人だよね」

占部の言いたいことをなんとなく察する。志緒はこれ見よがしにため息をついた。

「誰もがあの人に夢中になるとお思いでしたら、それは間違いですよ」

「じゃあ、河原さんは嫌いなのかい？」

「別に嫌いではないですが、率直に言って苦手です」

「そうかあ。七海さんだったら、僕も手放しで応援できるのになあ。彼は誠実な男性だよ」

ニコニコと占部が言った。志緒は書類を綴じ終えたファイルを持って、占部のデスクに置いた。

「そうでしょうか。お言葉ですが、誠実には見えませんね」

「おやおや。普段は温和な河原さんがめずらしい。きっと彼くらいだろうね、君がそこまで嫌悪感を露わにするのは。ふふふ」

からかうように言われて、志緒は呆れた顔をした。


仕事を終え、志緒は会社をあとにする。

腕時計を見ると午後八時。アーベルトラストとの打ち合わせ後に明日の会議に使われる資料をまとめていたら、いつの間にか終業時刻を過ぎていた。

はあ、と吐く息は白い。空を仰ぐと、黒い空が広がっている。都会はきらびやかなネオンが美しいが、代わりに星は見えない。

志緒はコツコツとローファーの音を響かせて、人通りのまばらになった歩道を歩く。

そろそろ、繁華街ではクリスマスの飾り付けがされているだろうか。

（クリスマスか。確か、去年はおばあさまとターキーを焼いたっけ）

ふと、思い出す。去年のクリスマスに元敬から婚約解消を告げられたことを。困惑する志緒の前に愛華が現れて、元敬は自分の婚約者になったと、勝ち誇ったような笑顔で言った。

そんな元敬と、妹、そして両親の四人は、そのままクリスマスディナーに出かけていき、残された志緒は、祖母と一緒にクリスマスを過ごした。

『なんで、どうして。あんなにも優しい人だったのに。意味がわからないよ！　私が、なにをしたというの。こんなのってない。ひどいよ！』

泣きながらターキーを食べる志緒の背中を、祖母はずっと撫(な)でてくれた。

『ごめんね。彼も結局、あの子たちにそそのかされてしまったのよ。だからもう、なにを言っても聞かないわ。志緒、あなたは――』

私が死んだら、家を出るのよ。

祖母はそう言った。老いてもなお強い眼差しで、志緒を見つめながら。

両親は実の娘である志緒を憎み、妹は姉を虐(しいた)げることに愉悦(ゆえつ)を感じている。

志緒が手にしたものはすべて奪う。彼らの憎しみは本物だった。

ここまで憎まれる理由が志緒にはわからないけれど、祖母は言ったのだ。

――世の中には、血が繋がっているからこそ、憎しみを深める人たちがいる。だから、そんな人たちとは離れたほうがいい。志緒の幸せのためにも、家を出るべきなのだと。

『私はもう長くないわ。だからね、志緒は今のうちに準備をしておくのよ』

祖母のアドバイスは悲しかった。彼女が不治の病(やまい)におかされていることは理解している。命の刻限が近づいているからこそ、志緒はもう『そんなこと言わないで』とは口にできなかった。

河原家は、旧家の流れを汲む由緒正しい家柄らしい。祖母はその直系で、本家の当主だった。それなりに資産があるとも聞いている。

『財を持つ人間はね、その財に見合う人格を持たなければならないのよ』

志緒はそう、祖母から教えられていた。

どんな時でも気丈であるように。余裕がない時こそ、品のあるふるまいを忘れずに。

祖母は、その言葉を体現したような人だった。だからこそ、情けなく泣きすがる自分なんて見せたくなかった。

志緒は、祖母が言った通りに、家を出る準備を進めた。

しかし祖母を亡くした今、志緒の心は迷子になっている。気丈にもなれず、品のあるふるまいができるはずもなく、生きる気力をすっかりなくして日々を過ごしている。

志緒が歩く歩道の先には、地下鉄の入り口があった。地下に向かう階段を進み、改札口をくぐってホームに下りる。

そこにはそれなりに人がいて、やがて来るはずの電車を待っていた。

スマートフォンを忙しそうに操作しているサラリーマン。

イヤホンを耳にはめて、音楽を聴いている学生。

志緒もそんな人混みに紛れ、ぼんやりと立ち尽くし、電車を待つ。

腹に手を当てたが、腹の虫が鳴いている様子はない。もう一ヶ月以上、空腹を感じない。

――このままではいけない。そんな逼迫した気持ちは常に抱えていた。

ごぉぉ、ごぉぉ、と、地下鉄のトンネルの先から、轟音が聞こえる。

聞き慣れたメロディーが流れて、回送電車のアナウンスが、ホーム内に響いた。

やがて黒いトンネルの先に光の筋がふたつ見えて、轟音が近づいてくる。

その時だった。

「危ない！」

志緒の腕が突然握られ、力強く引かれたのは。

（え――？）

驚くままに、たたらを踏む。目の前では回送列車がごうごうと通り過ぎていく。

はあ、はあ、と、うしろで荒く息を刻む音が聞こえた。誰かが自分の腕を握っている。

志緒はうしろを向いた。

「あなたは――」

そこには、見たこともない怒りの表情を浮かべた七海が立っていた。

「七海……さん」

唖然として彼の名を呟くと、彼はぎゅっと腕を掴む手に力を込める。

「河原さん、なにをしているんだ」

「え、なにって、今から帰るんです。それよりも七海さんはどうしてここに？」

夕方の打ち合わせを終えてから、もう何時間も経っている。ここは彼の会社の最寄り駅ではないし、こんな場所で再会するのは意外だった。志緒が戸惑いながら訊ねるも、七海は答えない。その代わりに、ひどく辛そうな顔をする。

「君が……」

七海が呟いた。その時、アナウンスと共に地下鉄がホームに到着して、人々が忙しなく電車を出入りする。

だが、七海と志緒だけは動くことはない。人々は、ふたりを避けて移動していた。

「君が、今にも線路に飛び込みそうに見えたんだ」

「私が？」

志緒は呆気に取られながら七海を見上げた。彼は眉間に皺を寄せ、志緒を睨んでいる。

志緒は、はあ、と思わず呆れたため息をついた。

祖母の死の悲しみに耐えかねて、飛び込み自殺をはかる？　ばかばかしい。自分は落ち込んでいるが、そこまで落ちぶれてはいないつもりだ。

「誤解です。手を放してください」

きっぱりと言って、手を振り払おうとする。しかし七海は手を放さない。

ムッと志緒はしかめ面をした。次はぞんざいに腕を振る。

すると、自分の体がよろめいてしまった。思わず「あっ」と声を上げ、倒れそうになる。

七海は志緒をしっかりと胸で受け留めた。そして、もう片方の手で志緒の背中を支える。

「足がふらふらじゃないか。まったく力が入っていない」

「大丈夫です。手を放してください」

「ちゃんと食べているのか？　打ち合わせの時から心配だった。前に会った時よりも痩せているし、ひどい顔色だぞ」

七海が志緒の顎を摘まみ、くいと上げた。

「頬がこけているし、目に充血もある。それにクマまで」

「放っておいてください。元々こんな顔なんです」

躍起になって、顎を摘まむ七海の手をパンと払う。

「そんなわけないだろう！」

ホームにいた周りの人たちまでもが、ギョッとしてこちらを凝視するほどの大声。志緒は体にビリッと稲妻が走ったみたいにすくみ上がった。

七海は額に手を当て、小さく息を吐く。

「すまない。……だが」

グイッと志緒の手が引っ張られた。そして、七海はどこかに向かってずんずんと歩いていく。志緒は引きずられるように小走りで歩きながら、「ちょっと！」と声を上げた。

「やめてください。どこに行くんですか。放して！」

「このまま放ってはおけない。いいからついて来るんだ」

そう口早に言ったあと、七海はスーツの内ポケットからスマートフォンを取り出し、どこかに電話をかける。そして志緒を引っ張ったまま地下鉄の階段を上って地上に出ると、彼は近くにあるコインパーキングに向かい、車の助手席をガチャリと開けた。

「乗れ」

「え？　きゃ！」

困惑する時間すら与えられず、志緒は助手席に押し込まれた。七海は運転席に乗り、エンジンをかける。

「ちょっと、困ります。車なんて……停めてください！」

「断る。すぐ近くだから、しばらく黙っていてくれ」

「だまっ!?　あなた、私を無理矢理車に乗せておいて、黙れってどういうことですか！」

「怒鳴る元気があるなら、まだマシだな。君は自分のために、俺の言うことを聞くべきだ」

「私のためにって……」

七海は一体なにを言っているのだ。志緒が戸惑う間に、七海の運転する車はビジネス街の大通りを突き進む。

そうして繁華街に入ると、景色は一気に華やかなものに変わった。

志緒は思わず、街の様子に目を奪われる。

街はすっかりクリスマス一色になっていて、街路樹には美しい青色のイルミネーションが輝いていた。

七海に向けていた苛立ちが薄まり、しばしその景色に見入ってしまう。

車はやがて、繁華街の駅近くにある、巨大なホテルの地下駐車場に進んでいった。

（ん……ホテル？）

志緒は眉をひそめた。七海は黙ったまま車を駐車場に停め、エンジンを切る。

「ついたぞ」

「待ってください、七海さん。一体なにをお考えですか」

怪訝に思い訊ねると、七海はようやく、いつもの勝ち気な笑みを見せた。

「なにって。君のことだけど？」

「冗談はやめてください。私は真剣に聞いているんです」

志緒が七海を睨(にら)んで言うと、彼はチラと横目でこちらを見た。

それはひどく迫力があり、同時に色艶(いろつや)のある視線だった。見るものすべてを魅了するような瞳に、図(はか)らずも志緒の心はドキリと音を立てる。

「俺が、冗談を言っているように見えるのか」

低く、腹に直接響くような声色。笑みを浮かべているが、その瞳は笑っていない。

志緒は得も言われぬ恐怖を覚えた。なんだろう、この人は。とても怖くて、今にも逃げ出したいのに、魅入(みい)られてしまって体が動かない。

七海は、フッと瞳を和(なご)ませた。ようやく志緒は、ホッとして体が弛緩(しかん)する。

「河原さんの体調が心配なんだ。ここ最近の君は、本当にひどいからね」

「ひどいって……そこまで、ですか？」

確かにクマはあるかもしれない。頬もこけているような気がする。だが、地下鉄で七海が血相を変えて腕を掴(つか)んだり、『線路に飛び込みそうに見えた』と口にしたりするほどひどくはないだろう。彼の態度はどこか過剰だった気がしてしまうのだ。

エンジンを切った車内は静かで、七海は穏やかに志緒を見つめる。

「俺は、追い詰められた人間をたくさん知っている」

それは、悲しくて辛そうな瞳。なにかをたくさん、その手からこぼれ落としたような、後悔の顔。

志緒は目を大きく見開く。

「彼らと君が、重なって見えた。だから怖かった。河原さんは絶対に失いたくないんだ」

七海は運転席から降りる。そして助手席に回りドアを開けると、志緒に手を差し伸べた。

「おいで。君を案内したいところがあるんだ」

今すぐその手を払い、逃げても構わなかっただろう。しかし、志緒はおずおずと彼の手に自分の手を載せた。

理由はわからない。

もしかすると、七海が口にした『心配』という言葉が、心に響いたのかもしれない。

威圧的だし、強引極まりない人だけれど、自分を傷つけない。それは、幼少の頃から家族に虐げられていた志緒の、直感のようなものだ。

信用していいかはわからない。けれど、自分からなにかを奪ったり、ひどい言葉を投げたりはしないはず。

七海に手を握られ、志緒は駐車場からホテルのロビーに入り、エレベーターに向かった。

どこへ行くのだろう……。乗り込んだエレベーターはゆるやかに停まり、静かに扉が開いた。

そこはラウンジになっており、ふかふかの絨毯(じゅうたん)が敷き詰められている。七海は志緒の手を引き、歩き出した。

どうやらこの階は、レストランフロアのようだ。志緒が腕時計を見ると、時刻は午後九時を越えている。食事時を過ぎているからだろう、客足は少ない。

やがて奥まった場所にある中華料理店に入り、スタッフに案内されてテーブル席につく。

「あの、七海さん。ここでなにをするんですか?」

「レストランに入ってすることと言えば食事しかないだろう」

呆(あき)れたように七海は言って、お冷(ひ)やを運ぶスタッフに「例のものをお願いします」と伝えた。

(例のもの?　なんだろう……)

お冷(ひ)やを口にしてから、自分の腹に触れる。……やはり、空腹は感じていない。

「あの、七海さん。申し訳ないのですが、私はあまりお腹が減っていないんです」

「腹が減っていないいんじゃない。それは、麻痺(まひ)しているんだ」

ジロリと七海が志緒を睨(にら)む。

「君は栄養失調の一歩手前だよ。睡眠も足りていないのだろう」

「そ、それは……。でも、栄養は取れているはずです」

「カロリーバーやサプリメントだけでは、栄養が足りているとは言えない」

テーブルの上で手を組み、静かな口調で言う。志緒は驚きに、息を呑んだ。

どうして、志緒がそんな食生活を続けていることを知っているのだろう？

疑問を感じていると、スタッフが料理を運んできた。志緒の目の前に、蓋のついた白い陶磁器の壺のようなものが置かれる。

「君みたいな顔をした人はね、大体、食生活が似たり寄ったりなんだよ」

「そうなの……ですか？」

「ああ。だから、まずはこれを食べてみるといい」

七海は、ぱかりと蓋を開けた。

すると、温かい湯気がほわりと顔にかかる。ごまの香りが漂うと共に、ふつふつと泡をたてる料理。

（お粥……だ）

少し意外だった。七海は派手好きに見えるので、もっと中華料理らしい、脂っこいものを頼んだのかと思っていたのだ。

「七海さん。私……」

「いいから、一口だけでも食べてみてくれ」

志緒は戸惑いながらも、レンゲを手に取った。

料理に罪はない。出された料理を無駄にするわけにはいかない。一口だけと思い、粥をすくう。

（あれ……思ってたより、さらさらしてる）

それは、クリームスープと間違えるほど、レンゲですくった感じが軽かった。とろりとした粥はとても食べやすそうで、志緒はふうふうと冷ましてから、口に入れる。

するんと喉を通る粥はなめらかで、ショウガの風味がどこか懐かしい。複雑な味を持つ出汁(だし)はあとを引くおいしさで、志緒は思わずもう一口と、レンゲで粥をすくった。

「お、おいしい、です」

「そうだろう？　これは、俺のとっておきなんだ」

「とっておきですか？」

志緒が首を傾げると、七海は「ああ」と頷く。

「二日酔いの朝は、これしか受け付けない。体に優しい味がするだろう？」

ぱく、と志緒は粥を口にした。

彼が言う通り、優しい味だ。決して薄味ではなく、体に染み入るような味がする。

「そうですね。……はい。体も、ぽかぽかします」

ショウガがきいているからだろう。一口食べるごとに腹の中が温かくなっていく。

（不思議。お腹がおいしいもので満たされるって、こんなにも幸せなんだ）

祖母が亡くなるまで、当たり前だと思っていたからわからなかった。サプリメントで栄養を摂取しても、体に元気が出なかった理由。人間は、料理を口にしてこそ満たされる。それは体を動かすエネルギーになる。

正直なところ、まだ、食欲はない。だけど食べやすいから、するすると口に入っていく。

「ごちそうさまでした」

気づけば、粥の入った壺はからになっていた。スタッフが中国茶を運び、テーブルに載せる。

ガラスのポットにはオレンジ色の花が入っていて、七海が茶器に茶を注ぐと、優しい花の香りがした。

「これ、キンモクセイの香りですか？」

「そう。桂花茶っていうんだ。秋らしい、いい香りだろう」

茶器を志緒に渡す。志緒は受け取り、ゆっくりと茶を飲み込んだ。

「とてもおいしい……」

ほう、と心が安らぐ。キンモクセイの香り。――それは、志緒にとって懐かしい匂いだった。

祖母が好きだったのだ。秋になると、庭にあるキンモクセイの花を摘み、ガラスの花器に水を張って浮かべ、飾っていた。近づくとほんのりあまい香りがして、志緒はそれを見るたびに、秋の到来を喜んだのだった。

しかし、庭にあった見事なキンモクセイの木は、今はもうない。

祖母が病におかされ、庭木の世話ができなくなった頃、両親が業者に頼んで切り倒したのだ。妹が『臭い』と言った、それだけの理由で。

「…………」

ぐ、と唇を噛みしめると、視界が歪んだ。だめだ、と思ったけれど、遅かった。

ぽろりと涙が頬を伝う。腹が満たされたせいで、気がゆるんでしまったのだろうか。止めようと思ったのに止められなかった。

一筋の涙は、二粒目の滴を運ぶ。三滴、四滴、五滴。

「うっ……く」

ぼろぼろと涙が流れ、志緒は慌ててハンカチを取り出す。ぐしぐしと乱暴に拭くが、まったく涙は止まらない。

嫌だ。七海の前で泣きたくなかった。しかし、キンモクセイの香りは心を解す効果でもあるのか、溢れる感情を抑え切れない。

「ご、ごめんなさい。これは、七海さんのせいではありません。お気になさらず」

あくまで自分の問題なのだ。志緒はそう言って、ぎゅっと目を瞑り、なんとか涙を堪える。

七海は黙ったまま、そんな志緒を見つめていた。

「なあ、河原さん。心に抱えるものというのは、他人に話すと少しは楽になるらしいぞ」

「……え？」

ぐし、と鼻を押さえていると、七海が静かに話し始める。

「話してみないか。そんな調子では、いずれ仕事もままならなくなるぞ。君もわかっているだろう？」

志緒は驚いて顔を上げ、七海を見た。彼は隣で、じっと志緒を見つめている。

その表情は真剣で、からかっているようには見えなかった。

（どうしてこの人は、こんなにも私を気にかけてくれるんだろう）

彼とは、まだ数えるくらいしか顔を合わせていないし、世間話をするような仲でもない。

しかし、まったくの他人だからこそ、事情を話してみるのは妙案かもしれない。

話してどうなるというものではないが、他人に話をすることで、気が楽になる。そういうこともあるかな、と思った。初めて出会った時から、七海は志緒に優しかった。

志緒だって、現状のままでいいとは思っていない。久しぶりに食事がおいしいと感じて、身にしみるようにわかった。

人が健康に生きるためには、ただ栄養を摂取するだけでは足りない。豊かな食事が必要なのだ。粥を食べたことでそれを思い知った志緒は、少しでも前に進むために気持ちを決める。

「では、お言葉にあまえて。——本当に、他人にとっては些細なことなんですけど」

志緒はそう一言断ってから、自分の事情をぽつぽつと話した。

両親のこと、妹のこと、そして祖母の死。

それは、ただ事実を羅列しただけだった。しかし、すべて話し終えると、志緒は自分の心がほんの少し軽くなったように感じた。

(ああ、本当だ。他人に話すって、ちょっと気分が楽になるのね)

もっと早く、誰かに話を聞いてもらえばよかったのかもしれない。だが、こういう話は、なかなか自分から切り出せるものではなかった。だからこそ、提案してくれた七海には感謝しないといけないな、と志緒は思う。

「七海さん。話を聞いてくださって、ありがとうございます」

志緒は深々とお辞儀をした。七海は腕を組み、なにか思案するように目を瞑っている。

なにを考えているんだろうと思いつつ、カバンから財布を出した。

「それと、お食事代をお渡ししたいので、伝票を見せて頂けますか」

そう訊ねるが、やはり彼は目を開けない。というより、志緒の話を聞いていないようだ。

「七海さん？」

「志緒」

ふいに七海は目を見開いた。志緒は紙幣を一枚取り出したところで、目を瞬かせる。

「はい？　というか、七海さん。今、私のことを名前で……」

「志緒。俺が、君に人生は楽しいということを教えてやる」

「……はい？」

意味がわからない。志緒が首を傾げると、にっこりと七海は微笑む。

「君はね、もっと自分の人生を楽しむべきだ。今まで辛かったからこそ、これから幸せにならなければならない。だから俺にその手伝いをさせてくれ。いや、する。決めた」

志緒はぽかんと口を開け、七海を見つめる。しばらく頭の中が真っ白になって思考停止していたが、やがてハッと我に返った。

「な、なにを言っているんですか。あと、勝手に人の名前を呼ばないでください」

「これから親しい関係になるんだから、名前を呼ぶくらい構わないだろう」

「嫌です！　私はお近づきになりたくありません！」

志緒は怒鳴り、拳でテーブルを叩いた。

「だ、大体、なにをするつもりなんですか」

「それはこれからのお楽しみだ。秘密にしておいたほうが、わくわくするだろう？」

「私はわくわくしません。人の人生で遊ばないでください！」

せっかく、いい人だと思いかけたところだったのに。志緒としては、ただ話を聞いてくれるだけでよかったのだ。これ以上なにかしてほしいなんて思っていない。

すると七海は、妙に真剣な顔になって、テーブルの上で両手を組む。

「なぜ、そこまで拒否をする？　前向きに生きたいなら、素直に俺の言葉にあまえればいいだろ？　それとも志緒は、今のままでいたいのか？」

「それは……」

もちろん、今のままでいいなんて思っていない。

いつかは克服しなければならないのだ。七海の言う通り、前向きに生きるきっかけはほしいと思っている。しかしそのきっかけは、自分で見つけ出したい。

だから志緒は、気持ちをしっかり保って表情を引き締め、テーブルに二千円を置いた。

「とにかく結構です。これ、お粥のお代です。これくらいですよね？」

「残念。足りない」

「足りな……!?　お粥一杯で一体おいくら……!?」

「そんなことより。なぜ結構なんだ。理由が知りたい」

七海はテーブルの上に置いた二千円を手に取ると、開きっぱなしになっている志緒の財布にサッと戻す。そのまま志緒の手を握りしめた。

「教えてくれ。なぜ嫌なんだ」

「距離が近いです！　それならハッキリ言わせてもらいますけど、私は七海さんが苦手なんです。だから、あまり関わってほしくないんです」

前から思っていたことを口にした。そう。志緒は七海が苦手なのだ。すると、七海は「へえ？」となぜか笑みを浮かべて、志緒の顔を覗き込む。……距離が、限りなく近い。

「つまり、俺が嫌いなのか」

「嫌いじゃありません」

「苦手と嫌いの違いが、俺にはわからない」

「私には、とても嫌いな人たちがいます。彼らは私を傷つけるし、私のものを奪う。けれど七海さんは、私からなにも奪わないし、私を虐げない。だからあなたのことは、ただ苦手なんです」

至近距離で見つめ合い、志緒の顔は熱くなってしまった。視線を避けたくて横を向く。いつも堂々としていて、自信に溢れ、人生そのものがキラキラと輝いているような七海。彼を見ていると、自分がみじめに思えてくる。まるで、光の陰に潜む虫。ちっぽけな存在のよう。

　だが、みじめな虫にだってプライドはある。この、すべての幸せが約束されていそうな男に、自分の人生を振り回されたくない。

　七海は不敵に唇の端を上げ、「なるほど」と頷く。

「ようは、食わず嫌いか」

「え？」

「じゃあ、一度食べてから判断してくれ。そうでなければ俺は聞かない。というわけで、君は俺への苦手意識を克服するように」

「ちょっと、勝手に話を進めないで。あと、だから、近いんですっ！」

　志緒は七海の胸を押す。こんな公の場で、本当にやめてほしい。

「七海さん。私はあなたへの苦手意識を克服したいとは思いません。自分のことは自分で解決しますから、放っておいてください！」

「嫌だ。俺は君が好きだから、放ってはおけない」

「……は？」

　志緒は目を丸くして、ぽかんと口を開けた。

　今日は、驚かされてばかりだ。なにを言っているのだ、この男は。

　志緒は思わず立ち上がっていた。

「私は、同情してもらいたくて話したわけじゃありません。そういう安っぽい言葉は嫌いです」

そう言い放って、志緒はレストランから出ようとする。

結局、あのおいしい中華粥が幾らかはわからなかったが、レジで聞けばいいだろう。

ふかふかした絨毯を歩きながらそう思っていると、うしろから手を引かれた。

「同情じゃない。これはれっきとした愛情だ、志緒」

「愛情なんて、数回会社でお会いしたくらいで芽生えるものじゃありません」

「そうかな。一目惚れだって立派な愛情だろう。運命の出会いは確かにある」

「私は、一目惚れなんて信じません」

「たとえそうでも構わない。俺の君への感情は、一目惚れではないからね」

志緒は振り返った。そこには、勝ち気な笑みを浮かべる七海がいる。

「たった数回。されど数回だ。俺はあの会社で君に会うたび、思いを募らせていた」

「なにを、言って……」

「嘘だと思うのか？　それなら、これから自分で確かめてみればいい」

七海は志緒の手首を握る手に力を込めた。そして、力強く自分のほうへ引き寄せる。

「きゃ！」

「せっかくの機会だから、同時進行で口説かせてもらおう」

かぁっと顔が熱くなった。

「これから覚悟するといい。志緒」

ねっとりと、体中に絡むような色艶(いろつや)のある声。こんな風に、熱く愛を囁かれたのは初めてだった。元敬に告白された過去はあるが、彼はもっと穏やかだった。

(本当に七海さんは私のことが好きなの？　でも、どうして)

思い当たることが、ひとつもない。

「さあ、これから楽しい人生の始まりだ。志緒、俺は君を、存分に振り回すからな」

志緒の耳元であまく囁き、七海はようやく手をほどく。

掴(つか)まれた手首はいまだジンジンと熱を孕(はら)んでいて、志緒はそこに触れた。

「もうこんな時間だ。車を呼んでおいたから、君はそれに乗って帰るといい」

茶目っ気たっぷりに片目を瞑(つむ)る。今日はずっと彼のペースだ。妙に腹が立って、志緒は唇を尖(とが)らせる。

「そんなお節介、いりません」

「お節介と言われても、心配だから引けない。ハイヤーを使わないのなら、俺が直接送る」

「困ります！　やめてください」

志緒が声を上げると、七海はニッと笑みを浮かべた。吊り目もあいまって、とても獰(どう)

猛(もう)に見える。

「なら、大人しく俺が手配した車で帰るんだな」

「うぅ」

なんて勝手な人なのだ。志緒は唇を戦慄(わなな)かせて、七海を睨(にら)む。彼はおどけたような表情をした。

「普段のすまし顔が嘘かと思うくらい、今日は表情がくるくると変わるね」

彼はまるで悪役のように、ククと低く笑う。

志緒は言い知れない恐怖を覚えた。七海のペースに巻き込まれたくないと思っていたのに、気づけばしっかりと術中に嵌(は)まっている。

(なんなのよ……この人は)

こういうところが苦手なのだ。だから構わないでほしいのに。

志緒は心底困り果て、眉根を寄せた。

第二章

妙なことになってしまった……

志緒は長いため息をつき、椅子の背にもたれた。今日は朝からデスクワークが続いていたので、肩が重い。コリを解すように自分の肩を揉み、ノートパソコンの画面を見つめた。

昨晩、七海は人生が楽しいということを教えてやると言った。そして、志緒が好きだとも口にした。

「なにを言っているんだか。からかっているとしか思えないわ」

ぽつりと呟いた。しかし、七海はその手の冗談を言いそうには見えない。

(だからと言って、信じるかといえば難しいのよ)

志緒はコキリと首を鳴らした。そして手を軽く揉み、キーボードを打ち始める。

よりによって、なぜ自分に興味を持つのだ。

どうせ引く手あまたなのだろう。彼ほどの男性なら、女性のほうが黙っていないはずだ。

はっきり言って、志緒は美人ではなかった。人混みに入れば、数秒もしないうちに紛れてしまう。特徴らしい特徴はなく、印象の薄い顔をしていて、妹のほうが格段に可愛かった。両親が妹を溺愛したのは、それも理由にあるだろう。

では、中身はどうか。

志緒はすぐさま自虐的な笑みを浮かべた。

『おまえは器量が悪いし、要領も悪いし、いつもうじうじと鬱陶しい。見ているだけで苛立つ』

『そのオドオドした目がウザイ。陰キャも大概にしてよね、お姉ちゃん』

両親が、妹が、毎日のように言っていた。志緒の自尊心はすでに粉々で、誰かに好かれる自信なんてまったくない。唯一、自分を好きになってくれた婚約者だって――

『別れよう。君の陰湿さには、ほとほと呆れ果てたよ』

突然冷たくなった。そう言った時の彼の腕には愛華が絡まっていて、ニヤニヤとこちらを見ていた。

そう。自分は、暗い性格で、祖母の死もなかなか乗り越えることができない、どうしようもない人間なのだ。

だから信じられない。人が憧れるなにもかもを持っていて、会社中の女性から熱い視線を向けられているような男が自分を好きだなんて、なんの冗談かと思う。

関わりたくなかった。

七海のことを考えるたび、自分がちっぽけでつまらない人間に思える。そして、そんな自分が嫌になる。

きっと自分は、七海が羨ましいのだろう。自分だってもっと美人で、生活環境に恵まれていたら、ここまで卑屈な性格にはならなかったはずだ。

だから妬ましい。腹が立つ。彼は住む世界が違うのだから、自分に見合った場所で好きなだけ幸せになればいいのだ。

そんなことを考えながら黙々と仕事をしているうちに、終業のチャイムがオフィス内に響いた。

「五時半、か」

丸い壁時計を見上げる。周りの社員が慌ただしく帰り支度を始める。志緒も仕事を切り上げて、パソコンの電源を落とした。

七海と関わらないようにするには、さっさと帰るに限るだろう。連絡先も交換していないし、志緒の行動範囲の中で彼に知られているのはこの会社の場所くらいだ。幸い、今日の占部は午前で仕事を終わらせている。志緒がいつ帰宅しても問題ない。

志緒は総務課の同僚に「お疲れ様です」と挨拶して、早々にロッカー室に向かった。そして身支度をして会社をあとにする。

ひゅう、と寒風がコートの隙間から入り込んだ。志緒はぎゅっとコートの首元を握って、早足で歩道を歩く。

「ふぅ、寒い」

かじかむ手に、息を吐く。一瞬だけ手の指は温かくなったが、寒いことに変わりはない。志緒はコートのポケットに入れたカイロを握り、コツコツと靴音を鳴らした。

「まったくだ。こんな日は、温かいものが食べたくなるな」

「そうですね……え!?」

ぐるっと振り返る。すると、目の前に立っていたのは、にやりと笑う七海橙夜だった。

「な！　あ!?」

目を見開き、思わずきょろきょろと辺りを見回す。大丈夫だ。今のところ志緒と七海以外に人はいない。

志緒は安堵の息をついた。七海と話しているところなんて、同僚には絶対に見られたくない。

「ごきげんよう、志緒。仕事お疲れ様」

「ご、ごきげんよ……って、七海さん、仕事は!?」

「もちろん片付けた。いやあ、こんなに早く帰るのは久しぶりで、ウチの秘書が目を丸くしていたよ。はっはっは」

明るく七海は笑うが、志緒は言葉を失い、ぱくぱくと口を開け閉めする。

はっきり言って、七海の仕事は志緒のそれを遥かに超える忙しさだろう。なにせ、業績もうなぎ上りであるベンチャー企業の社長なのだ。まさに今が稼ぎ時と言える。

だが、彼が片付けたと言った以上、本当に今日の仕事は終わったのだろう。彼がいい加減に仕事をするような人間なら、アーベルトラストはあそこまで成長していないはずだ。

「もしかして、私の仕事が終わるのを待っていらっしゃったんですか？」

「うむ。俺のところは五時が定時だからな。正面玄関で待ってもよかったが、君の性格上、そういう待ち方は嫌がりそうだから社屋の裏側に潜んでいた」

「潜……あのですね」

よろりと、志緒はめまいを覚えた。有望企業の社長――しかも、ビジネス雑誌で表紙を飾るような有名人が、そんな真似をしないでほしい。

「君が出てくるのを今か今かと待ち続けるのは、なかなかワクワクして楽しかったぞ」

七海が明るく笑った。まったく人の気も知らないで。志緒が脱力してしまうほど、彼はいつだって楽しそうだ。

「そんなことを言って。本当は、寒かったでしょうに」

襟のついた黒いロングコートを着込んだ七海。彼の首筋には、うっすら鳥肌が立っていた。志緒はコートのポケットに入れていた使い捨てカイロを取り出し、七海に押しつける。

「これは？」

「差し上げます。そろそろマフラーを巻いたほうがいいですよ」

ぶっきらぼうに志緒が言うと、七海は嬉しそうにカイロを握った。そして自分の首に当てる。

「そうだな。助言ありがとう。ああ、カイロが温かくて気持ちいい」

「カイロのカバーは返してくださいね」

「花柄のカバーとはまた、君の趣味は可愛らしい。それじゃ、行こうか」

ガシッと志緒の手が握られた。ハッと気づくが、もう遅い。

(しまった！　関わらないようにしようと決めていたのに！)

唐突な登場に驚き、しかもカイロまで渡して、なにをやっているのだ自分は。さらに言うなら、七海に手を掴まれて、もはや逃げることもできない。

「ど、ど、どこに行くんですか！」

「それは行ってのお楽しみだ」

「前みたいに、いきなり高級ホテルに連れて行くようなことはやめてください。結局私、あの中華粥のお値段がわからないままですし、お金を支払えないのは気持ちが悪いんです！」

「志緒は堅物だなあ。俺が勝手にやったことなんだから、気にしなきゃいいのに」

「そういうわけにはいきません。ご馳走になったことに違いはないんですから」

志緒が真剣な顔をして言うと、七海はフッと目を細める。

それは、志緒が思わずどきりと胸を高鳴らせてしまうほど、優しい眼差しだった。慈しむような温かな視線に、釘付けになってしまう。

「ただの支出じゃないよ。これは俺の投資なんだ」

「投資……？」

志緒が首を傾げると、七海は「ああ」と頷いた。そして志緒の手を引いて歩き出す。

「俺が提案する『人生は楽しいぞプロジェクト』を成功させるための投資だ。俺の思惑通り、君が人生を楽しいと思えたら、それが俺にとっての『配当』だ」

「な、なんですかそれは」

「俺の投資を無駄にしないためにも、志緒は早く人生を楽しんでくれということだ」

に、と不敵な笑みを見せる。

勝手なことを、と志緒は言いたくなったが、思い直してため息をついた。この男はきっと、なにを言っても聞いてくれない。そして自分の思うままに行動してしまうのだ。傍若無人にもほどがある。

振り回されるほうとしては勘弁してほしいが、口論しても志緒が疲れるだけだろう。

（よくわからないけど、適当につきあって、さっさと帰ろう……）

志緒が諦め半分で考えている間に、地下鉄の入り口へ到着した。すると、志緒たちの傍に黒い車がゆっくりと近づき、停車する。

そして、後部座席の扉が音もなく開いた。

「俺が呼んだんだ。これに乗って移動するぞ」

七海が志緒を押し込み、自分もサッと隣に乗り込む。そして、ハイヤーはクリスマス色に彩られた繁華街を走った。

「まだ十一月なのに、すっかりクリスマス仕様だな」

窓を見ながら、七海が呟く。同じことを志緒も思っていたので、こくりと頷いた。

「ハロウィンが終わったら、もうクリスマスの飾りづけがされていますね」

「そしてクリスマスが終われば正月。正月が終われば節分か？　この時期は忙しいな」

七海が軽く笑った。志緒は硬い表情のまま、窓の外を眺める。

……節分が終われば、春が来る。その頃には、この胸にわだかまる気持ちが幾分か薄まっているといいのに。

（その前に、七海さんに構われなくなっているといいのだけど）

春には自分に飽きていてほしい、などと考える志緒を乗せて、車はまっすぐに走り続ける。

やがてハイヤーが停まったのは、ほのかな明かりが灯る異国風の建物の前だった。ハイヤーを降りて、七海は志緒に手を差し伸べる。

どうやらエスコートをするつもりらしい。おどけた表情で、志緒を見つめている。

志緒がどうしたものかと悩んでいると、彼は軽く片目を瞑った。

「お姫様、どうかこの哀れな男にご慈悲を。私めの手を取っていただけませんか」

「なにを言っているんですか。まったく」

そういう態度がふざけているように見えるのだ。志緒はため息をついたあと、おずおずと七海の手に自分の手を載せた。

彼の掌の上で踊らされているようで面白くはないが、ここまで巻き込まれて手を振り払うというのも往生際が悪い。それなら潔く彼の『遊び』につきあおう。

七海は志緒の手を握り、目を細めた。そして、建物の中に入る。

――そこは、志緒が思っていた以上に、壮麗な造りをしたレストランだった。

「わあ」

思わず感嘆の声を漏らしてしまう。

さあさあと涼やかな音が聞こえるのは、店の中に滝があるからだ。壁面の天井から水が流れ落ちて、堀の中でたゆたっている。

七海が入店したと同時に、スタッフがやってきた。そして、七海が予約していたのか、立ち止まることなくふたりを先導する。

そしてたどり着いたところは、屋外にあるルーフトップバーだった。空を仰ぐと満天の星が目に飛び込んできて、テーブルには足元まで隠れるほどのテーブルクロスがかけられている。

一見して、とても素敵なバーだ。しかし、今日のような寒い日に、外で食べたら風邪をひかないだろうか。

志緒が少しだけ心配していると、七海が「まあ、座ろう」と志緒を促す。戸惑いながら椅子に座ったところ、七海はおもむろにテーブルクロスをめくりあげた。そして、志緒の膝にかけてくれる。

「あっ……暖かい！」

驚いた。テーブルクロスは、よく見ると内側が柔らかい毛布のようになっていて、さらに中には木で囲まれた熱源が置いてある。つまりこのテーブルは、こたつになっているのだ。

「足元が暖かいと、冬でも外の景色を楽しむことができる。さて、今日はコースを頼んでみたんだ。飲み物は好きなものを選ぶといい」

七海は、志緒にドリンクのメニューを渡した。

「ちなみに、志緒は酒は飲めるのか？」

「嗜む程度です。あまり得意ではなくて」

「そうか。じゃあ、軽いカクテルなんてどうだ？」

トントン、と七海がメニューの一部を叩く。カクテルは種類豊富で、有名なものから名前も聞いたことがないものまでずらりとある。

「では、モヒートをお願いします」

「了解だ。俺はビールにしようかな」

しばらくすると、スタッフが前菜を運び、テーブルに並べる。七海は酒を注文した。テーブルに置かれたのは、前菜とウェルカムドリンク。細長いフルートグラスの中には、ホワイトゴールドに輝くシャンパンが入っていて、細かい気泡が下から上に向かっていた。

カチン、とグラスを合わせる。

「いただきます」

一言口にして、志緒はシャンパンを口に運んだ。しゅわっと喉に爽やかさを運ぶ炭酸と、品のよいぶどうの香り。ほのかなあまみに、うっとりと目が潤む。

「おいしいですね」

「そうだろう？　さあ、早速前菜を頂こう」

七海はグラスを置き、ナイフとフォークを持って食事を始める。志緒も同じようにカトラリーを手にして、じっと、自分の皿を見た。

前菜は、大きな皿に一口サイズの料理が四種類、こぢんまりと盛りつけられている。サーモンとオレンジを和えたもの、チコリーにクリームチーズやイクラが載せられたもの。

見た目も可愛い料理だ。志緒は無意識のうちに、自分の腹に手を当てた。

腹は減っているような、減っていないような。

なかなか自覚できない。しかし、こんなにも素敵な料理を食べないというのは、とてももったいないような気がした。

(我ながら、げんきんな話ね。めずらしいお料理だから食べようだなんて、単純すぎるわ)

内心、自分に呆れつつ、志緒は料理をフォークで刺して、食べた。

もぐもぐ……と咀嚼して、呑み込む。

想像した通り、とてもおいしい。最近は、味覚が鈍くなっていて、全然味がしなかったのに、七海が薦めるものはなんでもおいしいと感じる。

いわゆる『いいもの』を食べているから？　それとも、他に理由があるのだろうか。

志緒は戸惑いを感じながら前菜を食べ終えた。フォークを皿に置くと、先に食べ終えた七海が頬杖をつき、ジッと志緒を見つめている。

「な、なんですか？」

「いや、うまいか？」

「ええ。こんなにも素敵なお店なら当たり前かもしれませんが、とてもおいしいです」

素直に賛辞を口にすると、七海は嬉しそうに微笑み、「よかった」と言った。

注文した酒をスタッフが運び、そしてチーズの盛り合わせなどの、軽く食べられるつまみを置く。

「志緒は、どういう酒が好きなんだ。あまい酒が好きなのか？」

ビールを飲みながら、七海が訊ねる。モヒートの中にたっぷりと入っているミントをスプーンで潰しながら、志緒はどう答えようかと少し悩んだ。

「ジュースのようにあますぎるのは飲みすぎてしまいそうで怖いので、お酒の味が口の中に残るようなカクテルが好きです。モヒートもですが、ジンライムなど、すっきりした味のものもいいですね」

「なるほど。たくさんは飲めないが、自分に合った量を嗜む。君とはうまい酒が飲めそうだ」

志緒は訝しみながら七海を見た。彼は茶目っ気のある吊り目を閉じて、にっこりと笑う。

「君は酒の教え甲斐がありそうだ。じっくりと、俺好みの酒を教え込んでやろう」

「結構です」

「どうして？　うまい酒を教えるだけだ」

「言い方がいかがわしいと言いますか、なにかを企んでいるように思えるから嫌です」

ツンとすまして言うと、クックッと七海が笑った。

「君には下心がばればれだな」

「まったく。そういう風にからかわないでください」

「本気だよ。そろそろ、志緒は冗談という認識を改めたほうがいい」

七海が志緒を見つめた。色艶のある、強い意志を秘めた眼差し。

どきんと志緒の胸が高鳴り、顔を熱くして俯く。

(どうしよう。本当に、本気……なの?)

志緒が戸惑っているうちに、テーブルにメイン料理が並べられた。それは、ほこほこと湯気の立つビーフシチューで、付け合わせにパンも置かれた。

「わあ、これは……いい匂い、ですね」

おいしそうな見た目に、つい志緒は、顔をほころばせてしまう。

「うん。匂いも食事の楽しみのひとつだ。香りを嗅ぐだけで『これはうまそうだ』と思えるだろう?」

スプーンを持って、七海が言う。

それは確かに、その通りだと思えた。料理の香りは味付けにも等しい。ブーケガルニの複雑なハーブの香りは、久しく忘れていた食欲を思い出させる。

(あ……。ちょっとだけ、お腹がすいてきた気がする……)

祖母が亡くなって、色々な料理を食べようと試みた。和食に味気なさを感じて、ならばと洋食のレストランに赴き、それでもおいしく感じられなかったから、手作りしてみたり、デパートでデリを購入してみたり。ビーフシチューだって、食べた気がする。

しかし、世間がおいしいと言う料理も、志緒にはそうと感じられなかった。

それなのに、七海の薦める料理はどれもおいしいと思えた。

どうしてだろう？　不思議だ。

志緒はスプーンを手に取り、厚い牛肉に差し入れる。すると、塊肉とは思えないほど、牛肉はたやすくスプーンで切れた。

ほろりと崩れる牛肉にシチューを絡めて、パクッと食べてみる。

「は……ぅ」

思わず、あまい声がこぼれ出た。

こんなに心が温かくなる。舌の力で解れる牛肉は、たまらないほどの旨味が溢れていて、口の中でトロトロととろける。

ビーフシチューの濃厚な味は次から次へとスプーンを運ばせる。

味つけも材料も実にシンプルだ。とろみのあるシチューと牛肉、それだけだ。肉以外に具材はない。それなのに、一口食べるたびに、複雑な味わいが志緒に満足感を運ぶ。

噛みしめていると、そんな志緒を見ていた七海が、くすりと笑った。

「うまそうに食べるんだな」

「そうですか?」

気づけば夢中になって食べていて、はたと志緒は顔を上げる。

口の中にあるものを咀嚼して、白いナプキンで口元をぬぐった。

「でも、そうですね。おいしいと思えること。それはとても幸せなことなんですね」

食事を味わえること。

それはひとつの、健康のバロメーターなのだ。

人間の三大欲求のひとつ、食欲。それが欠けるというのは、不調をきたしているということだ。

なかなか悲しみを乗り越えることができないのも、それが原因のひとつと言えるのかもしれない。まずは自分の体を満たさなければ、心まで栄養が回らないのだ。

だから志緒は、素直に感謝した。

もう、大丈夫だ。こんなにもおいしいと思えたのだから。

「七海さん、ありがとうございます。明日からは元の食生活に戻れると思います」

「そうか。それはよかった」

「はい。七海さんがきっかけをくれなかったら、いつまでも私は、一歩も前に進めませんでした」

始まりは強引だったけれど。傍若無人だったけれど。

七海のお節介がなければ、志緒は立ち止まったままだった。

志緒がぺこりと頭を下げると、七海は優しく微笑む。

「それで……なんですけど」

「ん？」

七海がビールを飲みながら首を傾げる。

「ここのお支払いは、どうしても私にさせて頂きたいんです」

志緒はまっすぐに七海を見た。彼はビールをテーブルに置き、興味深そうに顎を撫でる。

「お礼がしたいんです。だから、ご馳走させてください」

それは志緒の正直な気持ちだった。

ふたたび食事を味わえるようになった。そのことはとてもありがたいと思うから、誠意を見せたい。

七海の気遣いに、けじめをつけたい。

志緒はそんな思いを持っていた。しかし七海は、ふっと意味深な笑みを浮かべる。

「嫌だ」

「えっ？」

「志緒に支払いを任せるのは断固拒否だ。悪いが、君の要求は聞かない」

「な」

カッと顔に熱が上(のぼ)った。感謝の気持ちで支払いたいと言ったのに、そこまで頑固(がんこ)に拒否しなくてもいいだろう。

不満が顔に出ていたのだろうか。七海は志緒の表情を見て、クックッと喉の奥で笑う。

「理由が聞きたいか？」

「是非ともお願いします」

納得できない理由なら抗議してやる。志緒は七海を睨(にら)んだ。

「実に単純だ。君は、自(みずか)ら金を支払ったが最後、俺との縁を切るだろう。それは困るから嫌なんだ」

七海はビールをこくりと飲む。

「君は、他人になにかしてもらうことを、ひどく罪深いと考えているところがある」

静かに七海が語り出した。志緒はモヒートを口にして、黙って聞く。

「だから、なにかされると、無性になにかを返したくなるんだ。そうしないと心の具合が悪くなる。さっき、ご馳走されるのは気持ちが悪いと言っていただろう？」

確かに、言った。ご馳走されるだけでは、落ち着かないのだ。お金なりなんなり、同等の価値があるものを返さなくてはと思ってしまう。

「おそらく君は、人にあまえることに慣れていない。それが厚意を重荷に感じてしまう原因だろう」

　志緒は俯く。言われてみればそうかもしれないと、納得できるところがあった。

　自分に優しくしてくれることは相手にとって負担ではないかと、考えてしまうのだ。祖母にだって、申し訳なさは感じていた。

　できる限り、対等でいたい。一方的に施しを受けるのは、罪深いと感じてしまう。

「そういうところはあるかもしれません。でも、私から縁を切るってどういう意味ですか？」

「君は今、俺に『色々と世話になっている』という負い目を感じているからこそ、渋々つきあっているんだろう？　そんな君の心につけこんでいる俺としては、金を払って関係を清算されるのは困るんだ。まだ口説き落としていないからね」

「な……あ⁉」

　志緒は目を丸くし、カチャンとスプーンを落とした。

　なんということをサラッと言っているのだ、この男は。

「あ、あ、あなたは、私の気持ちを利用しているというんですかっ！」

「ああ、その通りだ」

　大きく頷く七海。志緒の顔が怒りで熱くなり、思わず立ち上がった。

「つ、つきあってられません。性格が悪いにもほどがあります。それなら、私は――！」

「ここから、出て行く?」

テーブルの上で両手を組み、まるで挑発するような目で見上げる。

ぐっ、と志緒の顔が歪んだ。

ここで七海の顔に水でもぶっかけて、罵りながら出て行くことは可能だ。

しかし、志緒に食事のおいしさを思い出させてくれたのは七海の気遣いだった。優しくいたわりのあるエスコート。志緒がリラックスできるような素敵な店を選んでくれた。

おいしいと口にする志緒を見て、七海は「よかった」と喜んでくれた。

そんな人をなじって出て行くなんて恥知らずなことは、間違ってもできない。

――『志緒。恩を受けた人にはね、誠実に感謝することが大事なの。そして、相手が喜ぶ方法で、恩を返してあげなさい。そうやって、人は助け合っていくのよ』

祖母が昔、そんなことを言っていた。

志緒はむむっと眉間に皺を寄せ、しぶしぶ椅子に座り直す。

七海は志緒の行動を愛でるように、ニコニコしていた。

(人を挑発して思い通りに動かすなんて、趣味が悪い)

心の中で文句を言いつつ、志緒は唇を尖らせる。

「では、私はどうすればこの感謝を返すことができるんですか?」

「それは前にも言ったと思うが。志緒が人生を楽しめたなら、それが俺にとっての返礼だ」

「結局それに戻るんですね」

「ああ。そして俺のことを好きになってくれたら、なおいい。なんなら、今すぐに俺に惚れても構わない。いつでもウェルカムだから、遠慮せずに飛び込んでくるんだぞ」

七海が朗らかな笑顔で両手を広げる。

はあ、と志緒はため息をついた。こんなに全力で『好き』と訴えられたことがないから、どう反応していいかまったくわからない。でも、志緒はもう『冗談はやめてください』とは言えなかった。

どこに惚れたのかはまったくわからないが、彼が自分を好きというのは本当なのだろう。

志緒は困り果ててしまった。一介の秘書と、注目企業の敏腕社長。どう考えても釣り合わない。

「そうだ、志緒。アドレスを交換しよう。志緒の仕事が終わるのを待つのは楽しいが、毎日待ち伏せするのはさすがに現実的ではない。互いに連絡先を知っているほうがなにかと便利だろう？」

七海が懐からスマートフォンを取り出す。どこまでもマイペースで、人を勝手に巻き込もうとする。この人は誰に対してもここまで強引なんだろうか。

「お断りします。私は、七海さんから人生の楽しさを教えてもらいたいとは希望していませんから」

「つれないなあ。ここまできたら最後までつきあってくれてもいいじゃないか」

「い・や・で・す！」

一音ずつ強調して、いーっと歯を見せると、七海は楽しそうに笑った。

食生活が改善すると、こんなにも心が前向きになるものかと、志緒はしみじみ実感する。

おそらく、味覚が麻痺（まひ）していたのは精神的なストレスが原因だったのだろう。たったひとつのきっかけで、志緒は大切な感覚を取り戻すことができた。

そもそもは、公園で七海に弁当を取られた日。あの時にもらった野菜のスムージーが始まりだったのだと、志緒は思う。

あの時、なにかを口にして久しぶりに、おいしいと感じた。そして七海に無理矢理連れて行かれた中華料理屋での中華粥、先日の素敵なルーフトップバーで口にしたほろほろのビーフシチュー。

なぜかはわからないけれど、志緒は七海のおかげで段々と味覚を取り戻したのだ。

そして今、志緒は昼休みに手作り弁当を口にする。

「うん、おいしい」

休憩室では、志緒以外の社員も思い思いの場所で昼食を食べていた。この会社に食堂はないが、出前注文はできる。志緒もたまに出前を取るが、からあげ弁当がなかなか美味だ。

ぱく、と卵焼きを食べると、ほんのりあまい味に心がほっこりする。

自分で作った料理をおいしいと感じる。それはなんて嬉しいことなんだろう。

(やっぱり、七海さんには感謝しないといけないわ)

志緒を好きだのなんだのという云々(うんぬん)は、ちょっと後回しにしておけば、腹が食事で満たされるというのは、幸せなことだと素直に思えた。

おにぎりに入れた梅干しの塩っぽいすっぱさがおいしい。

志緒が喜びを噛みしめて弁当を食べていると、スマートフォンがピリリと鳴った。

……めずらしい。

志緒には、大学や高校の同級生で仲のよい友人はいるものの数少ない。しかも、連絡がくるとしたら大体は夜なので、こんな時間にメールの着信音が鳴るのは稀(まれ)なのだ。

スマートフォンを手に取り、メールを開く。

『七海橙夜』

メールの差出人を見て、志緒は「えっ⁉」と声を上げてしまった。周りにいた社員たちが志緒に注目する。

「ど、どうしたの？　河原さんが大きな声を出すなんてめずらしいね」

同じ総務課で働く同僚が驚いている。志緒は「すみません……」と身を小さくして謝り、改めてスマートフォンの画面を見た。

『お仕事お疲れ様。早速だけど、次のデートの日取りを決めたい。スケジュールアプリに、志緒の予定を記入してもらいたい』

ガクッと肩を落とした。

（なにをちゃっかりと、次の打診をしているのよ！　しかも、デ、デートなんて……。デートのつもりはまったくないのに！）

志緒は怒り顔で、メールを打ち始める。

『私はメールアドレスをお伝えした覚えはないのですが、どうして知っているんですか？』

メール、送信。ふうと息をつき、おにぎりを食べる。するとほどなく、メールの返信を告げる音がした。

『占部さんから聞いたんだ。君を口説きたいと言ったら、即座に教えてくれたよ』

（社〜長〜!!）

志緒は最後のひと口を放り込み、高速で弁当箱を片付けると、社長室に向かって走り出した。占部のスケジュールは常に記憶している。今日はまだ、社内にいるはずだ。

「社長！　七海さんに私のアドレスを教えるなんて、なにを考えているんですか！」

「おや、河原さん。早速七海さんに口説かれてるのだね？」

出前のカツ丼を食べていた占部が朗らかに微笑む。志緒はずんずんと歩いて近寄り、非難した。

「個人情報を勝手に他人に流さないでください！」

「他人といっても七海さんだからなあ。彼は決して、河原さんに失礼な口説き方はしないと思うよ。まあ、どうしても合わなければお断りしたらいい。彼は、引き際もわきまえている人だよ」

「わきまえてないから困ってるんじゃないですか……」

志緒はボソッと呟いた。「なにか言った？」と占部が首を傾げ、志緒は首を横に振る。

どうも占部は、ずいぶん七海を買っているようだ。誠実で紳士的だと、太鼓判を捺す。

しかし志緒にとっての七海は傍若無人で、自分勝手ですぐに自分のペースに巻き込む、迷惑な人なのだ。

まったく、占部も七海も困った人である。

志緒は、とぼとぼと総務課のオフィスに向かった。

スマートフォンを見ると、また七海からメールがきていた。

『とにかく、スケジュールを合わせたいから早めに連絡をよこすように』

(嫌よ。どうしてあなたの都合に合わせなければならないの)

七海には感謝している。だが、勝手にメールアドレスを他人から聞き出すなんて、失礼だ。

志緒は無視することにした。

やがて昼休みは終了し、仕事を再開する。

——集中、集中。余計なことは考えずに、今やるべき仕事をやろう。

志緒はそう自分に言い聞かせ、海外から社長宛に届いたメールの翻訳作業を始める。

カタカタ、カタカタ。

作業音が響くオフィス。キーボードを打ちながら、志緒の顔は不機嫌にしかめられていた。

頭の隅で、どうしても七海のことを考えてしまう。

(……やっぱり、返事くらいはするべきかな)

指を動かし、英和辞典を引きながら、同時にそんなことを考える。ふるふると首を横に振って、考えるな、と自分を戒(いまし)める。

（七海さんは一応、うちの会社のお得意様だし……って、仕事とプライベートは関係ないじゃない！）

はあ、とため息をつき、マグカップを持って給湯室に入る。

温かい紅茶を淹れて、ふたたび席に戻った。

（でも、無視はちょっと、やりすぎかもしれない）

キーボードをタイプする指をぴたりと止めた。そして眉間に皺を寄せ、ふたたびカタカタと打つ。

（やりすぎじゃないわ。社長から勝手にアドレスを聞き出すなんて、マナー違反よ）

一通目の翻訳が終わって、次の作業に入ろうとする。そこで、内線が鳴った。

「はい、河原です」

『占部です。来週の打ち合わせの資料って、もう用意できている？　ちょっと確認したいんだけど』

「ただいま参ります。お待ちください」

志緒はデスクのファイルから必要な資料を取り出し、クリアファイルに差し込む。そして総務課を出て社長室に向かった。

（……でも、七海さんが多忙なのは確かだわ。私にかまけてる時間なんて、本当はないはず。それなのにあの人は、私を待ち伏せしたり、こうやってメールを送ってきたりし

てくれる）

ぴた、と足を止めた。

志緒はしばらくそのまま立ち止まり、やがて、頭を手で押さえた。

「ああ、もうっ」

こんなにも、自分の感情が掻き乱されたのは初めてだ。祖母が亡くなった時も頭が混乱していたが、心の中にひしめく感情は『悲しい』という、ただそれのみだった。

しかし、七海のことを考えると、こんなにも様々な感情が心の中に入り交じる。

困惑。戸惑い。苛立ち。怒り。感謝。……喜び。楽しさ。

「楽しい……？」

志緒は眉をひそめた。そして目を閉じ、はあっと息を吐く。

「それはない。気のせいだわ。絶対にそんなわけないいんだから」

志緒はパンパンと自分の頬を叩いて気持ちを切り替え、社長室へと赴（おもむ）いた。

終業のチャイムが鳴って、志緒は占部にスケジュールの確認をしたあと、帰り支度を済ませて会社を出る。

今日は、色々と注意力散漫になってしまった日だった。妙に疲れているのはそれが原因だろう。

志緒はコートのポケットからスマートフォンを取り出し、ジッと見つめる。

地下鉄の駅に向かって歩き、非常に不機嫌になりながらメールを開いた。

（とりあえず、スケジュールアプリに予定を書き込むくらいはしておこう。相手は多忙な人なんだし、私のことで煩わせるのはよくないわ）

あくまで、彼の仕事を慮っているのだ。別にデートに乗り気になっているわけではない。

言い訳がましいことを考えながら、志緒はスケジュールアプリを立ち上げた。その時、唐突にスマートフォンが着信音を響かせる。

今日はよく、スマートフォンが鳴る日だ。人との交流が少ない志緒にとって、これはめずらしい。

（七海さんから電話かな）

一瞬そう思った。しかし、表示された名前を見て、志緒は目を見開いた。

——河原愛華。

スマートフォンを持つ手が震えた。落とさなかったのは奇跡かもしれない。

「どうして……」

もう二度と会うこともない。他人と化した存在。少なくとも向こうから連絡してくることはないと思っていた。誰よりも志緒を蔑み、嫌い、憎んでいた、志緒のたったひとりの、妹。

ピルル、ピルル。

無機質な着信音が鳴り響く。志緒はしばらく立ち尽くしたあと、慌てて電話を切った。

なぜ、どうして、連絡をしてくるのだ。理由がわからない。妹の声を聞くのが怖い。

――さようなら、お姉ちゃん。せいぜい不幸になりますように。

志緒が実家を出る時に投げられた言葉は、愛華が心から願っている望みだった。彼女は、志緒が悲しめば悲しむほど喜ぶ。

告別式の日もそうだ。祖母が眠る棺桶に花を挿し、悲しむ志緒に『ばあさんと一緒に心中すればよかったのにね』と、せせら笑って言ったことも覚えている。

そういう人間なのだ。だからもう、志緒があの家を去ったあとは他人になれる、そう思っていた。

だが、ふたたびスマートフォンが鳴る。相手はやはり、河原愛華。

どうしてこんなにもしつこく電話をかけてくるのだろう。

なにを伝えたがっているのだろう。

志緒はただ、スマートフォンを見つめる。

(もしかしたら、両親になにかあったのかもしれない)

祖母と同じ病にかかったとか。事故にあったとか。妹は両親に溺愛されて育ったため、世間知らずなところがある。両親の危機に右往左往して、困り果てて自分を頼ってきたのかもしれない。

志緒は覚悟を決めた。不安な心に蓋をして、通話ボタンを押す。

「……はい」

『あ、やっと繋がった。あたしからの電話を無視するなんてひどいじゃない。お姉ちゃん』

相変わらずの、あまったるい声。

だが、いつも通りの妹の声を聞いて、志緒は内心ため息をつく。

どうして両親の危機かもしれないなんて思ったんだろう。もしそうだったとしても、愛華には婚約者がいる。彼を頼ればいい話だ。なぜ、自分が頼られていると一瞬でも思ってしまったのだ。

「私は忙しいのよ。特に用事がないなら切るわ」

電話に出るんじゃなかった。後悔しながら志緒は電話を切ろうとする。

『ねえ、お姉ちゃん。あの素敵な男の人。だあれ？』

愛華の一言で、志緒は息を呑む。

体がぞくりと震えて、思わず辺りをきょろきょろと見回してしまう。

くすくすと、愛華の笑い声がスマートフォンから聞こえた。

『滝のある素敵なルーフトップバー。夜景が綺麗だったわね』

怖気立つ。それは間違いなく、七海と行った場所だった。

どうして、志緒がそこにいたのを知っているのだ。

志緒が黙ったままでいると、スマートフォンからあまったるい声が聞こえる。

『お姉ちゃん。なあに、あれ。あたしに婚約者を取られたから、男を漁ってるってわけ？』

嘲る声色。侮蔑の言葉。

『そんなビッチだとは思わなかった。妹として恥ずかしいわ』

くすくすと笑ったあと、落胆するようなため息をつく。

志緒はぐっと唇を噛んだ。私はそんなつもりじゃない。そう言いたかったが、彼女は志緒の言い分などまったく聞かないだろう。そういう人間なのだと、志緒は長年の生活で思い知っていた。

『あなたは、隠居同然のばあさんに育てられたから、あまり自覚していないでしょうけど。河原家ってね、それなりに歴史のある名家なのよ』

志緒は一度も連れて行かれることはなかったが、妹は両親と共に、様々な社交の場に赴いていたと、愛華本人から聞いている。いつも華やかな世界のことを自慢していた。

『だからね、お姉ちゃん。家を出るのは自由だけど、うちの恥にはならないで頂戴。

あんなところ、目立って仕方なかったわ』

志緒は黙ったまま、なにも口に出せないでいる。愛華はどろりとあまい飴のような声で囁いた。

『陰キャでブスなあなたには、じめじめした、くらぁい場所がお似合いよ』

ぷつりと通話が終わった。

物言わなくなったスマートフォンを片手に、しばらくその場に立ち尽くす。

ぶろろ、と夜の裏通りを車が通り過ぎていき、その走行音で志緒はハッと我に返った。

そして、はじけるように駆け出す。

カツカツ、カツカツ。

ローファーが忙しなくアスファルトを叩く。やがて地下鉄の駅が見えて、志緒は転がる勢いで階段を下り、ホームに入った。

はあ、はあ。

志緒が上がった息を整えている間に地下鉄がやってきて、人混みに紛れて乗り込む。

呼吸が落ち着いても、心臓はいまだ早鐘を打っていた。ドッドッと、忙しく心臓が動いて、頭に熱が上る。

めまいがした。油断したら足がよろける。

地下鉄が目的の駅に到着して、志緒は早足で帰路につく。そしてアパートの鍵を開けて中に入ると、しっかり施錠して、ドアチェーンをかけた。

真っ暗な、闇に包まれた部屋。志緒だけが入れる、誰にも侵されない、たったひとつの砦。

志緒は照明も付けずに歩いて、やがて、へたりこむ。

「見られて……いた」

両手を床につき、愕然する。

いつから？　どこから？　それはわからない。

だが、確実に言えるのは、今の志緒は妹に監視されているということだ。いや、おそらく、実際に監視しているのは両親だろう。人を雇って、志緒の私生活を覗き見しているに違いない。

妹が望むだけで、両親はすべてを叶えるために動く。

志緒が祖母に買ってもらったぬいぐるみも、妹がほしいと望んだから両親が奪い取った。

志緒が友達に作ってもらった大切なアクセサリーは、妹が『見たくない』と望んだから、両親に壊された。

だから今回も、おそらく妹は望んだのだろう。魔法の鏡に望みを言うように。

――姉がいかに不幸に陥ってるか、知りたいな、と。

志緒はギュッと拳を握った。頭の中にひしめく思いは、ただひたすら『どうして』だった。

──私は家を出た！　あなたたちの望む通りに、目の前から消えた！

それでいいじゃないか。自分のことなんて放っておけばいい。それなのにどうして、監視するような真似をするのだ。なぜ、大嫌いな娘の人生に介入したがる。

志緒にはわからない。両親が志緒を嫌い、愛華を溺愛する理由も。愛華が志緒に興味を持つのも。

せっかく気持ちが前に向いていたのに。祖母を失った悲しみを少し乗り越えられた気がしたのに。

志緒はその場でうずくまり、しばらく動くことができなかった。

暗い部屋の中、閉めたカーテンの隙間からは、青白い光が差し込んでいる。

今宵は目が醒めるような満月だった。冬の空にぽっかりと浮かぶそれは、幻想的な美しさに満ちている。だが、今の志緒には月を愛でるような余裕はない。

心の中には氷雨が降り、いまだ解放されない手錠に繋がれているような気分だった。

機械的に仕事をする。

昼休みの時間や、会社を退社したあとに、七海からメールがきているのは気づいていたが、返事はできなかった。

ただ、怖かった。職場であれ、帰り道であれ、今この時この場にも両親の目があるのかと思うと、どんな些細(ささい)な行動も起こせなかった。

そして、訪れた休日、十二月に入って最初の土曜日。

志緒はカーテンを閉め切ったアパートの中で、布団にくるまっていた。

なにもしたくない。外に出たくない。

昨日は、何時間寝たかわからなかった。もしかしたら徹夜してしまったのかもしれない。

目を閉じては、物思いにふけり、目を開けてはため息をつく。そんな夜を過ごした。

こんなはずじゃなかった。

あの両親と妹のことを忘れて、自由気ままに生きるつもりだった。思えば、志緒の実家は牢獄(ろうごく)も同然だったのだ。祖母という安全地帯があるだけの、檻(おり)だった。

だから、家を出たことでようやく自分だけの人生が歩めると思ったのに。なぜ自分はこんな風に人目を忍ぶかたちで部屋に潜んでいるのだろう。

悔しくて、涙がにじむ。

自分のふがいなさに苛立って仕方がない。どうしてこうも自分はいくじなしなのだ。監視されようが妹から嫌味を言われようが、気にせず人生を謳歌したらいいじゃないか。

それなのに、体の震えが止まらない。あの両親に見られている――それがなによりも恐怖だった。

志緒が大切なものを手にした途端、にたにたと嫌な笑みを浮かべて取り上げる。そんな予感がしてならない。だから楽しそうな顔をしてはいけない。嬉しそうにしてはいけない。

志緒が喜べば、彼らはその感情を摘み取りにくるのだ。だから、動きたくない。もう、なにも奪われたくない。

ちゅんちゅんと、すずめの鳴き声が聞こえる。

カーテンの隙間からは、月明かりとは違う、爽やかな朝日がにぶく差し込んでいた。

ふいに、ぐうと志緒の腹が鳴る。

そう、眠れはしなかったが、食欲はちゃんと戻っているのだ。味覚も鈍ってはいない。

そういう意味では、志緒は最悪の状況からは抜け出ていると言っていいだろう。

志緒は虚ろな目をしながらも、くすりと笑った。

「お腹がすくのは……この場合、いいことなのかしら」

腹を手で押さえて、呟く。正直、料理をするのも億劫だったが、腹は懸命に朝食を求めていた。

志緒はしばらく考えるが、やはり空腹を覚えるというのはよいことだと考え直す。

ようやくベッドから立ち上がり、身支度を整えてからパンの袋を取って、小さな冷蔵庫を開ける。

すると、ピンポーンとチャイムが鳴った。

志緒はビクッと体を震わせて、玄関の方向を見る。

このアパートに住み始めて、初めてチャイムが鳴った。このアパートの住所を知っているのは、総務課長と社長だけだ。それ以外には一切教えていない。

訪問販売、新聞勧誘。憶測が頭の中を飛び交うが、一番に志緒が恐れていたのは両親だった。

（お父さん……お母さん？　それとも、愛華？）

彼らは自分を監視している。それなら、志緒のアパートの場所を把握していてもおかしくない。

とうとう志緒からなにかを奪いにきたのか。だが、今、奪われて困るものなんてない。

（さすがにお金を奪うなんてことはないものね。お金だけはあるようだったから）

志緒にはまったくと言っていいほど使われなかったが、両親は自分たちと妹には惜しみなくお金を使っていた。散々妹から、ブランドのバッグや洋服を買ってもらったという自慢を聞かされていたし、両親の装(よそお)いも派手だった。志緒の身の回りのものはいつも祖母に用意されていたから実感はまったくないが、河原家に資産があることは間違いない。

では、なんの用事だろう？

志緒はすっかり、来客が両親か妹だと思い込んでいた。心臓が嫌な風に早鐘を打つ。背中に冷(ひ)や汗が流れて、ごくりと生唾(なまつば)を呑み込み、玄関ドアを見つめる。

ピンポーン。

ふたたびチャイムが鳴った。志緒はおそるおそる歩き、玄関ドアに手を当てた。そして、ドアスコープに顔を近づける。

両親だったら、妹だったら、居留守を決め込もう。

そう思って、ドアスコープを覗くと――

目の前にあるのは、男性の胸元だった。

「え？」

想像していた姿ではなくて、志緒は戸惑う。男は明らかに父親ではない。では、セールスマンだろうか？　いや、それも違うようだ。スーツ姿ではないし、チラシなども持っていない。

最初は胸元しか見えなかったが、やがて身じろぎをして、ドアスコープに顔が映る。それは、志緒にとって非常に見知った顔だった。

「なっ、なっ、七海さん⁉」

志緒は素っ頓狂な声を上げた。思わずあとずさりをして、ぱちぱちと目を瞬かせる。

「志〜緒っ」

七海はドアの向こうから実にフレンドリーな口調で志緒を呼び、コンコンとノックした。

開けるか、開けないか。

志緒はしばらく悩んだ。いや、八割くらいは開けないという選択肢を選んでいた。だが、こうやって七海が訪れていることが、いつ両親の目に入るかもわからない。

仕方がない……と、諦め、志緒は解錠してチェーンを外すと、ドアを開いた。

「やあ、おはよう」

「……おはようございます」

「いい朝だな。寒いけれど、絶好の秋晴れだ。いや、もう十二月だから、冬晴れと言うのかな？」

「そんなことはどうでもいいですから、とにかく中に入ってください。すぐに！」

グイッと志緒は七海の手を引く。彼は少し驚いたように、玄関の中に入った。

「なんだ。いきなり押しかけたのに、ずいぶん積極的だな。俺は嬉しいけれど」

「なんの話ですか。あなたはとても目立つんです。人目につく前に、隠したかったんです！」

志緒は腰に手を当てて、憤然と七海を睨んだ。先ほどまで両親と妹の影に怯えきっていたことなど、すっかり忘れている。

「なにしに来たんですか。いえ、それよりも、どうしてこのアパートを知っているんですか？」

「うん。それは簡単だ。俺が占部社長に、志緒をデートに誘いたいんだが無視されるんです、と悩みを打ち明けたら、直接話すといいと言って、住所を教えてくれた」

「社～長～!!」

志緒は拳を握って、恨みを込めて占部を呼ぶ。

「こんなのは反則です。社長のモラルのなさも引きますが、住所を聞き出して、女性の部屋まで来るなんて、非常識です！」

「いや、俺もできればスマートに事を進めようと思っていたんだが、なにしろ君は頑なだからね。手段を選ばずにいこうと決めたわけだ。君に無視され続けて、ムキになったというのも理由にある」

腕を組み、勝ち気な笑みで志緒を見つめる。

対して志緒は、ばつが悪くなって視線をそらしてしまった。

「その、メールを……無視したのは、ごめんなさい」

「うん。志緒は、いたずらに人を無視するような女性ではないと思っているよ。だから、スケジュールを書き込むくらいはするかなって思っていたのだが。なにか、あったのか？」

組んでいた腕をほどき、七海が静かな口調で問いかける。

(……どうしよう)

玄関で立ち尽くし、志緒は途方にくれる。

返信しなかったのは、志緒の事情だ。七海にはまったく関係のない話である。

七海には祖母が亡くなった時の話を聞いてもらい、ただでさえ世話になっているのだ。

これ以上、借りを作りたくないし、志緒の事情に関わらせたくない。

(だけど、これはチャンスかもしれない)

ふと、そう思う。開き直って、すべての事情をぶちまけてしまおうか。

淡々と事実を述べるだけでいい。はっきり言って、志緒の家族は異常だ。だからこそ、普通の家庭で育っているであろう七海は、引くに違いない。

こんな女と関わりたくない。そう、七海だって思うはず。

志緒が男だったら、長年両親と妹に虐げられて、大切にしているものを奪われて、さらに家を出たあとも監視されているなんて、そんな面倒そうな女とは関わりたくない。

だから、志緒は決めた。

「わかりました。それでは――」

「なあ、志緒。腹が減った」

「……は？」

出鼻をくじかれ、志緒の額にぴしっと青筋が走る。しかし七海は朗らかに笑い、腹をさすった。

「今日は急ぎの用事があったので、朝食も食べずにきたんだ。だから、なにか食べたい」

ニコニコと言う七海に、志緒は唇を尖らせる。

「では、どこへなりとも行って、朝食を召し上がってはいかがですか」

「志緒の作る朝食が食べたいんだ」

「私は別に、お腹減ってませんから」

思わず嘘をつくと、七海がニヤリと笑みを深める。

「それはないな。だって志緒、君は食パンの袋を握りしめている」

人差し指でさされて、志緒はハッとして自分の手を見た。ちょうど朝食の用意をする直前だったのだ。

「朝食前だったんだろ?」

「うぅ」

「あ、食費は払うぞ。それとも、一緒にホテルのモーニングビュッフェでも食べにいくかい?」

「食べませんっ! もう、わかりましたよ。食べたら出て行ってくださいね」

「ああ。君がメールを無視し続けた理由を話してくれたらな」

グッと志緒の顔が歪む。やはりそこは忘れていなかったか。

(いいわよ。そんなに聞きたいなら話してあげるわ。そして、ドン引きしたらいいのよ)

なかばやけになって、志緒は七海を部屋に招き、食パンの袋を開けてトースターに入れた。それからフライパンに油をひき、卵とベーコンを焼く。

じゅうじゅうと食材の焼ける音を聞きながら、志緒はキッチンの引き出しを開けて、瓶詰めのハーブをいくつか取り出した。そしてケトルに水を注ぎ、コンロにかける。

「志緒は育ちがいいわりに、なんでも自分でできるよな。料理をしている時もきびきびしている」

リビングから七海の声が飛んできた。そちらを見ると、彼は丸い座卓の傍であぐらをかいていて、楽しそうに志緒を観察している。

二枚の皿に焼き上がったベーコンエッグを入れながら、志緒は七海を睨む。

「育ちがいいって、どうしてそう思うんですか？」

「君に初めて会った時から、所作のひとつひとつが上品で、歩き方も綺麗だと思っていたからね。秘書として学んだのもあるだろうが、おそらく、幼少の頃からたたき込まれているんだろう？」

チン、とオーブントースターが鳴る。焼けたトーストにマーマレードのジャムを塗り、ベーコンエッグの隣に載せる。

座卓に料理を置いて、志緒は眉間に皺を寄せた。

「……確かに、正解です。祖母は立ち居ふるまいに関しては、とても厳しかったですから」

祖母は志緒に優しかったが、礼儀作法だけは容赦なかった。歩き方や立ち方、話し方、床に落ちたものを取る仕草や、食べ方、あらゆることに関して徹底的にしごかれたものだ。

両親と妹が祖母を口うるさいと疎んじたのはそれが大きな理由にある。祖母は志緒に限らず、家族全員に厳しかった。妹は、祖母が何度言っても礼儀作法を学ぶことをせず、癇癪を起こしてはものを投げた。両親はそんな妹をかばって祖母をなじり続け――いつしか祖母は、両親と妹に意見することをやめてしまった。要するに、諦めたのだ。

「でも、それと育ちがいいことは関係ないのでは？」

「君は以前、慕っていた祖母を亡くした話をしただろう」

シュンシュンと湯が沸く。志緒は慌ててケトルを取りにいき、ハーブを入れたティーポットに湯を注いだ。

「淡々と説明しているように見えていたが、時々、不満のような感情が見えていた。志緒、君は祖母の死に対し、悲しみ以外の感情も抱えている」

はっきりと言われ、志緒は驚きに目を丸くする。そんな風に言ったつもりはなかったのに、七海には志緒の心情がばれていた。

「だが、君はその不満を口にしない。いや、むしろ隠そうとしている。なぜなら、他人に愚痴を言うことは、礼儀に欠けるからだ。自分の感情よりも理性を優先する。そんな実直な性格の志緒が、育ちが悪いわけないだろう？」

志緒は薄く唇を開き、ぽかんとして七海を見つめた。

なんという洞察力だろう。人の言葉、口調、そして仕草。すべてを観察してこその結論だったのだ。

（さすがは、話題の敏腕社長……ね）

なぜこんな人が、志緒に興味を持つのだろう。手狭なワンルームアパートで、その大きな体を窮屈そうに丸めて座っている姿は似合わない。

志緒はハーブティをティーカップに注いだ。彼にひとつ渡して、座卓につく。

「おっ、これは予想外だった。ここでも君のハーブティを頂けるなんて、俺はついてる」

「そういう、歯の浮くようなお世辞はいいですから、早く食べましょう」

「お世辞じゃないよ。本当に嬉しいんだ」

互いにいただきますと手を合わせて、食事を始めた。七海はまず最初にハーブティの香りを楽しんでから、ゆっくりと飲む。

「ああ、体が温まるね。これはレモングラスに色々混ぜているんだな。この苦みはタイムか」

「はい。あと、ローズマリーを少し足しました」

「どちらも朝にぴったりのハーブだ。嬉しいね」

存分にハーブティを楽しんだあと、七海はフォークでベーコンエッグを食べ始める。

「ふふ……」

食べながら笑うので、志緒は訝しく思い彼を見た。

「いや、これが幸せというものか、としみじみ思ったら、笑いが込み上げてきたんだ。

志緒と結婚したら、こんな風に朝を過ごすんだろうな」

「な……っ」

志緒の顔は熱くなり、ぽろりとフォークを落としてしまう。

「な、なにを、言っているんですか！」

「なにをって、恋する独身男のさもしい妄想だよ。俺は毎日志緒を心に思い浮かべて、焦がれる日々を過ごしているんだからな」

「そういうことをサラッと言うところが、苦手なんです！」

あまりに気障で、恥ずかしくなる。志緒は不機嫌になりながらトーストをかじった。

「もう、七海さんは私の話を聞いて、少しは引いたらいいんです。ちょっとお行儀が悪いですけれど、食べながら聞いてください」

「ふむ」

ベーコンエッグを食べていた七海が顔を上げる。

「実は私、監視されているんです」

ジッ、と七海を見つめて、志緒は言う。七海はひどく真面目な顔をした。

「穏やかじゃないな。警察に言うべきことではないか？」

「相手が他人だったら言ったかもしれません。ですが、監視しているのは両親なので、警察に言っても相手にされないでしょう」

志緒はこくりとハーブティを飲んでから、自分の事情を説明した。

「私は、幼少の頃から両親に嫌われ、妹には大切なものを奪われ続けてきました。だから私は、彼らと縁を切るため、祖母が亡くなったと同時に家を出たんです。……それなのに」

志緒は食事を終え、空になった皿にフォークを置く。

「前に、七海さんと素敵なバーに行ったでしょう？　あれを、見られていたんです。妹から連絡がきて、私が男漁りをしていると言われました」

あの時の電話を思い出すと、悔しさが込み上げる。志緒はぐっと唇を噛み、俯いた。

「このまま私が傍にいては、七海さんに迷惑をかけてしまうかもしれません。だから、あなたは私から離れるべきなんです」

七海は、ベンチャー企業の社長だ。見目のよさとカリスマ性から経済雑誌の表紙を飾り、インタビューも度々受けているほど注目を浴びている。

彼には守るべきものがたくさんあるのだ。自分のようなリスクのある人間と関わらないほうがいい。

そんな思いを込めて、志緒は七海を見つめた。

「ふうん」

だが、七海はまったく気にしない様子で相づちを打つ。志緒は眉をひそめた。

「ふうん……って。だからですね、私はそういう事情を抱えているので、七海さんには連絡したくなかったんです。迷惑をかけたくなかったから！」

「それは理解した。ちょっと待ってくれ、電話をしたい」

七海はスマートフォンを操作し、電話をし始めた。志緒はむかむかした顔を隠そうともせず、憤然と食器を集めて、シンクで洗う。

（なによ、もう。理由を話せっていうから説明したのに、聞いているんだかいないんだかわからない態度で、腹が立つったらないわ）

両親に監視されているなんて聞いたら、気味が悪いと思うのが普通なのに。七海はまったく気にしている様子がない。

思い通りにいかなくて、志緒が苛立ちまじりに食器を片付けていると、電話を終えた七海が「よし」と言ってスマートフォンをしまった。

「志緒。出かけるぞ！」

「私の話、聞いていました!?」

「もちろん聞いていた。だから、出かけよう」

七海は立ち上がってコートを着込む。志緒はつかつかと彼に近づき、怒気を孕んだ声で訴えた。

「信じられないかもしれませんが、私は本当に監視されているんです。あなたと外を歩けば、絶対に家族がなにか言うに決まっています。今度は、あなたに直接被害が及ぶかもしれないんですよ？　あの人たちは、私を傷つけるためには手段を選ばないんです」

志緒が手を握って言うと、マフラーを首に巻いた七海は、ニヤリと意地の悪い笑みを浮かべた。

「そうか。なおさら腕が鳴る」

「なにを言って……」

「悪いが、文句は移動しながら聞く。時間がないんだ。早くコートを着て行こう」

やけに七海が急かす。だが、もう彼に振り回されるのはごめんだと、志緒はぷいと横を向いた。

「志緒。行こう」

チラ、と志緒が目線を向けると、彼はいつになく優しい笑みを浮かべていた。

なんの企みもなく、悪意もない。ただ、志緒を楽しませたい。それだけのために手を差し伸べているように見える。

志緒の心はぐらついた。こんなにも自分に一生懸命になってくれる人に対し、今の態度はあまりに失礼ではないか。

「うぅ」

志緒は悔しくて唸ったあと、ハンガーから白いコートを取った。そして、マフラーを巻く。

「わかりましたよ。どこへなりともおつきあいします！」

「うん、いい返事だ。志緒は本当に優しくて、可愛い子だね」

「またそういうことを言う。あなたがどうなっても、私は責任を取りませんからね」

貴重品の入ったバッグを掴(つか)んで志緒が七海を睨(にら)むと、彼はニッコリと満面の笑みを浮かべた。

「監視の件については問題ない。要するに、監視の目が届かない場所に行けばいいのだろう？」

「え？」

ぱちくりと目を瞬(しばた)かせる。そんな志緒に、七海は華麗にウィンクをした。


七海の車に乗って移動した先は、なんと空港だった。

さすがに志緒は愕然(がくぜん)とする。言葉も出ない。なぜなら、空港の中でも七海が志緒を連れて行ったのは、プライベートジェット機の発着場だったからだ。

完全に私的な用途で、個人の都合に合わせて飛ぶことができる、夢のようなジェット機である。

「な、な、な、七海さん、あの、これは、一体」

志緒は体を震わせ、驚きのあまり気を失いそうになってしまう。

硬直する志緒を引きずるようにして、七海は飛行機に乗り込んだ。魂が抜け出そうな志緒の腰に、七海がてきぱきとシートベルトをつける。それはリクライニング機能つきの、ゆったりしたソファで、すぐ傍には広いカウンターがあった。機内は少人数で利用することが想定された内装になっていて、普通の旅客機とは比較にならないほど高級感が溢れている。

あらかじめ注文していたのか、スタッフが七海に白ワインのボトルを渡した。

「ワイン、飲むか？」

その一言で、志緒はハッと我に返った。そして唇を震わせ、顔面蒼白になって彼に問いかける。

「ま、ま、待ってください、七海さん。これ、ジェット機、おいくら……ですか⁉」

「レディは、値段なんて野暮なことは聞かないものだよ」

「そんなこと言ってる場合じゃないです！　こ、こ、これ、じ、尋常じゃないお金がかかっていますよね？　やめてください！　こんなの、神様がお許しにならないです！」

「神様⁉　ははっ、面白いことを言うな。君は神様を信じているのか」

「そりゃ、信じていますよ！　いや、今はそんな話じゃなくて、わ、私、こんなの……だ、だめです！」

混乱のあまり、自分がなにを言っているのかよくわからない。

だが、志緒の気持ちをよそに、プライベートジェット機は早速エンジン音をうならせ、アナウンスと共に動き始めた。

「え、え、本当に飛ぶんですか⁉」

「そりゃ飛行機だから、飛ばなきゃおかしい」

「こんなの想定外……っ！　七海さん、この展開はおかしいです！」

「俺にとっては日常茶飯事(にちじょうさはんじ)だ。志緒、窓の外を見よう。俺はこの、離陸する瞬間が好きなんだ」

七海が志緒の肩を叩いて窓を指さす。

滑走路に移動した旅客機は、ポーンという合図音と共に、轟音(ごうおん)を立てて走り出した。

やがて、浮遊感があり、大空へと飛び立つ。

「どど、どうしてこんなことになっているの⁉」

慌てる志緒の横では、七海が実にマイペースな調子で、手際よくワインのコルクを開けていた。

季節は、十二月初旬だ。

つまり、冬の北国はとてつもなく寒い。

「なぜ、よりによって北海道なのですか……」

空港に到着して、北海道の地を踏みしめた途端、志緒はがたがたと震えながら隣に立つ七海を見上げた。彼は笑顔で、志緒を見つめている。

「冬の北海道も、なかなかいいものだぞ」

それに、と七海は志緒の手を握りしめて歩き出した。

「寒いのは外だけで、屋内は快適すぎるほど暖かいんだ。さて時間がない。早速行こう」

今日は土曜日、明日は日曜日。月曜にはお互い仕事があるから、つまり一泊しかできないということだ。なんという弾丸旅行なのだろう。

「ちなみに志緒は、北海道旅行の経験はあるのか？」

「旅行自体、修学旅行くらいしか行ったことがないので、北海道は初めてです」

「そうか。なら、楽しい観光になりそうだな」

遠い場所に来て、少しはしゃいでいるのか、七海がいつも以上に明るい。

志緒は彼の手に引かれながら、辺りをきょろきょろと見回した。

さすがにこんな所まで来たら、たとえ志緒が監視されている身だとしても、その視線は届かないだろう。

なにせプライベートジェット機に乗ってしまったのだ。追跡は不可能に違いない。

思わず、志緒は笑いがこぼれ出た。

「ふふっ……」

七海が振り返る。彼は志緒の表情を見て、目を丸くした。

「あ、ごめんなさい。なんだか、七海さんのやることが派手すぎて、笑いが込み上げてきたんです。こんなの、どうしようもないですよね。北海道なんて来ちゃったんですから」

七海はいつも規格外なのだ。人が思いつかないようなことを平気でやってしまう。なんて無茶苦茶な人なんだろう。

もう、笑うしかない。七海という人間のスケールの大きさに圧倒される。

敵(かな)わないと、志緒は思った。彼に勝てる人なんているのだろうか?

「本当は、かかっている費用とか、色々考えたら心臓がきゅーっとしますけどね」

「今更だが、俺が好きでやっているんだから、志緒が気にすることではないんだぞ」

「それでも私は気にしてしまうんです。でも、ここまで来たら……」

志緒はぎゅっと七海の手を握った。そして、顔を上げる。

「とりあえず、楽しまないといけないですね」

その言葉に、七海は少し驚いた表情をして、すぐに優しく目を細めた。

「ああ、その通りだ。せっかく北海道に来たのだから、辛気(しんき)くさい顔をしていては損だからな、徹底的に楽しむぞ！」

七海は志緒を連れてタクシーに乗り込み、札幌に向かった。

車の窓から外を見ると、外はすっかり雪景色だった。東京ではまだ初雪も降っていないが、さすがに北海道は雪が積もっている。

それでも今年は暖冬の傾向があり、札幌市内にはほとんど雪はないですよ、と運転手が教えてくれた。

市内に到着すると、街はやはりクリスマス一色になっていて、きらびやかな装飾があちこちで見られた。

「意外ですね。もっと寒いと覚悟していたのですが、そこまで寒くないです」

タクシーから降りて、志緒がマフラーを巻き直す。

「北海道は広いからな。場所によって気候もまったく違うんだ。ちなみに、札幌はそこまで寒くないと聞いている。夏は、本州と変わらない暑さらしい」

へええ、と志緒は目を丸くした。七海はニッコリと笑って「さて」と言う。

「どこに行きたい？」

「そう言われましても。七海さんはどこに行きたいんですか？」

なにせ志緒をここまで連れてきたのは七海だ。それなら、彼にはなにかしら計画があるのだろう。

志緒がそう思って訊(たず)ねると、七海は優しく微笑んだ。

「君の思うまま、望むところ。それが俺の行きたい場所だ」

「そんな……」

「ほら、遠慮はなしだ。うかうかしてると、悩んでいるうちに一日が過ぎてしまうぞ？」

七海が志緒を急(せ)かす。慌てて「ええと、ええと」と考えた。

「じゃ、じゃあ、定番ですけど、時計台が見たいです。あと、有名なテレビ塔……」

「よしきた！　時計台もテレビ塔も、歩いてすぐだ」

七海は志緒の手を握って歩き出す。

知らない街。知らない人。お祭り気分の自分たち。

心が浮き立った。わくわくする気持ちは、もう止められない。

志緒はこれまでずっと、手錠に繋がれて生活しているようだと感じていた。

たとえ実家を離れたとしても、自分は一生、あの両親と妹から解放されることはない――

そんな陰鬱(いんうつ)な気持ちさえ持っていた。

しかし今、初めて、綺麗(きれい)さっぱり解放されたような気がした。

自分は笑ってもいいんだ。喜んでもいいんだ。幸せを感じてもいいんだ。

ここでなら、誰もとがめない。誰も見ていない。ありのままの自分を出してもいい。

少し歩いてたどり着いた有名な時計台は、想像していたよりもこぢんまりしていた。しかし、可愛らしい建物の造りに魅せられて、志緒はスマートフォンで写真を撮る。

空は冬晴れ。目の醒めるようなスカイブルーに、白い建物はとても映えていた。

次に向かうはテレビ塔だ。しかし、移動中にふと、志緒は足を止める。

その視線の先にあったのは、少し古びたラーメン屋の看板だった。

「ああ、そういえば、北海道と言えばみそラーメンだったかな」

「はい。私、テレビとかで見聞きしたことはあるけど、ご当地ラーメンって食べたことないなって思ったんです」

旅行自体、数えるほどしか行っていないからだろう。

昔から志緒は『ご当地グルメ』に興味を持っていた。志緒がまだ学生の頃、近くのデパートで物産展をやっているのを祖母と見かけて、いくつかの商品を購入し、共に食べたことがある。

それはおいしかったと覚えているけれど、どこか味気ないな、と感じていた。

(こんな昔のことを思い出すなんて……。ずっと、おばあさまを亡くした悲しみのほうが強くて、すっかり忘れていたわ)

なんてことのない、小さな思い出。しかし、それは大切な宝物だ。

祖母と過ごした毎日。それだけは、幸せだった。

「じゃあ、せっかくだし食べてみよう」

七海が、志緒の肩に手を回し、からりとラーメン屋の扉を開く。

「えっ、えっ、い、いいんですか⁉」

「別にいいだろ。昼食もまだだし」

「いえ、そうではなくて……。七海さんのような方が、ラーメンを食べるものなのかと」

外食は常に高級レストランで済ませていそうだ。地元感溢(あふ)れる古びたラーメン屋とは縁がないと思っていたのに。

しかし七海は「ははは」と明るく笑う。

「志緒は俺をなんだと思っているんだ。ラーメンは好きだし、なんなら餃子(ぎょうざ)も好きだぞ」

「そ、そうですか」

「時間がない時は、立ち食い蕎麦(そば)で済ませることもあるし、君が思うよりも俺は所帯じみてると思うんだけどなあ」

「だって、七海さんは私をあちこちへ連れて行く時、高級そうなところばかり選ぶじゃないですか」

テーブル席に座って志緒が言うと、七海は「ああ」と、思い出したように言った。

「そりゃあね、デートでは張り切るさ。俺は君を口説いている最中だし、いいところを見せたいに決まってるだろう?」

長い指を組み、ニッコリと笑顔を見せる。

志緒はたちまち顔を熱くし、俯(うつむ)いてしまった。

「おや、今日は『からかうのはやめてください』と言わないんだな」

「う……」

思わず言葉に詰まったところで、店員が注文を取りにきた。七海はみそラーメンをふたつ注文して、水をこくりと飲む。

「さすがにもう、冗談やからかってるって、ごまかすことは……できません」

七海がことあるごとに、志緒に囁いたあまい言葉。そのことごとくを、いつも『冗談だ』『からかっているんだ』と決めつけて、志緒は彼の気持ちを否定していた。

キラキラした七海に劣等感を覚え、苦手意識を持ち、彼のような男性に好かれることはないと決めてかかっていたのだ。

でも、七海が志緒に向ける気持ちは本物なのだと、今ならわかる。

両親や妹によって自尊心は粉々に砕かれて、自分に対する自信なんてひとつもない。だけど、七海の気持ちに嘘がないことは本当なのだ。志緒がどれだけ劣等感に苛(さいな)まれていても、彼は自分を想ってくれている。

どうしてそこまで、気持ちを傾けてくれるのか……その理由は、わからないけれど。

「七海さんの私に対する感情を、嘘だと決めてかかるのは失礼かもしれないと、思ったんです」

「ふふ、それは大きな前進だな。やはり、思い切って旅行に連れ出してよかった」

周りに、ふたりを知る者はいない。だからこそ、志緒は素直になれたのだろうか。

やがて、ほかほかと湯気の立つラーメンが、テーブルに置かれた。

「わあ、すごいですね。白ネギがこんなにたくさんかかって、山みたいになっています」

濃いみその色をしたラーメンには、たっぷりの白ネギとバターがのっていた。早速食べてみると、みそだけではなく、複雑な出汁の味もする。旨味がたっぷりと詰まっていて、麺に絡めて食べると、味はまろやかでいながら奥深いあまさも含まれていて、バターのコクがたまらなかった。

するするっと食べられて、スープまでおいしく頂けてしまうという一品だった。

「ご当地グルメの味はいかがかな?」

「感動するくらい、おいしいです」

「うん、俺もだ。旅先で食べると格別だし、君と一緒に食事をすると、よりおいしく感じるよ」

「ま、また、そういうことを言う……」

ふたり揃って綺麗にラーメンを食べ終えると、早速、テレビ塔に向かった。

札幌のランドマーク。大通公園のシンボルとも言える。

そこは今、ちょうどイベントを開催していて、たくさんの人々で賑わっていた。

「わぁ……素敵」

「なるほど。ドイツに倣った、クリスマス市か」

辺りには、美しく装飾された異国情緒溢れる屋台が並んでいる。

歩きながら見てみると、可愛らしいオーナメントや、クリスマス雑貨で溢れていた。

ステージのほうでは、聖歌隊がゴスペルを歌っている。

「あ、この歌、知っています！　映画で聞いた、とても素敵な歌なんです」

美しくも、アップテンポの楽しいゴスペルソング。思わず志緒の体がリズムに乗ってしまう。

「俺も、この歌は知っているよ。なかなか選曲が粋だね。それにしても、こんなにも種類があるのかというくらい、クリスマスツリーのオーナメントが揃っているね」

「はい。ここを一通りまわるだけで、立派なクリマスツリーが完成してしまいそうですね」

志緒が言うと、七海が妙案を思いついたように「それはいい！」と声を上げた。

「きっと素敵なツリーになる。色々買って、お互いに家で飾り付けをするんだ」

「ええ？　家にツリーを飾るんですか？」

「ああ。それで、写真を撮ってお互いに送りあおう。より素敵に飾り付けできたほうが、相手からクリスマスプレゼントをもらえる。そういうゲームなんて楽しそうじゃないか？」

志緒は腕を組んで悩んだ。クリスマスプレゼントは特にいらないが、ツリーは飾ってみたい。祖母はクリスマスにツリーを飾る習慣がなかったので、縁がなかったのだ。

「志緒がうまくやれば、俺からクリスマスプレゼントがもらえるんだぞ？　なんでも言うことを聞いてあげよう」

「なんでも……ですか？」

ぴく、と志緒が反応した。七海は「もちろんだ」と頷く。

「わかりました。その勝負、お受けします」

いつになく志緒がやる気を見せたので、七海は意外に思ったらしい。熱心にオーナメントを物色し始めた志緒の隣で、問いかけた。

「ちなみに、プレゼントはなにがほしいんだ？」

「ほしいものなんてありません。私が勝負に勝ったら、七海さんにフランス料理をご馳走します」

「俺が……ご馳走されるのか？」

七海が目を丸くする。志緒はジトッと彼を睨み、「だって」と呟いた。

「七海さん、私にご馳走されるのは嫌だって言ったじゃないですか。でも私はどうしてもしたいんです。だから、絶対に勝負に勝って、フランス料理をご馳走するんです」

意気込みを口にすると、七海は呆気に取られた顔をした。そして、くっくっと肩を震わせたかと思うと、あはははっと笑い出す。

「志緒っ、君はあの時のことを、すごく根に持っていたんだな！」

あの時とは、七海とルーフトップバーで食事をした時のやりとりを指しているのだろう。その通りだったので、志緒は頷く。

「絶対に、おいしいフランス料理をご馳走するんですからね」

「ひとつ気になったが、どうしてフランス料理なんだ？」

「それはその、私にとって豪華できらびやかな高級料理といえば、フランス料理なので……」

もじもじ呟くと、またも七海は笑い出した。しかもツボに入ったのか、その場にしゃがみ込んで笑っている。志緒はとんでもなく恥ずかしいことを言ってしまったのかと思い、顔を熱くした。

「そ、そんなに笑うことないじゃないですか」

「いや、すまない。志緒の言うことがいちいち可愛らしくてね。では俺も、本気を出して考えるかな。俺が勝ったら、志緒にウィンドウ・イルミネーションをあげよう」

　ウィンドウ・イルミネーション。

　それは、ビルの照明を点灯させて、メッセージを描くものだ。

「なんて言葉にしようかな。やっぱり『アイラブ志緒』とか？　『ギブミー志緒』とか？」

「やっ、ややや、やめてください、絶対やめてください。本当にやめてください」

　目立つどころの話ではない。なんと恐ろしいことを考えているのだと、志緒は血の気が引いて止めた。しかし七海は笑うばかりで、オーナメントを眺めている。

「絶対嫌ですからね⁉　そんな派手極まりないメッセージなんて受け取りたくないです！」

「嫌なら頑張って勝つしかないな」

「うう、絶対負けられなくなってしまいました……」

　志緒は懸命にオーナメントを選ぶ。七海は柔らかい笑顔で志緒を見つめると、自分も探し始めた。

　やがて、ぽつぽつと屋台に明かりが灯り始める。たくさんのオーナメントや小さなツリーを購入した志緒は、周りの景色を見て「わあ」と感嘆の声を出した。

「七海さん、イルミネーションがとても綺麗です」

「今の時期は、豪華絢爛なイルミネーションが見所のようだ。向こうのほうにも行ってみないか？　まさに光の洪水と言えるような、美しい装飾があるそうだ」

志緒はもちろん頷いて、ふたりは移動していく。

天井や壁がすべてランプで輝く道、緑色に光るドームや花。碧色のランプが星のように輝く道。

光に照らされて、白い雪は色とりどりに染まっていた。

「綺麗……」

幻想的な美しさに目を奪われていると、ふいに冷たい風を感じて、志緒はくしゃみをした。

「やっぱり、日が落ちると寒いですね」

「じゃあ、あそこで温まろう。グリューワインを出している店を見つけたんだ」

七海が志緒の肩を抱く。

どきりと、胸が高鳴った。七海との距離が限りなく近いと意識し、顔が熱くなってしまう。

だけど、志緒の心に嫌悪感はなかった。ただ、どうしようもなく恥ずかしい。

可愛らしいクリスマスの装飾がされた屋台で、グリューワインをふたつ注文する。赤い長靴形の陶器に入ったそれを、ふうふうと冷まして飲むと、体中に染み渡るようだった。

「おいしい。それに容れ物が可愛いですね」

「本場のドイツでも、クリスマスのマーケットではグリューワインがふるまわれているらしい。店ごとに容器が違っていて、それをコレクションするのも楽しみのひとつなんだそうだ」

なるほど、それはとても楽しそうだ。

コクリと飲むと、渋みのある赤ワインの味に、様々なスパイスの風味を感じた。シナモンやグローブ、ジンジャー。どうやらオレンジも入っているらしい。

少し飲むだけでも、体の芯から温まるよう。空いていたベンチに座って、ふたりはきらびやかな光のアートを眺める。

「やっと、最初に出会った頃の表情に戻ったな」

七海がぽつりと話し出した。志緒は「え？」と首を傾げて、七海を見つめる。

「最初に、俺が君のいる会社を訪ねた日のことを、覚えている？」

そう訊ねられて、志緒は過去を思い出した。

「あれは……確か、今年の春でしたね」

「そう。俺は占部社長と商談していたが、彼は様々な提案をその場で思いついては、秘書である君に内線をかけて資料を届けさせていた。君はそれらに対し、最初からすべてを見通していたみたいに、滞りなく資料を用意してね。とても気が回る秘書だな、と思っていたんだよ」

改めてそんな風に言われると、気恥ずかしい。志緒はこくこくとグリューワインを飲み、「やめてくださいよ」と俯いた。

「秘書なら皆、していることです」

「そう思うのは自分だけってやつだ。君は大企業でも社長秘書を充分やっていけるほど優秀だよ。礼儀正しさは折り紙付きだしね」

「そう……ですか？」

「英文翻訳もわかりやすいし、仕事の手際もいい。占部社長のスケジュール管理は君が行っているんだろう？　鮮やかなほど、時間配分が完璧で驚いたよ。むしろ俺の秘書にほしいと思った。引き抜いてやろうと企んでいたが、ばれて占部社長に怒られたんだよな……」

当時を思い出したように、ふうと七海がため息をつく。そんな表情をするということは、よほど怒られたのだろう。

それだけ、占部が志緒という秘書を手放したくないと思っていたということだ。なんとなく、心の中がこそばゆい。

志緒の仕事が占部に認められていた。それは、とても嬉しいことだった。

両親に、存在すら疎まれて失っていた自尊心。それが、ゆっくりと再構築されていく。自信を持つことが怖かった。『自分なんて』と、いつも劣等感を持っていた。

初めて俺が志緒に会った日、君はね、俺が帰る前にのど飴をくれたんだ」

「のど飴……？」

さすがにそこまでは覚えていなかった。渡したかもしれないが記憶にない。

「『花粉症、大変でしょう』と、志緒は言ったんだ。『気休めにしかならないですが、どうぞ』ってね」

「ああ……」

ようやく志緒は思い出す。ロビーで初めて七海を出迎えた時、ほんの少し声が嗄れていた。風邪を引いているのかと思ったら、彼は時々目元を指で押さえていた。目がかゆいのを我慢していたのだろう。つまり、花粉症の可能性が高い。

そう思った志緒は、彼に新品のマスクと、飴を渡したのだ。

「君に飴をもらって驚いたけど、なんだか嬉しかった。それで俺は、次に占部社長と商談をするのが楽しみになった。君がロビーで出迎えてくれる時、商談の合間にお茶を頂く時、それらはほんの数分のやりとりだったが、だからこそ俺は、こんなにも想いを募らせたのかもしれない」

七海は志緒に中華粥をご馳走した時、愛の告白を口にした。

その時は、はなから嘘だと決めてかかっていた。プライベートの話なんてほとんどしない、仕事上でのやりとりだけで、どうして人を好きになるのだと、信じることなんてできなかった。

「君が、好きだよ」

――ああ、今なら信じられる。

だけど、と志緒は俯いた。

「私は、七海さんでなくても、あれくらいの配慮はします。七海さんが特別というわけではなかったんですよ？」

彼ほどの男性なら、たくさんの女性から、色々と気を回してもらっているに決まっている。たった飴玉ひとつで、どうしてそこまで人を想えるのだろう。

七海は目を細めて、静かにグリューワインを飲んだ。

「それはわかっている。あれはほんの些細なことだった。……でもね、俺は思ってしまったんだ。『志緒の優しい気遣いを、俺が独占したい』ってね」

七海が静かに笑う。

その視線は強い執着に濡れていて、黒い瞳の中には、志緒ひとりだけが映し出されている。

「それは一目惚れと言えばそうかもしれない。だが、君を知るたびに俺の気持ちは高まった。志緒の抱える事情を聞いて、余計にこの気持ちは強くなった。君の儚さと、それでも絶望しない強さと、どんな状況でも気高く生きようとする気丈さ。俺はその、すべてを守りたい」

肩を抱き寄せられる。

ふわりと香る、品のよいフレグランス。志緒を想う瞳が、まっすぐに向けられていた。

「そのためになら、俺は手段を選ばないよ。志緒、君と幸せになりたい。志緒の弱さも苦しみも、全部抱えて、俺だけのものにしたい」

――愛してる。

七海は、志緒の耳元で囁いた。

こんな風に、烈火のような愛を捧げられたことはなかった。こんなにも、心が熱くなるのは初めてだった。

愛されるというのは、志緒という個人を認められること。

それがなによりも嬉しい。だけど、果たして自分に、七海の気持ちを受け留めるだけの度胸があるだろうか。

いくじなしで、弱気な自分が顔を出す。

七海の告白は、目頭が熱くなるほど嬉しいものだ。それでも、どうしてもあと一歩の勇気が出なくて、志緒は泣き顔になって視線をそらす。

「ありがとう……ございます。七海さんの気持ちは、とても嬉しいです。だけど、私――」

ぎゅ、とグリューワインの入った容器を握りしめた。うしろ向きな自分が歯がゆくて、悔しくて、志緒は唇を噛みしめる。

「ごめんなさい。……強くなりたいのに。私だって、七海さんを好きになってみたいのに」

臆病な自分は大嫌いだ。いつだって勇気が出せなくて、恋も人生も冒険に出ることができない。

無難な道へ、自然に任せて流されて。そんな人生は嫌だと思うのに、怖いという気持ちが拭えない。

志緒が俯いていると、ふいに長い指が、顎に触れた。

え、と思った時には、遅かった。

湿り気のある唇。ちゅ、と唇の重なる音がした。七海の顔がいつになく、近い。

奪うような口づけは一瞬で、志緒は目をまん丸に見開いた。

「それなら、今、弱い自分と決別すればいい」

「七海……さん」

「君が自分を嫌いでもいい。俺はそれ以上の気持ちで愛してみせる。志緒の弱い心も、臆病さも、すべて俺が食らいつくしてやる」

ころんと、空になったグリューワインの容器が、志緒の膝に転がる。

七海はイルミネーションの輝きに紛れるように、ふたたび唇を重ねた。

「さあ、今日までの志緒にさよならを告げよう」

それはまるで魔法の言葉。

七海は獰猛な笑みを浮かべて、志緒の手を握る。

志緒はもう、拒むことができなかった。まるで七海の魔法にかかったみたいに夢見心地で、頷いていた。


全面が窓という開放的な部屋の外には、夜景が美しく輝いている。

だが、今の志緒には、景色を眺める余裕など、ありはしなかった。

ここはホテルの一室。

広い部屋には、キングサイズのベッドがあった。

そこに、志緒の体はどさりと落とされる。

明かりの絞られた暗い寝台。だけど、窓の外のイルミネーションが明るくて、志緒にのしかかる七海の顔が、うっすらと見えた。

そっと、彼の指が頬に触れる。

七海は、少し迷っているように見えた。どう触れたらいいものか、困っているのだろうか。

彼から誘ったとはいえ、明確な同意がほしい——傍若無人な七海でも、そんな弱気な心を持っているのだろうか。

だとしたら、少し、嬉しい。そう思うのは、親近感からだろうか？

志緒は自分の頬を撫でる七海の手に、自分の手を添えた。

「私は、大丈夫です」

「志緒」

「家族にされたこと、婚約者との別れ。私はそれらに抗うことなく、我慢してきました。……なによりも、自分が弱かったからです」

話し合っても無駄だ。すがりついても意味がない。

志緒はいつも、どこか冷めていた。自分の人生なんてこんなものだと、諦めていた。

だから流されるままに生きてきたのだが、もう、こんな生き方は嫌だった。

強くなりたい。長く恐れの対象だった両親と妹に、負けない心がほしい。

「私の弱さと臆病さを、食べてくれるんでしょう？」

「……ああ」

七海は頷いた。そして、頬に触れていた手は、志緒の顎をくっと掴む。

「全部、俺が食べてあげよう。これからは、ひとりで戦おうとしてはいけない。君には俺がいる。そのことを、忘れるな」

唇が重なった。ちゅ、と軽く音がする。

「俺はずっと志緒の味方だ。俺だけは、君を裏切らない」

そう言って、七海はふたたび口づけた。長い、気が遠くなるほど長いキス。彼はじっくりと志緒の唇を味わい、顔の角度を変えてもう一度重ねる。

「あ……」

薄く開いた志緒の口を、七海の温かい舌が這う。志緒が唇に薄く引いていた紅を舐め取り、そして、唇をすぼめては何度もねっとりと重ね合わせる。

「は、ぁ」

この口づけは、きっと激しいのだろう。

志緒は初めてだからよくわからないが、七海の口づけは執拗に思えた。

「ん、ななみ……さん」

キスの合間に七海の名を呟くと、彼はそんな志緒の言葉ごと奪うように、唇を重ねた。

そして熱くぬるりとした彼の舌が、志緒の口腔に入り込んでくる。

「ぁ、んっ……」

思わず身じろぎをする。七海は志緒の体を抱きしめた。その力は強すぎて、息苦しくなる。

志緒の口腔を、七海の舌がまさぐる。奥に縮こまった志緒の舌を絡めとり、くちゅ、ぬちゅ、とみだらな音を立てて、擦り合わせる。

歯列を舐め、志緒の舌を吸い、唾液をかきまぜる。

「ん、ん」

志緒はあえぎながらまた身じろぎをした。しかし大きな体に拘束されてあまり動けず、ただ、今までに感じたことのない奇妙な快感が、波のように志緒の心に押し寄せて浸した。

「は、ぁ……七海さん……っ」

長い口づけがようやく終わって、志緒は彼を呼ぶ。

彼に任せよう。そう思っているのに、こうやって触れられると、奇妙な恐ろしさを感じてしまう。

「どうして、私、なんだか、体が……こわ、くて」

嫌ではないのだ。それなのに、身が震える。まるで、寒さに凍えているように。

「怖いのは当たり前だ。君がそこまで度胸があるとは思っていない」

外のイルミネーションに照らされた七海は、今までにないほど真剣な面持ちで志緒を見つめた。そして額や鼻の頭に口づけ、唇にも軽くキスしてから、舌で顎までたどる。

そのままツー、と濡れた舌が志緒の首を這い、やがてうなじに届く。まるで食らうように首に口づけた。

「あっ、あぁ……っ」

チュ、と強いリップ音。志緒の白い首に印が刻まれる。

「それでも俺は、自分を止めようとは思わない。志緒……俺に任せて」

志緒の服が、衣擦れの音を立てて剥ぎ取られ、上にまたがる七海は、自分の服も脱ぎ始めた。

長袖の上着。その下にある黒いボートネックのシャツ。それらをまくり上げて脱ぐと、七海の素肌が暗闇に艶めかしく浮かび上がる。

均整の取れた体は筋肉質で、うっすらと割れた腹筋に、厚い胸板。

たくましい腕が、素肌を晒す志緒の体を抱きしめる。

「ああ、好きだ」

うなじに口づけ、彼の舌があまやかに這う。肩の丸みをたどり、チュ、と痕をつけて、その大きな手はするすると志緒の腕を滑る。

「志緒、君がほしくてたまらなかった。最初に出会った時の笑顔を取り戻したかった」

祖母を失って、志緒は笑うことを忘れてしまったから。

七海は『君を楽しませたい』と、なかば強引に話を進めたのだ。

「私……今は、笑えていますか？」

志緒が七海の頬に触れると、彼はうっとりと目を細める。

「ああ。俺が惚れた、俺だけが独占したい笑顔だ」

彼は志緒のデコルテに口づける。鎖骨を舌でたどられ、志緒はぴくんと体を揺らした。

「もっと、もっと……独占したい。志緒のすべてを俺のものにしたい」

七海の舌は、いやらしく志緒の肌の上を蠢く。やがてその唇は、まろみのある柔らかな胸に向かった。

「あ……っ」

ぴくぴくと志緒の体が震える。雪をも溶かしてしまいそうな彼の熱い舌は、胸の赤い尖りにたどり着き、チロチロと動く。

「はっ、あぁ、あ！　や、どうし、て、私……っ」

それは初めてのみだらな快感。頭の中で、チカチカと火花が散る。

ぴちゃぴちゃと淫靡な音を立てて、七海の舌が躍る。それに合わせて赤い頂もころころと転がされて、唾液のぬめりがさらなる快感を運ぶ。

「あぁ、あぁ……っ、ん！」

ちゅ、と頂があまく吸われた。

「あぁぁあっ！」

その途端、びくびくと志緒の背中がしなった。七海に優しく愛撫されるたび、官能が志緒の体を満たしていく。

いずれ、このままでは決壊してしまいそうだ。このあまい時間に耐え切れるのか、不安になる。

志緒は七海の手を握った。その瞳は潤み、今にも涙をこぼしそう。

「ア……ななみ、さん。わたし……はじめて……だから」

胸を愛撫された余韻から、まだ体がびくびくと震えている。志緒は体をくねらせ、七海に訴えた。

「あまり、急かさないで……」

そう続けると七海は眉間に皺を寄せた。そして志緒の唇を噛むように口づけ、まろやかな手触りの胸を掴む。

「すまない」

一言謝って、その指は胸の先をあまく抓る。

「あ、ぁああっ！」

「あまり、優しくしてやれそうもない」

七海は追い打ちをかけるみたいに、唾液で濡れた胸の尖りを摘まみ、コリコリと擦る。

「ふぁ、ア……ぁん！」

志緒の体はびくびくと跳ねた。七海は志緒の腰を抱き、ゆっくりと持ち上げる。

「ふふ、こんなに硬くして。志緒の体は、その奥ゆかしい性格に反してなかなかいやらしい」

まるで観察するように、じっと志緒の表情を見つめる七海は酷薄な笑みを浮かべていた。

ぞくりと、志緒の体が震える。

「あぁあ……っ」

片方の指はヌルヌルと赤く尖る胸の蕾を擦り、反対側には、七海の唇がいやらしく吸い付く。

ちゅ、くちゅっ。七海の唇がしゃぶるように動き、硬く震える尖りを舐め尽くす。

「い、ぁ、……は……！　きもち……い、っ、だめ！」

志緒の体は快感に震えた。今にも達してしまいそうで、それが怖くて必死に耐える。

だけど、我慢すればするほど、気持ちよさというのは蓄積されて。

志緒は抗おうと体をくねらせるものの、七海に背中を支えられているため、ろくな抵抗もできない。

「あ、ぁ、め、だめなの。このまま、じゃ……！」

志緒は懸命に訴えたが、七海は聞かない。

ちゅくっといやらしく吸い、歯を立てて甘噛みする。

脳天を突き刺すような快感は、性感に未熟な志緒に耐えられるものではない。

「あ、あぁ、だめぇ、ななみ、さんっ」

舌足らずなしゃべり方で、志緒があえぐ。

ついにその瞬間はやってきて、官能の大波が志緒の体に襲いかかった。

「あぁ、ああ――っ！」

ぴりりと背筋に雷が落ちたようだった。志緒の体は大きく痙攣して、嬌声を上げる。

「イッたか」

くく、と七海は低く笑った。その瞳は目がそらせないほどの色気に満ちていて、志緒は弛緩した体のまま、こくりと生唾を呑み込む。

七海は志緒の体を抱き起こした。ゆるく肩を抱き寄せ、もう片方の指はするすると肌を滑り、腹から下へと移動していく。

「あ……」

自分の体のその先にあるものがなにか。さすがにわからないほど子どもではない。

七海は無言で、志緒の最も秘めたる場所へと指を進める。誰にも許すことのなかった秘裂が、くちりと粘ついた水音を立てて開かれた。

「濡れているな」

フ……と七海の唇の端が吊り上がる。

くちくちと音が鳴り、七海の長い指が志緒の秘所を弄り始める。

「は、ァ、ああ……んっ」

それは胸に感じた性感よりもずっと強くて、そして体中が疼くものだった。たまらなくなって、志緒はすがるように七海の首に抱きついてしまう。

「な、七海さん……っ」

「ああ。そうやってずっと、君は俺に頼っているといい」

――俺は、君を守るから。寂しくなったら、怖くなったら、いつでも俺を抱きしめるといい。

七海はあやすように志緒の背中を撫でて、優しく囁く。

そして、彼の指はみだらに動いた。くすぐるように秘裂の筋を指先で撫でて、襞をめくり、志緒から分泌された蜜を塗りつける。

くちゅ、ぬちゅっ。

それは耳を塞ぎたくなるほど恥ずかしい水音。志緒は耳まで熱くして、羞恥と快感に耐えるように目を瞑る。

しかし、その気持ちよさは、我慢ができるようなものではない。

「ほら、志緒。これが君の蜜だ」

ふいに言われて、志緒が瞼を開けると、彼は目の前に指を差し出した。

それは夜景の美しいイルミネーションに照らされて、ぬらぬらと妖しげに濡れている。

「こんなに糸を引いて、いやらしい」

「や、……っ」

志緒はふるふると首を横に振った。しかし、七海はその指に伝う蜜を、赤い舌でゆっくりと見せつけるように舐め取る。

顔が爆発するのではないかというくらい、志緒は恥ずかしくなった。思わず、顔を伏せてしまう。

「これが、志緒の味か。ああ、もっと味わいたくなる」

「やめて。汚い……です」

「汚いものか。志緒の体はすべて綺麗だ。俺は、君のどんなところも愛せる自信があるよ」

七海の指は志緒の蜜口にヌルリと触れる。

「あ……、そこ、は……」

びくっ、と志緒の体が震えた。七海の節くれ立った硬い指は、誰にも侵入を許したことのない膣内に、そっと侵入した。

「あ、ああ、あぁ！　いや、そこは、だめ！」

志緒はふるふる体を震わせ、あえぐ。一点を弄(いじ)られているだけなのに、体中を愛撫されているかのような快感に満たされた。

たまらない気持ちよさと同時に不思議な切なさを感じて、どうしてだろうと混乱する。

「もっと、たくさん感じて。俺に、志緒の可愛い顔をたくさん見せて」

七海の目が妖しげに細まる。そしてクチュリと水音を鳴らして唇を重ねられた。

くちゅっ、くちゅ。志緒の膣内では、彼の指がくなくなと蠢(うごめ)き、もう片方の手は散々に嬲(なぶ)った胸の尖(とが)りを摘(つ)まむ。

親指と人差し指で摘(つ)まんで、クリクリと擦(こす)った。胸と秘所と、両方をいっぺんに愛撫されて、志緒の理性は瞬(また)く間に溶かされていく。

「あ、ぁあ！　い、ぁ……ンッ」

嬌声(きょうせい)すら許さないと訴えるかのように、七海は志緒の唇を己の唇で塞いだ。

志緒の体中をまさぐった舌が志緒のそれと絡んで、グチュグチュと卑猥(ひわい)な音を絶え間なく立てる。

「は、だめ、それ……イっ……」

ふるふると首を横に振って、七海の唇から逃げて、志緒は喘(あえ)ぎながら言葉を出す。

ぐちゅ、ぬちゅっ。みだらな七海の指はいつの間にか抽挿(ちゅうそう)に変わっていて、志緒の隘路を蹂躙した。

ニヤリと、七海が獰猛な笑みを浮かべる。

「イイ?」

「あ……っ」

「気持ち、いいんだろう?」

ぐり、と胸の尖りを抓り、ゆるく引っ張られる。強すぎる刺激はすぐさま快感に変わって、志緒はびくびくと体を震わせた。志緒の淫靡な蜜が溢れ出す。

「あ、ぁ、きもち……い……だめぇ……」

「だめなことはない。もっと気持ちよくなって、理性も恐れもなにもかもを忘れてしまえ」

七海は囁き、小さな志緒の耳朶に吸い付く。じゅるりと舐めて、熱い息を吐きながら耳の中まで侵入する。

ぐちゅっ、と一際大きな水音を立てて、七海は指を根元まで膣内に埋め込み、親指で秘芯に触れた。それは志緒の知らなかった快感の芽。愛撫によって赤く充血したそれは、コリコリと硬くなっていた。七海は、その感触を味わうように親指の腹をくるくると動かし、芯と膣奥を同時に弄る。

「あっ、あああっ、ひ、ぁ、それぇ、やめて」

「ふふ、もう一回くらいイケそうだな？」

「だめなの！　あ、気持ちよくて、だめ。あ、七海さん……っ」

志緒の表情は切なく歪む。七海はうっとりとその顔を見つめた。そして、指先で胸の尖りを引っ掻きながら、秘所への愛撫を続ける。

「あ、いや、あぁぁ、あああぁっ！」

ふたたび志緒はビクビクと体を震わせ、ぎゅっと七海の首に抱きつく。腹の下から溢れかえるような快感に抗えるはずもなく、頂点へ達する。

「はあ、は、はぁ……っ」

立て続けに達した志緒は、すっかり脱力した。くたりと七海の胸にもたれかかる志緒にくすりと笑って、七海は穿いていたスラックスのベルトを外す。

「念入りに解そうと思っていたのに、いつの間にか夢中になってしまった。年甲斐もなく興奮しているな、俺は」

はあ、と七海は熱いため息をついた。そして、すっかり力をなくしてしまった志緒の腰を抱え、ぐっと持ち上げた。

七海の脚をまたぐように座らされる。彼の肩にその身を預ける志緒の秘所に、彼はスキンを被せた熱い楔をひたりとあてがう。

「あ……っ」

その時に感じた志緒の気持ちは、一言で表せないものだった。

未知の交わりに緊張し、恐怖し、そして心のどこかで期待し、ばくばくと心臓は鼓動を速める。

「志緒。これで君は、俺のものだよ」

唇に口づけてから首筋に唇を這わせ、うわごとのように七海は呟いた。

そして、まるで重力に任せるように、志緒の秘めた窄みにずぶりと楔が穿たれた。

「ひぁ、あああぁアアっ！」

ビクビクッと志緒の体が震え、その背中は大きくしなった。七海は志緒の腰に腕を回し、より一層奥まで己の杭を突く。

「んぁ、んっ、深ぁ……っ、は、息が、できな……いっ」

はくはくと口から息を吸い込むが、呼吸の仕方を忘れてしまったみたいに、うまく息が継げない。

それは衝撃としか言えない快感だった。身を裂くような力強さがあったのに、その感覚はとろけそうなくらいに、あまい。

「落ち着いて。ゆっくり息を吸い込むんだ。……そう」

七海が優しい手つきで志緒の背中を撫でる。彼の言う通りにすれば、詰まっていた息がようやく通り、志緒は何度も深呼吸を繰り返す。

「はあ、……あ、七海さん……っ、これ、大きい……です」

「ふふ、ありがとうと言うべきかな？　だが、おそらく君のナカが狭いんだと思うぞ」

そう言って、七海は軽々と志緒の腰を持ち上げる。

ズルズルッと杭が抜けていって、硬い先端が膣壁を擦る感覚に、志緒はたまらないとばかりに嬌声を上げた。

「だが、可愛い君のナカを俺の形に沿うよう変えていくのはひどく愉しい」

膣内から抜いた熱い楔は血管が浮き上がり、赤黒く、生々しい。七海はつるりとした先端で志緒の秘裂を擦り、透明な蜜をたっぷりとまとわせる。

「俺がこの体すべてを使って、君を変えていく。それはなんて甘美なことだろう」

ずぶりと、ふたたび膣内に侵入した。

「あっ、あぁ、アアアっ」

一度貫かれたというのに、二度目も、同じくらいの衝撃が走る。志緒の蜜によって充分に濡らされた彼の杭は、膣壁をあまやかに擦って膣奥へと打ち付けられる。

「は、ぁあっ！」

それはなんという快感だろう。志緒の官能はすっかり花咲いていた。最初からふたりはこうなることが決められていたみたいに、肌を重ねる行為がたまらなく気持ちがいい。

「志緒、俺は、君を守りたい。愛したい……君のすべてを支配したい」

七海は志緒の腰を抱きしめたまま、上下に揺さぶり始める。がくがくと体が動くたび、彼の杭は膣内を擦り、抉る。

「ひぁ、あ、ンッ、あっ、ふっ」

付け根まで力強く埋め込まれるたび、志緒の視界にちかちかと火花が散った。

七海はいつもの余裕ある笑みを引っ込めて、ひどく真剣な顔をしている。眉根を寄せ、奥歯を噛み、躍起になって志緒の体を揺さぶりながら、腰を突き上げた。

ズクズクと絶え間なく貫かれる。彼は根元まで埋め込み、ぐりぐりと腰を揺らす。

「あ、だめぇ、それ。擦らないで……っ」

「なるほど。こういうのが好きなのか」

そんなことは言っていない。それなのに、七海の腰は一層いやらしく動き、志緒の膣奥にゴツゴツと先端が当たる。

それは破瓜のものとは違う、切ない痛みを運んだ。

志緒の膣奥を、ずんと強く打ち立てる。

「ああっ！」

ぱっと志緒の髪が宙に散った。性交による汗が部屋に舞う。

「志緒……っ」

七海が名を呼び、上下に揺さぶる。楔を激しく抽挿する。

ぐちゅっ、ぐちゅ。ぬちゅっ。

生々しいまぐわいは志緒に『これが性交なのだ』と、否応なく認識させた。

恥ずかしくて気持ちいい。たまらないほど感情が高まって、多幸感が溢れる。

「はっ、あ、七海、さんっ」

志緒は唇を尖らせて、キスをねだった。

少しでも多く七海と重なりたい。志緒の望みを受け取って、七海は食らいつくようにキスをする。

ずぶ、ぬちゅ、ぐちゃり。

はしたない水音も、性交に対する羞恥も、かなぐり捨ててしまう。全身で七海を感じたい。

「あっ、ンンっ！　七海さんっ！」

何度も唇を重ねて、いやらしいリップ音を鳴らして、志緒は七海の名を呼んだ。それに呼応するように七海は激しく杭を穿ち、力強く志緒の膣奥を突き上げた。

「ああっ、くっ、志緒!!」

ぎゅうっと強く、体が折れそうなほど、抱きしめられる。

ビクビクと七海の体が大きく震え、熱い情欲が迸る。スキン越しでも感じる、達した証。

はあ、はあ、とお互いに息を整え、ふたりの体はそのまま崩れ落ちるようにベッドに倒れた。

ばふっ、と軽い音がする。

「……志緒……」

額（ひたい）から汗を流す七海が、さらりと志緒の髪に触れた。

「なにがあっても、俺は君を助ける。だから志緒も、勇気を持って俺を頼るんだ」

「七海……さん」

汗ばむ体で、志緒は目を見開いた。七海の双眸（そうぼう）は、ただただ優しい。だが、その瞳は、激しいほどの力強い眼光を湛（たた）えていた。

優しいだけではない。七海は本当に志緒を守る覚悟を持っている。

だが、志緒は心の奥底で迷っていた。誰かを頼るということは、その人の負担になるかもしれないという恐れを乗り越えなければならないからだ。

けれど、いつかは勇気を出さなくてはいけない。自分が変わりたいと願うなら。

「わかりました。私、七海さんを信じるように、します」

もう、臆病な気持ちに別れを告げよう。志緒はそう、心に言い聞かせた。

第三章

七海に連れて行かれた、突然の北海道旅行。

それは志緒の心に劇的な変化をもたらした。

「社長。お待たせしていた資料ができ上がりました。ご確認をお願いします」

「おや、思っていたより早かったね。助かるよ」

志緒が提出した資料を占部は受け取った。

ぺらぺらと書類をめくってチェックする占部。志緒は占部のおつかいの途中に購入した花束を、窓際にある花瓶に飾った。

「ああ、可愛い花だね」

「定番ですが、クリスマスローズを。まだ蕾（つぼみ）もありますので、年の暮れまで楽しめますよ」

花を飾るだけで、部屋が一気に華やぐ。

気分をよくした志緒が鼻歌を歌いながらファイリングの作業に戻ると、占部がくすりと笑った。

「ずいぶん上機嫌だね」

「はい」

「なにか、いいきっかけがあったようだ。君の表情が、ようやく前のものに戻ったね」

そう言われて、志緒は自分の頬に手を当てる。

確か、同じことを七海にも言われた。

それはきっと、祖母を亡くした現実を乗り越えたという証なのだろう。七海に助けられ、占部に見守られて、ようやく志緒は本来の自分を取り戻したのだ。

感謝しないといけない。自分ひとりだけでは立ち上がれなかった。志緒は占部に、にっこりと微笑む。

「ありがとうございます。もう、大丈夫です。心配をおかけしました」

「そうか。君の家の事情は、おばあさまが亡くなった時にお聞きしたけれど。僕にできることがあったら、いつでも言ってね」

親切な占部に「ありがとうございます」と志緒は笑って礼を言った。

もう、前のように嘆き悲しむだけで終わりにはしない。

志緒は手早くファイリングを済ませ、総務部のオフィスに戻って事務仕事を始めた。

気持ちが前向きになっただけで、こんなにも毎日が楽しい。

充実している日々に嬉しくなりながら、志緒ははりきって仕事を進めた。

一月も中頃になれば、正月気分も醒めてくるもの。

三月の決算に向けて占部の多忙さに拍車がかかった。志緒は非常にやりがいを感じながらも、忙しい日々を送っていた。

北海道で購入し、互いに飾り付けたクリスマスツリー勝負は引き分けとなり、志緒も七海も素敵なツリーを飾った。

年を越してから七海も忙しいようだ。『次のデートは一月後半予定。お楽しみに！』と、もはや恒例行事のような調子でメールがきた時は、噴き出してしまった。

（ふふ、さすがの七海さんも、この時期は忙しいのね）

むしろ暇だったら心配してしまう。無理に志緒と会おうとするのなら、こちらから「仕事に集中してください」と怒らなくてはと思っていたほどだ。

——ふと、四十九日のことを思い出す。

祖母が眠る菩提寺に赴くと、住職は志緒を優しく歓迎してくれた。彼は祖母と懇意にしていたらしく、わざわざ墓前まで赴いて供養してくれた。

そして、志緒が手を合わせているところに、祖母と仲良くしていた人たちが次々と現れた。彼らはその日、志緒の両親が喪主を務める法事に参加したと言うのだが、どうもその場でトラブルがあったらしく、途中退席して寺に直接参ったのだと説明した。

思わぬ大所帯となってしまったが、住職が気を利かせて昼食を取ってくれた。大広間で祖母の昔話に花を咲かせつつ、彼らは志緒を励ました。

『困ったことがあったら、私たちを頼ってほしい』

『君ひとりで抱えることじゃない。なにかあったら連絡するんだ』

そう言って、名刺や連絡先を書いたメモを渡してくれた。彼らは多くを語らなかったが、どうやら祖母から志緒の境遇は聞いていたらしい。皆、志緒に温かかった。

仕事が終わって、会社からの帰り道。志緒は地下鉄のホームで電車を待ちながら、アドレス帳を開く。そこには、四十九日の日にもらった名刺やメモ、そして七海の連絡先が、綺麗にファイリングされていた。

志緒は、北海道旅行の帰りに、七海が言ったことを思い出す。

『なにかトラブルがあれば、俺に連絡をするように。いつでも構わない。遠慮は、この際忘れてくれ』

そして、志緒に微笑みかけた。太陽のように明るくて、温かい笑顔だった。

『大丈夫だよ。君の味方は、君が思うよりもいるんだ。もちろん、俺が一番の味方だけどね』

茶目っ気たっぷりに片目を瞑っていた。

こんなにも、助けられている。自分には味方がいる――そう実感すると、心に勇気が溜まっていく。

（私はもう大丈夫よ、おばあさま）

優しくアドレス帳を撫でて、カバンに入れる。ちょうどその時、地下鉄ホームに電車が到着した。

志緒の住むアパートは、駅から徒歩十分ほどの場所にある。人通りのない夜の住宅地をしばらく歩き、やがて志緒はポケットから鍵を取り出してアパートのドアを開けた。

カチャン。

解錠の音を聞いて、志緒は玄関ドアを開ける。

その時だった。

「志緒……っ！」

うしろから、何者かに抱きしめられたのは。

「――――⁉」

驚愕に言葉が出なかった。一瞬、七海かと思ったが、すぐさま違うと確信する。七海はこんな嫌な驚かせ方はしない。七海はこんなに腕が細くない。七海のような大きく包み込むような体躯じゃない。上品なフレグランスの香りもしない。志緒はハッと我に返った。

「いやっ！」

思い切り背後に肘鉄を食らわせた。

「ぐっ！」

相手の力がゆるまって、志緒はうしろの人間を突き飛ばす。

必死だった。無我夢中だった。はあはあと息を切らせ、相手を睨み付ける。

志緒を抱きしめたのは、ひょろりとした体つきの男だった。黒いハーフコートを着ている。

「あ、あなたは……！」

志緒は目を丸くした。男は、志緒にとって忘れようのない人だった。

「久しぶり、だね」

「……元敬……さん」

学生時代、志緒にプロポーズをした、元婚約者。今は妹の婚約者となっている、志緒を捨てた人。

優しく、気遣いに溢れた人だった。穏やかで、木漏れ日のような温かい笑顔を持つ、素敵な人だと思っていた。……あの日、冷たく見下されて、捨てられる時までは。

「なんのご用ですか」

志緒は感情を押し殺し、静かに言う。元敬とは、志緒が家を出た日以来の再会だ。

彼はひどく憔悴（しょうすい）していて、頬がこけていた。目がくぼんでいるし、クマもひどい。前よりも痩せ、まるで別人のように変わり果てていた。

――なにかあったのだろうか。志緒はそんな疑問を抱く。

「君に、謝りにきたんだ。そして、いちからやり直したい。そう思って、来た」

志緒は眉をひそめる。

「なにを……言っているの？」

「愛華とは別れたよ。だから、やり直そう、志緒。僕には君しかいないんだ」

コツ、と元敬が一歩前に進んだ。志緒は、一歩うしろに下がる。

「な、なに、都合のいいことを言っているんですか。散々私を見下して、愛華と一緒に罵（のの）って、陰湿だの最低な女だの、言いたい放題言っておいて……！」

一方的に別れを告げられて妹の婚約者になった途端、彼は顔を合わせるたびに志緒を罵倒（ばとう）した。つきあっていた頃の優しい笑顔を忘れてしまうほど、愛華と共に志緒を虐（しいた）げた。

「今更です。私の心に、あなたは存在しません。謝罪は受け取りますが、いちからやり直すなんて考えられません」

「志緒。僕をわかってくれるのはもう、君だけなんだ」

コツコツと、早足で元敬が近づく。得も言われぬ恐怖を感じて、志緒はうしろに逃げた。

「やめてください。もう私に関わらないで。大体、どうやってこのアパートをつきとめたんですか？」

嫌な予感がする。今の元敬は、志緒が知っていた元敬と違うような気がする。彼は志緒に冷たくなったが、それでも、こんな風に暗い顔はしていなかった。

元敬は、にたりと笑う。

「会社からつけてきた。君が勤める会社の名前は知っていたからね」

志緒の顔から、血の気が引いた。

会社からつけていた？　そんなことをする男性だっただろうか。いや、それよりも――

「ねえ、志緒。ちゃんと話し合おう。今なら、志緒も僕の気持ちがわかるはずだから」

「勝手なことを言わないで!!　二度と私の前に現れないでください！」

志緒は声を上げ、そのまま外に走り出す。

家には戻れない。元敬に自分のアパートを知られたことが恐怖だった。ある意味、両親の監視よりも、気味が悪かった。

なんだあの笑みは。元敬はあんな笑い方をする人ではなかった。顔も病的なほどやつれていて、別人のようだった。

祖母が亡くなり、三ヶ月ほどが経つ。最後に彼と顔を合わせた時から今までの間に、彼の身になにが起こったというのだろう。

ただただ怖かった。志緒はがむしゃらに走ったあと、地下鉄に乗って会社のある駅まで戻る。そして、近くのネットカフェに飛び込んだ。

手早く手続きをして個室に入ると、「はぁ」と息を吐く。

「どう……して」

個室の壁にもたれかかり、ずるずると床に座り込み、床に拳を打ちつけた。

「どうして、こうなるの？」

呟くものの、それに答える者はいない。

ようやく悲しみを乗り越え、たくさんの人に、七海に、助力されてやっと立ち上がることができた。

それなのに、またしても志緒の過去が、足を引っ張る。

元敬は、ほんの少し気が弱いところはあったが、優しくて気遣いのある、穏やかな人だった。

しかし突然冷たくなって、愛華と共に心ない言葉を投げつけるようになった。

それだけでも充分悲しかったのに、今度は別人のようになってしまうなんて。

「そうだ。愛華と別れたと言っていた……どういうことなの」

自分の知らないところで、なにかが着々と進んでいるような気がする。

「会社の場所はばれているし、また遭遇してしまうのも時間の問題だわ」

ネットカフェは一時しのぎにすぎない。彼が明日も会社を見張っていたら、自分はどうやって身を守ればいいだろう。

志緒は床を見つめて、様々な方法を考える。だが、どれも決め手に欠けた。新しくアパートを契約するとしても時間がかかる。学生時代の友達に居候させてもらうのは、さすがに申し訳ない。

ふと、床に落ちたカバンから、アドレス帳が顔を出していることに気がついた。

自然と、その名が口からこぼれ落ちる。

「七海さん……」

志緒はアドレス帳を開いて、七海の名刺を見た。

――どうしよう。

スマートフォンを持つ手が震えている。彼に何度も『頼れ』と言われたが、いざとなると、二の足を踏む。

迷惑じゃないだろうか。まだ仕事中だったらどうしよう。彼ほど忙しい人なら、夜まで会議が長引くこともありえる話だ。そんな時に、志緒の事情で彼を煩わせたくない。人に頼ることが怖かった。志緒という人間が負担になってしまうのが嫌だった。

それはなによりも、自分が嫌われたくないからだ。

志緒はそのことにようやく気づいて、目を見開く。

「そうか、私……」

祖母に頼り切りにならないようにしよう。七海に迷惑をかけないようにしよう。

大切な人にほど、助力を求めるのが怖くて。

嫌がられたくない。自分を愛してほしい。優しくされたい——だから、自分の主張を我慢して『よい子』になろうとした。よい子なら傍にいても嫌われない。相手の負担にならなければ、こんな自分でも愛されるはず。

親に存在を否定されて嫌われていたことにより、大切な人にそっぽを向かれるのをなによりも恐れるようになったのだ。

「でも、七海さんは……言ったわ」

ぎゅ、とスマートフォンを握りしめる。彼は志緒にたくさんのことをしてくれた。真摯に愛を語り、情熱的に肌を重ね、志緒に勇気をくれた。

——なにがあっても、俺は君を助ける。だから志緒も、勇気を持って俺を頼るんだ。

彼の、耳に心地よい声を思い出す。

志緒は勇気を振り絞った。彼からもらった強い気持ちを心に込めた。

以前の志緒なら、ここで尻込みしただろう。だけど、きっと自分は変われたから——

初めて、七海の電話番号を押す。心臓はばくばくと音を立て、緊張で一杯になっていた。床の上で正座をして、志緒はスマートフォンを耳に押し当てる。

しばらくのコール音のあと、『はい』と七海が電話に出た。

それだけで——

志緒の心が安らぐ。もう大丈夫だと、根拠もないのに思ってしまう。

いつの間に、こんなにも彼に依存していたのだろう。

今まで気づかなかった自分の思いに戸惑いながら、志緒は訴えた。

「……助けてください」

他にも言いようはあるだろうと、自分が情けなくて嫌になる。状況の説明、そして具体的な望み。それらを口にしなければ、七海も助けようがない。

なんて言おう。どこから話せばいいのか。

仕事ならきちんと順序立てて話せるのに、自分のことになるとまったくだめになってしまう。

「実はその、アパートで、元敬さんという人が……あ、元敬さんというのは……」

『志緒』

はっきりと名を呼ばれ、志緒はハッと顔を上げる。

『話はあとだ。今、どこにいる？』

わかりやすい質問に、志緒はすぐさまネットカフェの場所を口にした。

『わかった。今すぐ行くから、少し待っているんだ』

「は、はい」

『心を落ち着けて。俺がいればもう大丈夫だから』

低く通る声が、優しく耳に届く。志緒の目は自然と潤み、涙がこぼれそうになった。

それをぐっと堪えて、頷く。

『愛しているよ。それじゃ、あとでな』

ぷつりと電話が切れる。志緒はゆっくりとスマートフォンを膝に置き、ふぅ、と息を吐いた。

これでよかったのだろうか。七海を煩わせていないだろうか。

やはり迷惑に思っているかもしれないと、後悔のような気持ちが心にうずまく。

しかし同時に、例えようもない安心感と、嬉しさがあった。

この矛盾した気持ちを、どう表現したらいいのだろう？

志緒が両手を頬に当てて百面相をしているうちに、膝に載せていたスマートフォンが震えた。

『ついたよ。部屋はどこ？』

「左から三番目の個室です」

志緒がそう言い終えた時、ドアがコンコンとノックされる。慌てて鍵を解錠し、そっと扉を開けると、目の前には見慣れた七海が立っていた。

「七海さん……」

「志緒。無事でよかった」

手首を引かれ、ぎゅっと抱きしめられた。わっ、と志緒は驚く。

「あ、あのっ」

人目も気にせず抱擁され、志緒の顔は熱くなった。

「俺を頼ってくれて、ありがとう……志緒」

首筋に形のよい鼻を擦(こす)りつけ、七海は志緒の白いうなじに口づけを落とす。

ロングコートを着た七海の体は温かい。志緒は、彼に感じていた申し訳なさがいっぺんに吹き飛んで、安堵(あんど)と喜びで一杯になった。

「はい。助けてくれてありがとうございます」

志緒も七海の背中に手を回し、コートをぎゅっと握りしめる。

よかった。勇気を出して彼に頼って、本当に――よかった。

志緒は心からそう思い、彼の手に引かれてネットカフェをあとにする。店の前には黒い車が停まっていて、七海は助手席のドアを開くと志緒に座るよう促(うなが)した。

「さて、あらためて事情を聞かせてもらおうか」

運転席に座った七海が、早速訊(たず)ねる。

元婚約者が現れたこと。そして、婚約していたはずの妹と別れ、志緒とよりを戻す目的で彼に、会社からアパートまで尾行(びこう)されていたこと。

今日起きた出来事を話し終えた志緒は、少し疲れてしまって息をつく。

思い返すと、どっと心労が押し寄せたのだ。

「なるほど。婚約解消……ね」

七海はハンドルを握りながら、座席のアームレストに肘(ひじ)をつき、口を手で覆(おお)っている。

なにか考えているようだ。志緒が彼を眺めていると、やがて七海は車のエンジンをかける。

「とにかく、しばらくはアパートに戻らないのが賢明だな」

そう言って、運転を始める。夜も更けたビジネス街は、人通りもなければ車の数も少ない。車は大通りをゆるやかに走り抜ける。

「どこへ向かう予定なんですか？」

「当面、君が身を置く場所を用意しないとな。大丈夫だ、あてはある」

七海には明確な目的地があるようで、迷うことなく運転を続ける。

やがてたどり着いた場所。そこは、いつしか七海が中華粥をご馳走(ちそう)してくれたホテルだった。彼は慣れた様子で駐車場に入っていき、エンジンを切る。

「ここが、私が身を置く場所ですか？」

「ああ。ここは俺もよく利用しているホテルでね。セキュリティは折り紙つきだ。宿泊客の安全をどこよりも守ってくれる」

確かに、ここは志緒でも名前は知っている有名な高級ホテルである。上級のサービスと質の高い施設が揃っていて、各メディアでも憧(あこが)れの一流ホテルとして挙げられている。海外のＶＩＰにも人気があるようで、七海が言う通り、セキュリティレベルは相当高いだろう。

だが、と、志緒は自分のバッグを抱きしめた。

「あの、七海さん。せっかくここまで連れてきてもらって申し訳ないのですが、できれば、もう少し安価なホテルでお願いできませんか？　さすがにここに連泊するのは、私には無理です」

「誰が君の経済力をあてにした。俺が用意するんだから、俺がホテルを選ぶ。つまり、ここ以外のホテルは候補にないということだ」

「そ、そんな」

志緒は心底困り果て、七海の横顔を見つめる。

北海道旅行でも目が飛び出そうになり、プライベートジェット機の移動中は体の震えが止まらなかったのに、次はホテルだなんて。さすがに気がとがめる。

自分はどれだけ、彼にお金を使わせているのだろう。

苦悩する志緒が顔をしかめて俯(うつむ)いていると、七海はふっと目を細めた。

「そんなにも心苦しいのなら、ひとつ提案がある」

「えっ」

志緒は、がばっと顔を上げた。七海はなにか悪巧みでもするように、ニヤリと唇の端を上げた。

「俺の家に来るといい。それなら、宿泊料は間違いなく無料だ」

ぴきっと志緒の体が固まった。

くすくすと七海は笑い、車のエンジンをかける。

「さて、それなら早速移動するか。うん、いい選択だ。これなら志緒を、夜通しじっくり口説けるし、体から絆(ほだ)すことだって可能……」

「わーっ！　だめです！　家は遠慮させてくださいっ！」

志緒は慌てて七海の袖(そで)を掴(つか)んで引っ張る。七海は笑いながらエンジンをふたたび切った。

「冗談だよ」

「はあ」

「というのは嘘で、本気で行くつもりだったが。そんなに大きな声を出すほど嫌なら、ここに泊まるしかないな？」

にんまりと、七海が人の悪い笑みを浮かべる。

志緒はむむぅと眉間に皺を寄せたあと、がっくりと肩を落とした。

「わかりました……お言葉にあまえます」

「うん。素直でよろしい」

ニッコリしてそう言った七海は、ガチャリと車の扉を開ける。志緒も渋々と、シートベルトを外して車から降りた。

ふたりはホテルのフロントに向かう。七海はホテルスタッフといくつかのやりとりを交わして、志緒の手を握った。

「手続きは済ませたから、行こう」

「えっ、手続きって……」

たまたま空いている部屋があったのだろうか？　七海は戸惑う志緒を連れて宿泊客用のエレベーターに乗った。そして階数のボタンを押すと、エレベーターはぐんぐんと上がっていく。

やがてチンと軽快な音がして、扉が開いた。

そこで志緒を待ち受けていたのは、目を奪われるほどラグジュアリーな空間だった。

廊下であるのに、床は絨毯が張り巡らされていて、壁には美しい照明器具がきらきらと輝いている。

（高級ホテルの宿泊フロアは、やっぱり内装も豪華なのね）

物めずらしさに、志緒はきょろきょろと辺りを眺める。

「ここだよ」

七海はそう言って足を止め、スマートフォンを扉についているスキャナーにかざした。ピ、と音が鳴って、ドアが解錠される。

「志緒には別にカードキーを渡しておこう。俺はこっちで解錠できるからね」

「なるほど。スマートフォンでの認証と、カードキーと、解錠方法がふたつあるんですね」

志緒はカードキーを受け取った。

「カードキーで君が扉を開けると、俺のスマートフォンに通知がくる。つまり、君がちゃんとホテルに戻れているかどうか、俺は確認できるというわけだ」

「うう、それは監視されているようで、ちょっと落ち着かないですね」

「そう言うな。逆に言えば、遅くまで帰れていない時は、君がトラブルに巻き込まれている可能性が高いということだろう？　すぐさま俺も動くことができる。だから、保険だと思っておいてくれ」

そう言われてしまうと仕方がない。さすがにないと思うが、逆上した元敬が志緒になにかしようとする可能性もゼロではないのだ。

七海は志緒を抱き寄せ、部屋の中に入る。

「わ、わぁ……」

思わず、志緒は感嘆の声を出してしまった。それは想像を遙かに超えた、広々としたリビング。南側は一面が窓になっていて、外には可愛らしいテラスが見える。

「って、これ、普通の部屋じゃ、ない！」

明らかに、シングルやセミダブルの部屋ではない。そもそも、普通のホテルの部屋には、リビングルームなんてないはずだ。

「七海さん、ここは一体、なんというお部屋なんですかっ！」

「単なるスイートだよ。ベッドはこっちの部屋だ。あっちの扉は、浴室に続いている」

七海は平然と部屋を紹介していく。寝室や浴室は生活の要だ。さすがに見ておきたい。

志緒はうぐっと非難する言葉を呑み込み、彼が言うままに部屋を見る。

「朝食はここに運ばせるよう手配した。メニューはこちらのファイルにあるから選ぶといい。洗濯も、クリーニングサービスを頼んでおいたから、毎朝籠に入れておけば夕方には洗濯済みのものが届く」

まさに至れり尽くせりだ。畏れ多くて志緒の体はぶるぶると震えた。

「そして夕食だが、これは俺が――」

「七海さん！」

志緒は思わず声を上げた。彼は言葉を止めて、志緒を見つめる。

――ここまでする必要はない。自分に、そんな価値はない。

そう、言わなければと思った。

だけど、その言葉は七海を傷つけることに繋がらないだろうか。志緒が自分自身をどう思おうが、七海は志緒を大事にしてくれている。その気持ちを、踏みにじる行為にならないだろうか。

（七海さんは、本当に私の身を案じてくれているんだわ。この豪華な部屋は困るけれど、セキュリティを信用してここを選んだというのなら、私は……）

七海を、安心させたい。

彼にこれ以上、心配をかけたくない。それなら、自分のこだわりは心にしまっておこう。

志緒は、心の中でそう結論づけた。

「……その、ありがとうございます。本当はとても恐縮ですが、今は、七海さんの厚意を受け取ろうと思います」

七海がネットカフェに駆けつけてくれた時、とても安心した。

ああ、もう大丈夫なのだ、と。

元敬の変貌、会社から志緒のあとをつけていたこと。怖かった思いがすべて消え失せて、七海だけで心が一杯になった。

だから、今は七海に頼ろう。

志緒が七海に笑いかけると、彼は優しく目を細め、その頬に触れる。

「このくらい、お安いご用だ」

ふんわりと微笑む。慈(いつく)しみの溢(あふ)れる笑みを見て、ようやく志緒は気がついた。

(バカね、私。彼に悪いとか恐縮するだとか、そればかりを考えていて、七海さんがそう思うことでどう感じるか、まったく想像していなかった)

思わず自分の頬を叩きたくなる。

「ここにいれば安全だが、問題は通勤手段だな。ハイヤーを手配して、明日から送迎をお願いしよう」

「そ、そこまでしてもらわなくても大丈夫ですよ。駅も近いですから」

「いや、念には念を入れておかないと、俺が不安なんだ。守ると言ったからには、ちゃんと君を守らせてほしい」

志緒の手を握って、七海が言う。

戸惑いつつも、志緒は頷くしかなかった。

（ハイヤーで送迎だなんて、目立ってしまいそうだけど……仕方ないわ）

目立たない場所に停めてもらって、社長には事情を話せばいい。

「ところで七海さん。しばらくアパートに戻らないほうがいいと言っていましたが、少しだけ戻らせてもらえませんか？　私、咄嗟（とっさ）に逃げてしまったので、なにも用意してきていないんです。それに……」

志緒は困った顔で俯（うつむ）いた。

「慌てていたから、玄関の施錠もできていないんです。ドアを開けた途端に襲われたので」

「ああ、それは心配だな。部屋の中には貴重品もあるんだろう？」

志緒は頷く。七海は「わかった」と言って、にっこりと微笑んだ。

「大体の置き場所を教えてくれたら、俺が代わりに取ってくるよ」

どうしても志緒をホテルから出したくないようだ。夜も更けているし、さすがに今からアパートに戻るのは志緒も怖い。

「でも、大丈夫でしょうか」

「なにが？」

志緒の心配に、七海が不思議そうに首を傾げる。

「私の元婚約者です。元敬さんというのですが、彼の様子がおかしかったんですよ。前は穏やかで優しい人だったのに変わり果てていて、なにを考えているのかも、わからなかったんです」

　彼の薄気味悪さを思い出して、志緒は自分の腕をさすった。

「大丈夫だよ。ちゃんと、人を連れていくからね」

「……そうなんですか？」

「ああ。腕利きの護衛を連れていけば、さすがに向こうも手を出さないだろう。その辺りはちゃんと対処するから、安心していい」

　ようやく志緒はホッとして自分の鍵を七海に預けた。

「じゃあ、よろしくお願いします。貴重品の場所をお伝えしますね」

　メモに、貴重品の場所を書き記し、七海に渡す。彼はそれを大切そうに胸ポケットに仕舞ったあと、志緒の腰を抱き寄せた。

「きゃっ」

「ふふ……」

　軽く額にキスをされた。志緒の顔が思わず熱くなる。

「も、もう、七海さんったら」

「照れた顔が可愛いな。君は深刻な顔をしているよりも、そうやって恥ずかしがったり、笑っていたりするほうが似合うよ」

あまく囁かれて、志緒は俯く。なぜ彼はこうも、どんな状況下でも気障なことが言えるのだ。

「今日はゆっくり体を休めるといい。添い寝が必要ならしてあげようか？」

「いりません」

「はっきり断られると傷つくな。でも、そのそっけなさも俺には愛しい。……大丈夫だ。俺が傍にいるんだから、君はなんの心配もしなくていい」

ちゅ、と唇を重ねる。その優しい口づけに、志緒は思わず目を瞑った。

「んっ」

何度も角度を変えて、唇を食むように深くキスをして、七海はゆっくりと唇を離した。

きゅっと、彼は自分の唇をぬぐう。その親指には志緒のリップがついていて、彼はそれを舐めた。

「七海さん……」

「もっと君を味わいたいけど、今は志緒の心が心配だ。ちゃんと、休むんだぞ」

優しく頬を撫でられる。それだけでじわりと目頭が熱くなって、志緒はこくりと頷いた。

いつも強引で、時々意地悪で、なんでも問答無用に話を進めるのに、本当に弱っている時はとんでもなく優しいなんて、ずるい。

つい、志緒はそう思ってしまう。

「また明日ここに来るから。いい子にしているように」

七海はもう一度志緒にキスをすると「おやすみ」と言って、部屋を出て行った。

ひとり残された志緒は、顔を両手で押さえて、俯(うつむ)く。

「……もう、本当に、ずるい」

そんな風に優しくされたら、どんどん心が傾く。依存してはいけないと自分を戒(いまし)めているのに、七海を心の安息地にしてしまいそうになる。

「だめ。今は仕方がないけれど、頼りきりになるのだけは避けないとだわ。とりあえずお風呂を借りてゆっくり体を休めて、七海さんのことはそれからちゃんと考えよう」

パンパンと自分の頬を叩いたあと、志緒はやたらと豪華な風呂に入り、身を清めてからベッドに入る。

——眠れないだろうと思っていたのに、拍子(ひょうし)抜けなほど、ぐっすりと眠ることができた。

高級ホテルのスイートに寝泊まりして、一週間が経った。

最初こそは、ホテルの備品や設備を利用するのにおっかなびっくりな志緒であったが、衣食住に関するところだけは、ほんの少しだけ慣れてきた気がする。

七海は、毎日夜には顔を出してくれた。

夜の十時過ぎ。今日も、彼は志緒の泊まるスイートルームで寛いでいた。

「ああ、今日も疲れた。最近、秘書がばかみたいにスケジュールをねじ込んでくるんだ。あいつは俺をなんだと思っているんだろう。時間通りに動くロボットか？」

リビングのソファに体を預ける七海の隣では、志緒がその体からほこほこと湯気を立てて座っていた。実は、風呂から上がったら、すでに七海がソファに座っていたのだ。スイート暮らしは不自由がないものの、プライバシーの皆無さにだけは唯一困っている。

（とはいえ、お世話になっている以上、来るなとも言えないわね）

彼の心にやましい気持ちは……多少はあるかもしれないが、純粋に志緒を心配しているということは理解していた。せめて事前に一言連絡はほしいところだが、彼も忙しいため、仕事の終わる目処がつかないのだろう。

「今日は風呂上がりの志緒を拝めたから、大変ラッキーだ」

「もう、びっくりしたんですからね？」

「はは。パジャマ姿がとても可愛いよ」

七海は志緒の髪を一房掴んだ。

どきんと胸が高鳴って、顔を熱くしてしまう。

自前のパジャマは、七海が志緒のアパートから持ってきてくれたもののひとつだ。

さすがに下着を持ってきてもらうのは遠慮して、というか、丁重にお断りした上、絶対に引き出しを開けないでくださいと念を押し、インターネットの通販で購入した。

こういう時、ホテル暮らしというのは便利なものだと、妙に感心してしまう。

購入時にホテルの住所と部屋番号と名前さえ書いておけば、フロントが荷物を受け取ってくれるのだ。日中仕事で会社に居る身としては、大変ありがたいシステムである。

「それにしても志緒、どうせ風呂を使うのなら、内風呂でなく、上階のプライベートスパを使えばいいだろう。まだ利用していないようだし、たまには使うといい」

「あんなところ、怖くて使えませんよ」

「どうして怖いんだ」

くすくすと七海が笑う。志緒はムスッとして、唇を尖らせた。

「気がとがめるんです」

「スイートの客には自動的についてくるサービスのひとつなのに？」

「それでも、こんな非常時に贅沢を満喫するのは、よくないと思ってしまうんです」

遊んでいる場合ではないのだ。元敬の動きはまったく読めないし、両親や妹がなにを考えているかもわからない。

どうして突然、元敬と愛華が別れたのか。あの両親は、それについてどう思っているのか。

なんだか嫌な予感がする。だから、心からスイートの暮らしを楽しむことなんてできない。

「見えない未来に怯えても仕方がない。それなら、今を楽しむのは大事だと思うぞ？」

七海が志緒の肩に手を回して言う。だが、志緒の表情は翳っていた。

理由はわからない。でも、怖いのだ。七海にあまえきることができたら、とても楽になれるのだろう。彼が言う通り、今の生活を楽しんでしまえば無駄に思い悩む時間も減る。

ただ、七海に自分のすべてを任せてしまったら、その途端に足元が崩れてしまいそうで。元敬に別れを告げられた時のような悲しみをふたたび味わうのが怖くて、志緒の心にこびりつく不安はなかなかなくならない。

妹のことも、元敬のことも、まだなにも解決していない。そのことが、なによりも怖かった。

「七海さん……。あれから一週間以上経ちましたけど、そろそろアパートに戻っても構いませんか？　やっぱりここで生活するのは、気が休まらないんです」

「まだだめだ。君の元婚約者さんが、毎日様子をうかがいに来ている」

え、と志緒は目を見開いた。

「そうなんですか？」

「ああ。俺だって、早く志緒を元の生活に戻してやりたいと思っている。だから、人を使ってアパートの周りを調べているんだが、元婚約者さんはなんとしても君とコンタクトを取ろうとしているようだ」

「そんな……」

どうして？　もう自分と元敬の関係は終わったはずだ。向こうがよりを戻したいと言った時も、志緒はしっかりと拒否した。これ以上ないほどの拒絶だったはずだ。

それなのになぜ諦めないのか。志緒は眉間に皺を寄せ、目を伏せる。

その時、七海が志緒の背中を軽く撫でた。

「大丈夫。アパートをうろつく回数は日に日に減っている。最初は、志緒の会社帰りを待ち伏せしていたようだが、今の志緒はハイヤーを使っているから追いかけようがない。少なくとも待ち伏せは諦めたようだ」

「そ、そうですか」

ようやく少しだけ安心する。自分には過ぎた待遇だと思っていたハイヤーの送迎も、身を守るために必要だったのだ。志緒は七海の手によって、しっかりと守られていた。

「もう少しの辛抱だ。俺は君に窮屈な生活はさせたくない。必要なものがあれば、なんでも言ってくれ」

「そんな。今でも充分すぎるほどです」

「志緒の奥ゆかしさは素敵だと思うけど、たまには思い切りワガママを言われてみたいな。アレがほしい、コレがほしいって、欲望のままにね」

クスクスと笑う七海に、志緒は呆れた視線を向ける。

「なにを言っているんですか……もう」

そう言って、テーブルの上に置いていた腕時計を見た。もう十一時だ。

「七海さん、そろそろ私……」

「はあ、眠い。今日は本当に疲れた」

「えっ……わっ⁉」

七海は志緒の太ももにとすんと頭を載せる。

膝枕だ。志緒の顔が熱くなる。

「最近は、毎日四時起きだからなあ。さすがにきつい」

「無理して毎日来なくてもいいんですよ」

「無理なんてしていない。毎日志緒の顔が見られるなら、こんなのはなんの負担でもない」

きっぱりと断言され、志緒は言葉を失った。

ずっと七海に罪悪感を抱いていた。彼を頼って、自分の存在が負担にならないか、煩(わずら)わしくはないかという、うしろめたい思いを持っていた。

それがさくっと一刀両断されたよう。志緒は、ぱちぱちと目を瞬(またた)かせる。

志緒の膝枕で寝そべる七海は「はあ」とため息をつき、ごろりと志緒の腹のほうに顔を向けると、その腰を抱きしめた。

わりと力は強い。ぎゅーっと抱きしめられて、志緒は慌てた。

「んっ、七海さん、ちょっときつい、です」

「ああ、すまない。でもいい匂いがするんだ。それに柔(やわ)らかくて、気持ちいい」

抱きしめて、顔を擦(こす)りつける七海。

それは性的な仕草ではなく、ただひたすらあまえているように見えた。こんなに子どもっぽい七海は初めてだ。

(……本当に疲れているんだわ。決算が近い時期だもの。毎日くたくたになるまで働いているはず)

占部も毎日多忙なのだ。志緒は占部の頃合いを見てスケジュールを相談したり、少しでも休めるようにと分刻みの調整をしたりしている。おそらく七海はそれ以上に忙しいのだと、想像に難(かた)くない。

志緒はそっと七海の頭を撫(な)でてみた。七海は目を瞑(つむ)って、気持ちよさそうにしている。

「志緒は本当に、奥ゆかしく心遣いがあって、優しい素敵なお嬢さんだな。臆病なところはあるけれど、懸命に気丈でいようとしている。もっとあまえてもいいのに……まあ、そういうところがたまらなく可愛いのだけどね」

くっくっと、志緒の腹に顔を埋めながら笑った。

「臆病は……まあ、当たりですけど。褒めすぎですよ」

「謙遜することはない。君は、おばあさまから素晴らしい教育を受けたのだろう。……君は、旧家にふさわしい人柄だ」

「え……？」

意外なことを七海が口にした気がした。志緒が七海を見つめていると、彼は本当に眠いのか、うとうとしている。口調もどこか、ぼんやりとしていた。

「河原家にはろくな人間がいないと思っていたから、君を知って、安心した。……正しい後継者は、ここにいたの……かと」

七海が黙り込んだ。そのまま、規則正しく肩を上下させて寝息を立て始める。

「寝ちゃった」

困惑しながら、志緒は呟いた。なにか今、とても意味深なことを呟いていたと思うのだが。

「ううん……。そういえば、両親や愛華は、色々な催しに参加していたんだったわ。なにかのパーティーで、七海さんと出会っていてもおかしくないわね」

家にいた時の、両親や妹の傲慢なふるまいを考えれば、七海に悪印象を持たれても仕方ない。何度も祖母は注意していたのだ。家柄にふさわしいふるまいを忘れてはいけないと。

しかし祖母が言えば言うほど、両親と妹は反発した。やがて、祖母はさじを投げてしまった。

「でも、おかしなことを言うのね。おばあさまが亡くなった今、河原家は父が継ぐのに」

祖母が病に伏してから、父は毎日のように志緒に言っていたのだ。『ばあさんが死ねば、長男である俺が名を継ぐ。河原家におまえの居場所はない』と。

志緒はゆっくりと七海の頭を撫でた。

こんな風に、じっくりと彼の顔を見るのは、初めてかもしれない。

「長い睫毛……。眉のアーチが、嫉妬するほど素敵だわ。唇は薄いけど色っぽくて、鼻の形がとっても綺麗」

見れば見るほど、七海の顔は整っている。

「こんな顔をしているんだもの。ビジネス雑誌の表紙にしても映えるだろうし、女性に人気があっても納得ね」

つくづく、どうして自分のような人間を彼が好きになったのか、疑問に思ってしまう。もっと美人で、性格のよい女性はいるだろうに。

「いや、だめだめ。そういう考えがいけないのよ。私はもっと、ちゃんと前向きにならなきゃ」

七海の頭を撫でつつ、志緒は呟く。

――自分の与り知らないところで、なにかが起こっている。元敬が唐突に現れ、愛華と別れただの、志緒とよりを戻したいだのと言い出したのも、きっと裏があるはず。

いつも志緒は、周りの状況に振り回されるだけだった。……でももう、ただ流されるだけではいたくない。

自分の意思で自分の人生を決めたいのだ。たとえ誰がなにを言おうとも、負けたくない。

そのためには、いい加減このうしろ向きで自虐的な性格を変えるべきなのだ。

「七海さん……」

そっと、志緒は七海の髪をかきあげた。彼はすっかり安心しきった顔をして、すやすやと寝ている。寝顔はちょっと幼くて、どこか可愛げがあった。

普段は呆れるくらい自信に満ち溢れていて、どこまでも前向きで、気弱な志緒を無理矢理でも引っ張り上げてくれる。強引で、意地悪な時もあって、そういうところは苦手だと思うのに、決して嫌いになれない。

困っている時。悲しみに身が潰れそうな時。七海はいつも傍にいてくれた。

そんなにあまやかさないでと困ってしまうくらい、彼は志緒に優しかった。

失いたくない。七海に嫌われたくない。……七海に、愛されたい。

「……ふ」

思わず、志緒は笑ってしまった。自分の思考に可笑しくなってしまったのだ。

「なんて、バカ。きっと最初から、そうだったんだわ」

志緒は自分が、周りの女性とは違うと思っていた。七海の素敵な姿に心揺らすような人間ではないと思おうとして、彼の言動に振り回されないように注意していた。

でも、違うのだ。志緒も結局は、皆と同じだった。

七海の無視できない存在感に、魅了されていたのだ。けれど、簡単に絆される自分が悔しくて、相手にしないようにしていた。……自分なんて、しょせんは相手にされない存在。本気で好かれることなどないと、決めてかかっていた。

以前、一目惚れなんて信じないと、志緒は七海に断言したことがある。

とんだ馬鹿者だ。そんなことを口にしておいて、自分はちゃっかり一目惚れしていたのだから。

「七海さん。私はこんなにも浅い人間なのに……それでも、気持ちを変えずにいてくれる？」

志緒はゆっくりと目を細めた。

七海が寝ているからだろうか。今までで一番、素直な気持ちになれた。

「好き……」

そっと、彼の耳に囁く。

口にすると、とてもしっくりきた。七海が好き。そう、ずっと前から惹かれていた。

好きになっていたのは、志緒も同じだったのだ。

――まだ、七海には言えない。恋を自覚しても、七海の気持ちを受け入れる覚悟がまったくできていないからだ。この気持ちを口にしたら最後、彼との関係が大きく変化しそうな気がする。

それがまだ、ほんの少し、怖い。

だけど、今の状況から脱却し、ホテル生活からも解放されて、自分の心が落ち着いたら――

その時はちゃんと言おう。七海の目を見て、自分の気持ちを口にしよう。

志緒がそう決意すると、なぜか前よりも心が強くなれた気がした。

恋をするというのは、こんなにも前向きな気持ちになれるのか。少し、驚いてしまう。

「不思議ね。前向きな七海さんの影響かしら」

理由はわからないけれど、この気持ちを大切にしたい。

「七海さん……。私も、あなたの傍にいたいです」

彼に抱かれても、本当の志緒はまだ弱いままだ。臆病者で、こんなにも愛されているのに、自信が持てない。

そんな志緒でも、七海は傍にいてくれるだろうか。頼り切って、依存してしまっても、呆れられないだろうか。

志緒は、七海の髪を優しく撫でる。

この穏やかな時間が、ずっと続いたら幸せなのに……。そう、思いながら。

つい先日まで、クリスマスだ正月だと世間が賑わっていると思っていたら、気づけばもう、街はバレンタイン仕様になっている。
この時期は慌ただしいものだ。そんなイベント目白押しの隙間を縫うようにして存在するのが、節分という日本古来の行事である。
ルーツをたどれば、平安時代にまで遡るのだとか。
元は鬼払いの儀式だったものが、時代の変化と共に形を変え、今に至るらしい。

そんな二月初旬。節分の日。

総務部の一角でデスクワークに勤しんでいた志緒のデスクの内線が鳴り響く。

「はい、河原です」

『すみません。河原さんにお客様がおいでです』

「……私に、ですか？」

志緒は眉をひそめた。占部になら毎日のように来客があるが、秘書の自分に客など、初めてのことである。

「一体、どなたでしょう？」

『それが……』

受付を担当した女性社員も戸惑っている様子である。

『河原さんのご両親だと仰っているのですが』

志緒は目を見開き、思わず椅子から立ち上がってしまった。

カツカツと急ぎ足でロビーに赴くと、そこには四ヶ月ぶりに見る顔が揃っていた。

「お父さん、お母さん……」

戸惑いながら呟く。

おそらく、もう二度と会うことはないと思っていた。たとえ志緒が会いたいと望んだとしても、彼らは拒否するだろう。それくらい嫌われていると、自覚していた。

今、目の前に立っている父と母は、揃って無表情だ。

志緒は彼らに近づくと、怪訝に思いながら見つめた。

懐かしいとか。また会えて嬉しいとか。そんなポジティブな感情は一切湧いてこなかった。

それよりも『なぜここに来た?』という疑問しか思い浮かばない。

「お久しぶりです」

志緒が挨拶をすると、父がしかめ面で腕時計を見た。

「時間があまりない。話がしたいから、別室に案内しろ」

「私たちは、あなたと違って多忙なのよ。早くして頂戴」

再会の挨拶もなしに、両親が威圧的な口調で志緒を急かす。

やはりこの人たちは相変わらずだ。志緒は心の中でため息をつき、ロビーの近くにあるパーティションで区切られた簡易応接スペースに移動した。

「こんな質素な場所しかないのか。壁ともいえないようなしろもので区切っただけの、ドアもない場所で話をしろと言うのか?」

「ここは会社です。人に聞かれて困るような話でしたら、後日改めて、私が仕事中でない時間に、しかるべき場所でしてください」

「それが親に言う言葉か!」

パン、と軽い打音がロビーに響いた。

父親が裏手で志緒の頬をはたいたのだ。志緒の頬がじんわりと熱くなり、ひりひりと痛みが生じる。母親はそんな父娘のやりとりを、眉ひとつ動かさず、つまらなそうに見ていた。

こんなやりとりは、日常茶飯事(にちじょうさはんじ)だった。

でも、久しぶりだったから、心がショックを覚えている。少し会わない間に痛みに弱くなっていたんだな、と志緒は自分自身に驚いた。

しかし、表面上では無表情を貫く。これくらいのことで、感情を顔に出したりはしない。彼らは、志緒が苦しむほど喜ぶのだ。無表情は志緒にとってせめてもの抵抗だった。

「私は仕事中です。話は手短にお願いします」

「相変わらず生意気で可愛くないわね。そのプライドの高そうな顔は、日に日にばあさんそっくりになって、気持ちが悪いったらないわ」

母親が、憤然(ふんぜん)とした様子で簡易ソファに座る。志緒を罵倒(ばとう)し足りないのか、父親は不愉快そうに顔を歪(ゆが)めつつ、チッと舌打ちをしながら母の隣に腰を下ろした。志緒は、彼らの向かい側に座る。

「単刀直入に言おう。志緒、おまえは七海橙夜とつきあっているそうだな。今すぐに別れろ。それが用件だ」

父の言葉に、志緒はゆっくりと目を見開いたあと、険しく眉間に皺を寄せた。

両親が志緒を監視していることは、妹の電話から確信していた。彼らのことだから、七海のことも知っているだろうと思っていた。しかし、直接志緒に話をしにくるのは予想外だった。

七海と別れさせて、どうしようと言うのだ。

「私は、七海さんとつきあっているわけではありません」

「七海橙夜に囲われ、優雅なホテル住まいに興じておきながら、つきあっていないだと？」

父が鼻で嗤う。志緒はぐっと唇を噛みしめた。

そこまで調べているなんて。彼らは徹底的に志緒と七海の関係について調査したのだろう。

しかし、なぜ志緒のプライベートを詮索する？

放っておけばいいじゃないか。嫌っていたのだから、今後一生関わらなければいい。

志緒には、彼らのやることがまったく理解できなかった。

しかも、つっけんどんに七海と別れろだなんて、身勝手にもほどがある。

志緒は、むかむかした気持ちが腹から湧き上がるのを感じた。

それは怒りだ。志緒は初めて、両親に怒りの感情を向ける。

彼らの言うことなんて聞く必要はない。自分はもう、あの家から出たのだから。

「七海さんと懇意にしていることは確かです。でも、あなた方の言うことを聞く義理なんて、ひとつも感じません。私は、あの人から離れるつもりはありません」

きっぱりと拒絶した志緒に、両親は意外そうな表情を浮かべた。

まさか志緒が、ここまではっきりと自分の意思を口にするとは思わなかったのだろう。元婚約者、元敬から別れようと言われた時ですら、すがるような言葉もなく現実を受け入れたのだ。両親は、自分たちが命令しさえすれば、志緒は言うことを聞くと思ったのかもしれない。

いや、もしかすると、以前の志緒なら七海から離れたかもしれない。

だけど、志緒は七海から勇気をもらったのだ。

両親がなにを言おうが関係ない。自分の人生は自分で決める。彼らに干渉されるいわれはない。

志緒が毅然とした態度で両親を見つめていると、父親は不機嫌さを隠そうともせず、真ん中に置いていたローテーブルを蹴り上げる。

ガン、と大きな音が響いた。

志緒を萎縮させようとしているのかもしれない。だが、もう怖がらない。暴力には屈しない。

「お父さん、お母さん。あなた方が私を嫌っていることは承知しています。ですから、もう私のことは放っておいてください。他人になるのがお互いにとって一番いい道だと思うんです」

志緒の存在が気に入らないのなら、無視してくれればいいのだ。

もちろん志緒だって、家族と関わろうなどと思わない。

血の繋がった家族なのだから、本当は仲良くできるように歩み寄る努力をするべきなのだろう。だが、相手にその気がなければ、他人になるしかないのだ。悲しいけれど、それがベストではないかと志緒は思う。

だが、父親は母と顔を見合わせたあと、いらいらした口調で話し出した。

「おまえの相手が七海橙夜でなければ、どこの誰となにをしようが放っておいた」

「どういうことですか？」

志緒が首を傾げると、父親はどっかりとソファに身を預け、脚を組む。

「河原家はな、旧家の流れを汲む由緒正しい家柄なんだ。しかも本家であり、この血は決して絶やしてはならない、尊いものなんだ」

仰々しく話し、隣では母親が頷いている。

「おまえは知らないだろうが、資産だってそれなりにある。もちろん、おまえにはびた一文与えてやるつもりはないから、期待するなよ」

「……お金なんて、私はいりません」

ため息混じりに、志緒は呟く。

そんなものは必要なく、ただ、両親や妹から干渉されないところで生きたい。

父親は、志緒の言葉が気に入らなかったのか、ローテーブルをもう一度蹴った。

「それはそれは。反吐が出るほどお上品な回答だ。金のあるかないかが、どれだけ生活に重要かわかっていない。それはばあさんの教育のたまものか？　世間知らずに育ちやがって」

ぎらぎらした目で、娘を睨み付ける。

どうしてこんなにも、両親に嫌われなければならないのだろう。自分だって、この両親から遺伝子を引き継いだ、愛華と変わらない子どもであったはずなのに。

志緒は悲しい気持ちになりながら、俯いた。

「七海橙夜は、七海財閥家長の一人息子だ。つまり次代の当主と言える。そんな男の傍に、おまえを置くわけにはいかない」

威圧的な言葉に、志緒はハッとして顔を上げた。

そういえば、占部が言っていた。七海は財閥家の跡取りなのだと。

「七海家と河原家が懇意になるのは望ましい展開だ。しかし、志緒ではだめだ。彼の妻には愛華がふさわしい。だからおまえは身を引け。身のほどをわきまえろ」

「なにを……言っているんですか!?」

志緒は大きく声を上げた。財閥とか跡取りとか、そんなことはどうでもいい。どうして愛華の名が出てくるのだ。

「まさか、元敬さんが言っていた、愛華と別れたというのは……」

自然と口からこぼれた呟きに、母親が、にいと笑う。

「そうよ。元敬さんもなかなかいい家柄の息子だったけれど、七海財閥には足元にも及ばないわ。だから、愛華に捨てさせたのよ」

「捨てた、ですって!」

彼の変わりようは、そのせいだったのか。志緒はぐっと拳を握りしめる。

「あなたたちは、人をなんだと思っているんですか。家柄だけで取ったり捨てたり……。人をものかなにかみたいに扱って、恥ずかしくないんですか!?」

「うるさい！　おまえはただ、俺たちの言うことを聞いていればいいんだ！」

バシッ、と大きな打音が響いた。

志緒の頬が思い切りはたかれたのだ。

「一年前、おまえから元敬を奪い取ってざまあみろと思ったら、次は七海財閥の跡取りなんかと仲良くなりやがって。なぜおまえばかりが愛される。なぜおまえばかり、いい目を見るんだ！」

その叫びに、志緒は目を大きく見開いた。

頬を叩かれた痛みなんて、まったく忘れてしまう。

「元敬さんを……奪い取った……？」

初耳だ。元敬は自分から『別れたい』と口にして、一方的に志緒を拒絶した。彼に嫌われた理由なんてわからなかった。

すると、母親が得意げに唇の端を上げる。

「愛華が元敬さんをほしがったからねえ。彼に色々と言って聞かせたのよ。志緒は財産目当てだとか、金のためなら売春でもなんでもやる最低な女だとかね。彼は温室育ちのお坊ちゃんだったし、あっさり信じて、笑っちゃうほど悲しんだのよ。愛華が優しく慰めてあげたから立ち直ったけれどね」

「なんてことを……ひどい」

あの別れには、そんな裏があったなんて。自分でなく母の話を信じた元敬にも悲しくなるが、両親も最低だ。

「おまえが、なんでも手に入れるから、悪いんだ」

父親が、呪詛を込めるように呟く。

「なんでもなんて……。私はあなたたちから、なにももらっていません」

「他でもらっているから俺たちはおまえに冷たくしたんだ。バランスを取っていたんだよ。愛華が不憫（ふびん）だったからな」

どういうことだ？　志緒が怪訝（けげん）な顔をする。

「志緒は赤子の頃はよく泣きわめき、顔立ちも悪くて、俺たちを苛立たせていた。愛華は手間のかからない娘で、頭も相貌（そうぼう）もよかった。それなのに……ばあさんは、志緒を可愛がった」

父はそう、憎しみを込めて言う。

「河原家の当主はばあさんだった。俺たちはなにも意見することができなかった。そんなやつがおまえを可愛がって、実の息子である俺や、妻、愛華には厳しかった。おまえなんか価値のない人間なのに」

志緒は父親の言っていることが信じられなかった。彼のなじりも辛いが、どうして祖母をそんな風にとらえていたのか。祖母は志緒にもあまくはなかった。

皆に対し、平等に厳しかったのだ。ただ、志緒は祖母の教育を素直に受けていて、両親と愛華は反発していただけだ。どうしてわからないのか。

「ようやくばあさんが死んで、当主は俺になった。憎たらしいおまえも出て行き、せいせいしたと思った矢先に、おまえはちゃっかり七海財閥の跡取りを手に入れている。目障（めざわ）りなんだよ、おまえは」

「そんな。彼が財閥の跡取りなのは、単なる偶然です。私と七海さんの出会いに、あなた方は関係ありません。彼をあなたたちの都合に巻き込まないでください！」

志緒は拳を握り、訴えた。これ以上わけのわからない主張で振り回されたくない。財閥の跡取りなら誰でもいいのなら、別の人を探せばいい。なぜ志緒から取ろうとするのだ。

すると、母親が腕を組み、フンと嘲るように笑った。

「関係なくはないわ。私たちは、あなたが憎くてたまらないんだもの」

「お母さん……」

志緒が体を戦慄かせる。実の親からこんなにも嫌われるというのは、言葉では言い表せないほどの虚しさがあった。

「私たちはね、単に気に入らないの。あんたが幸せになることが嫌なの。腹立たしいばあさんに可愛がられた志緒を、どうしても不幸にしたいのよ」

それは耳を疑いたくなるような、呪いにも等しい言葉。

父親は立ち上がり、ソファに座る志緒を、蔑むように見た。

「なぜ、おまえは今、幸せなんだ？」

わなわなと体が震える。ここまでの負の感情を誰かにぶつけられたことは初めてだ。

しかもその相手が実の両親で、志緒はなにも言い返すことができない。

「どうせ最後には私たちに取られるのだから、さっさと別れておいたほうが賢明よ」

言いたいことだけを言って、両親は志緒を置いて去った。

残された志緒は、ソファに座って俯き、顔を上げることができない。

「どう……して」

うめくような呟きが、口からこぼれた。涙は落としていないが、その声は掠れていた。

「どうして、こんなに、私は憎まれているの？」

彼らの口にした言葉が槍となって、志緒の心に突き刺さる。

祖母に可愛がられた。それだけの理由で、こんなにも両親から嫌われてしまっていたのか。実の娘である志緒の不幸せを願うほどに。

考えても考えても、納得できない。

ただ、彼らは志緒を傷つけるためには容赦しない——そのことだけは、はっきりとわかった。

第四章

今日も七海は来るのだろうか。

ハイヤーでホテルに戻った志緒は、重いため息をつきながらフロントを横切り、エレベーターに乗った。

こんなにも落ち込んでいる日は、できればひとりで過ごしていたい。

志緒は腕時計を見た。時刻は午後七時半を示している。

(今のうちにメールをしておけば、今日のところは部屋にくるのを遠慮してくれるかもしれない)

早速スマートフォンを取り出し、仕事で疲れたからひとりにしてほしいと、短くメールを打った。

「よし、送信……と」

志緒は部屋の扉を開けながらメールを送る。

「おう、おかえり志緒。先にお邪魔しているぞ」

「ど、どうしてもういるんですか⁉」

思わず素っ頓狂(すっとんきょう)な声を出してしまった。七海が、わざわざ玄関まで迎えにきている。

「今日は会社に寄らずに直帰したんだ。始発で大阪に行って、商談をまとめて、トンボ返りしたんだぞ。ほら、お土産(みやげ)だ」

「わあ、おいしそうな豚まん……じゃなくて！　大阪まで行ったのでしたら、一泊して帰ってもいいと思います！」

「明日は朝一で会議があるし、大阪で一泊したところで暇なだけだ」

「そ、そんな」

せっかくひとりになりたいと思っていたのに。志緒がしょんぼりと俯く(うつむ)と、七海は不思議そうに首を傾げる。

「志緒」

「はい……。あっ」

くい、と顎(あご)を摘(つ)ままれ、上を向かされる。

七海の表情は硬く、彼は真剣な目で志緒の顔を見つめた。

「なにかあったのか」

「べ、別になにもありません」

志緒は、やや乱暴に七海の手を振り払い、リビングに入る。

「ふうん？」

うしろで、七海が相づちを打った。あとをついてきて、ミニキッチンに豚まんの箱を置く志緒の腰に、するりと腕を回す。

「なあ、志緒」

「は、はい」

「俺に隠し事をしたいなら、まず、その赤く腫れた頬をどうにかしておくべきだったな」

「えっ、もう腫れは引いたはず……」

思わず、自分の頬を触ってしまった。そして、ハタと気づく。

もしかして、ハッタリをかまされた……？

志緒がおそるおそる振り向くと、七海がニッコリと爽やかな笑みを浮かべていた。

「腫れてはないけど、頬が赤いのは事実だよ。さて、今日なにがあったのか、いちから話してもらおうか」

その笑顔には、反抗できない強制力がある。

志緒は唇の端をひきつらせたあと、観念して「はい」と頷いた。彼にはどんな嘘も見抜かれてしまう気がする。

お土産の豚まんをレンジであたため、ソファに座った志緒は、ぽつぽつと両親のことを話し始めた。すべて説明し終えると、七海は豚まんを片手に、あらぬ方向をじっと見つめている。その表情は怖いくらいに険しく、志緒は不安を覚えつつ豚まんを頬張った。

（あ……おいしい）

有名な店の豚まんだろうか。生地は、ほんのりあまくてふわふわしている。そしてたっぷりと入った肉の餡は、とろみがあり、お肉がごろごろしていて、食べ応えがある。

コンビニの肉まんもおいしいけれど、たまには本格的な豚まんもよいものだ。

「クク……」

唐突に、七海がひどく低い声で、しかも邪悪に笑い出す。豚まんで心がほっこりしていた志緒は、ビクッと体を震わせた。

「会社にまで乗り込み、さらに俺の志緒の頬を張り飛ばすとは。ふふ……」

「あ、あの、七海さん？」

「しかも俺を調べておいて、その愚行。なかなか命知らずと見える。腕が鳴るなあ」

不穏な笑みを浮かべる七海に、志緒は得体の知れないものを感じた。

（なにか、スイッチを入れちゃった……？）

こんなに禍々しい七海を見るのは初めてで、戸惑ってしまう。

七海は前を見つめながら豚まんを頬張り、口の端を親指でぬぐった。

「しかし、志緒。君は俺と別れろと言われて、どう思ったんだ？」

「どうって……。それはもちろん、嫌だと思いました」

「親の言う通りにして、別れようとは、思わなかったのか？」

七海は、どこか感情の読めない表情で訊ねる。

どう答えたものか。志緒はあの時に感じたことをそのまま話すことにした。

「それは……思いません。おそらくですが、七海さんが、七海財閥の跡取り息子でなければ、両親はここまでむきにならなかったでしょう。七海さんの相手は、愛華がふさわしいと言っていましたから」

誰がふさわしくて、誰がふさわしくないのか。

財閥とか、旧家だとか、志緒には、家柄がどれだけ大事なものかわからない。両親がそれをどの程度重視しているかも。

ただ、ひとつだけ言えるのは、彼らは志緒の幸せを許さない。

彼らの憎しみは本物だ。

志緒が七海の傍にいる限り、彼らは何度でも志緒を脅かすのだろう。

「私は、負けたくありません。もう二度と、彼らからなにも奪われたくないんです」

七海の顔をまっすぐに見つめて言うと、彼はようやくホッと安堵したような顔を見せて、志緒の肩を抱き寄せた。

「よかった」

「なにがよかったのでしょうか」

「そうだな、なんと言えばいいか。君は確かに臆病なところはある。だが、七海の家名に怯みはしないんだなと思うと、俺はとても安心できたんだ」

七海は心底嬉しそうに、志緒の首筋にキスを落とす。

「七海財閥の名は、良くも悪くも人の関心を集めやすい。家名に惹かれてくる者。利用しようと手ぐすねを引いて待つ者。そして蹴落とそうとする者。いろんな人が寄ってくる。家名を無視して俺と接してくれる人は、少ないんだ」

「七海さん……」

志緒は俯いた。その手には、残りひとかけになった豚まんがある。

「正直なところを言えば、私は、現実味がないだけなんだと思います」

七海財閥の名はもちろん知っている。国内海外に多くの会社を持つ、七海グループだ。手がける業種は金融業から重工業、不動産業と幅広く、国内で知らない者はいないと言っても過言ではない。

その財閥当主の跡取りだという七海の傍にいることが、周りにどのような影響を及ぼすのか、そして志緒自身はどうなってしまうのか、まったく想像することができない。

七海財閥は志緒にとって雲の上の存在すぎて、畏怖を覚える以前の問題なのだ。

しかし、と、志緒は祖母の教えを思い出す。

『人の生まれや育ちによって、優劣をつけることほど愚かな行為はないのよ、志緒』

河原家の歴史は長く、それに伴う資産もあると聞く。だが、過去の威光にあぐらをかいてはいけない。当主たる人間のやるべきことは、先祖が遺した財産を守り、謙虚に生きること。

驕ってはならない。先祖に恥じない生き方を貫き、跡を継ぐ者にその理念を継がせる使命がある。

祖母の言葉を思い出し、志緒は最後の豚まんを口に入れた。

「出自はどうあれ、七海さんは七海さんだと思います。それに……」

志緒は言葉を切ると、照れて頬を熱くした。

「最初に出会った時から、私は七海さんに翻弄されっぱなしでした。七海さんの人間性が強烈すぎて、すごい家柄の人だと意識するチャンスを逃してしまったんです」

七海がもう少し大人しい性格をしていて、もっと物静かなら、七海財閥の人間だと強く意識していたのかもしれない。だが、七海はあまりに個性が強かった。それこそ最初は困り果てて迷惑だと思っていたくらい、志緒は振り回されていたのだ。

七海はクスクスと笑って「なるほど」と頷く。

「それは申し訳なかった。俺としては真摯に志緒を口説いていたつもりなんだけどね」

「私には、からかっているようにしか聞こえませんでした」

冗談めかして言ってから、志緒は小さくため息をつく。

なにもかもを志緒から奪い取ろうとする家族には負けたくないし、彼らの言う通りになんてしてやるものかと思っている。

だけど、気がかりなことはある。それは志緒の個人的な気持ちよりも重要なことだ。

「私が七海さんのお世話になっていることで、七海さんに迷惑があったらと思うと……。私はそのことだけが、怖いです」

自分よりも、七海のほうが、守るべきものが多い。

このホテル生活も、早く終わらせなければと思っている。なかなか七海が許してくれない上、独断で動いて七海の手を煩わせるのも嫌なので、今の生活にあまんじている状況なのだが……

「私は、顔が整っているとはいえないし、スタイルだってよくありません。性格もこんなに根暗です。自分で言うのもなんですが、七海さんがここまでしてくれるほどの人間ではないんです」

両親は志緒を嫌っていた。祖母に可愛がられていたというのは理由のひとつに過ぎない。彼らは単純に志緒という人間が気に入らなかったのだ。

顔が可愛くない。性格が暗い。要領が悪い。赤ん坊の頃から、両親の手を煩わせていたのだという。そんな娘に愛情が持てるだろうか。……難しいかもしれない。

それでも祖母に可愛がられていたのは、ただ、志緒が祖母に対して素直だったからだ。両親と妹が、祖母の言うことをちゃんと聞いていれば、志緒は祖母にも放っておかれたかもしれない。

自分はその程度の人間としか思えないから、どうして七海に愛されるのか、いまだに理解ができない。彼は志緒のことを気遣いができると言っていたが、自分くらいの人間はどこにだっているのだ。

「ネガティブで、スタイルが悪くて、相貌のよくない人間を、好きになってはいけないのか？」

ふと、七海に訊ねられた。志緒が顔を上げると、彼は志緒を抱き寄せたまま、穏やかな瞳で志緒を見つめていた。

そして、フッと軽く笑う。

「もちろん俺は志緒に対して、そんなことは思っていない。志緒は世界で一番可愛いし、いい匂いはするし、奥ゆかしい性格は大変好感が持てる。仕事中は気丈にしていても、プライベートになれば途端に弱くなってしまうところもね？」

「な、七海さん」

「それに、可愛い声で啼いてくれる」

「ちょっ、そ、それはっ！」

志緒が顔を熱くすると、七海はたまらないといった様子で、ぎゅっと抱きしめてきた。

「ああ、こんなにも可愛いのに、寄ってたかって君を孤独にしようとする者がいるなんて信じられない。きっとあまりに志緒が愛らしいから、嫉妬しているんだろうね？」

「そ、そういう生易しい理由ではないと思います……っ！」

あの憎しみが嫉妬であったなら、どんなに気が楽だろう。

志緒は、妹に『ばあさんと一緒に心中すればよかったのに』とまで言われたのだ。彼らの志緒に向ける感情は、もっとどす黒いものだと感じている。

しかし、七海は明るく笑って、志緒の唇に自分の人差し指を押し当てた。

「志緒。君に、解けない魔法をかけてあげよう」

魔法？　志緒は疑問を口にしようとしたが、彼の指が邪魔で、唇が開かない。

彼は目を細め、うっとりと夢見るように優しく笑った。

「君の足に繋がれている枷。それを綺麗さっぱり取り外す魔法だよ。さあ、行こう」

立ち上がり、くい、と志緒の手を引っ張り上げる。

志緒はその手に誘われるまま、立ち上がった。

魔法がなんなのかはわからないけれど、不思議と胸が躍り始めている。わくわくする自分がいる。こんなにも心は不安で一杯なのに——彼のかける魔法は、いつだって勇気をくれたから。

（私って……本当はとても単純なのかもしれない）

心の隅でそんなことを思いつつも、彼の背中を追う足は、止めることができなかった。

スイートルームを出て、七海が志緒を連れていったのは、最上階にあるバーだった。

格式の高いホテルとは思っていたけれど、まさかバーにこんなものまであるなんて。

志緒は言葉を失い、ぽかんと口を開けて天井を見つめる。

そこにあったものは、視界一杯に広がる星空——

「プラネタリウム……ですか」

　ぽつりと呟くと、七海が「ああ」と頷く。

「いつか君を招待しようと思っていたんだ」

　案内されたのはソファ席。照明は丸いテーブルクロスの上に置かれたキャンドルのみで、淡く温かく、辺りを照らしている。

「ありがとうございます。とても綺麗……」

　志緒は上の空で礼を口にしながら、ずっと空を眺めていた。

　プラネタリウムを美しく見せるため、照明はできる限り抑えているようだ。周りにいる客の姿が、ぼんやりとしか見えない。

「屋内なのに、外みたい。でも本当の外だと、都会ではこんなにもたくさんの星は見えないですよね」

　どうやら今の季節にちなんで、冬の星座を映し出しているようだ。有名な冬の大三角を中心に、色々な星座がきらめいている。

「確かに都心でここまでの星空は見られないね。でも、本物の夜空はさらに素敵なんだ」

　メニューを手にしながら、七海がニッコリと微笑む。

「有名なところだと、沖縄の宮古島や、長野の上高地。海外だと、ハワイ島のマウナケアや、ニューカレドニアのウベア島。どこも言葉を失うほど、綺麗だったよ」

「すごい……。さすが七海さんですね」

彼は志緒の知らない世界をたくさん知っているのだ。

数えるほどしか遠出したことがない志緒には、沖縄はもちろん、海外なんて遠い世界の話である。

(でも、七海さんが言うくらいなんだもの。とても綺麗なんだわ)

自分は、このプラネタリウムでも充分だけど……少しは、気になる。

「人間は、古代から星に神聖なものを感じていたようだ。だからなのかな、星が美しく見える場所では、神話や伝説が多く残されているんだよ」

「そうなんですか?」

志緒が目を丸くする。

「ああ。例えば、マウナケアはハワイにとって『聖地』だ。天空の男神ワケアと大地の女神パパによって創造されたと伝えられている。そして日本では『神の降り立つ地』と呼ばれているのが上高地なんだよ。『河童橋』なんて名付けられている面白い橋もあるしね」

スタッフを呼び、ドリンクを注文した七海がすらすらと説明する。

「博識ですね」

「ふふ、なにがビジネスの役に立つかわからないからね。ジャンルを限らず、ネタを集める主義なんだ」

おどけるように肩をすくめて、彼はニッコリと笑った。

「いつか、行こう。志緒にも見せたいんだ。きっと気に入るだろうから」

「……そう、ですね」

志緒は曖昧な返事をする。

確かに、本当の夜空は言葉も出ないほど美しいだろう。志緒も見てみたいと素直に思った。

しばらくすると、スタッフが酒の入ったグラスをふたつ、テーブルに置く。

志緒はまじまじとそれを見つめた。

丸みをおびたカクテルグラスには、見たこともない色の酒が入っている。

「とても綺麗(きれい)なすみれ色ですね」

「これはブルームーンというカクテルだ。なかなかムード溢(あふ)れる名前だろう？」

「星はあるから、酒で月を楽しみたいと思ってね」

本当に美しい。ロマンを感じる名前だ。

「……七海さんが女性にモテる理由。今更ですが、よくわかりますね」

「それはどういう意味かな？」

乾杯、とグラスを合わせて、七海が複雑そうに笑う。

「女性の心を掴む話術に長けていると言いますか。こんな素敵な場所で、ロマンティックな台詞を言われたら、落ちない女性はいないのではないかと思いまして」

「ふむ。その理論で言うのなら、君が俺に落ちないのはおかしいな」

七海がコクッとガラスを傾ける。志緒も続いて飲み、そのカクテルの味わいにうっとりした。

（実はもう落ちている……と知ったら、彼は喜ぶのかもしれない。……でも）

不安。恐れ。七海に対する感情のまわりに、もやもやする事柄がたくさんあり、なかなか想いを口に出すことができない。

自分はなんてずるい人間だろう。こんなにもよくしてもらっているのに、いまだ彼をおあずけ状態にしてしまっている。弄んでいるも同然だ。

それでも、どうしても七海に『私も好きです』とは言えなかった。

自分を取り巻く環境。そして七海の立場が、志緒を臆病にさせる。言ってしまえば最後、想像もできない落とし穴が待ち受けているのではないかと、怖いのだ。

「恋をするって、もっと簡単だと思っていました」

「本当は簡単にできるよ。でも、志緒は難しく考えがちだね」

クックッと七海が笑ったところで、テーブルにナッツとチーズの盛り合わせが届く。

確かに、自分は人より物事を深刻に考えるところがある。

気楽に生きることができたらもっと人生を楽しめそうなのに、どうしても色々なことを考えてしまう。

人はそれを、生き方が下手だとか、不器用だと言うのだろうか。

志緒が俯（うつむ）いていると、ツンツン、とおでこを指でつつかれる。「えっ」と顔を上げると、目の前に七海の優しい笑顔があった。

「俺は志緒に、難しく考えた上で答えを出してもらいたいんだから、気にしなくていいんだよ」

「そうなんですか？　答えなんて、早く出したほうがいいと思うのに」

「いいや。『難しく考える』ということは、俺との将来や、性格の相性、様々なことを検討してくれているということだ。君は、それだけ俺のことを考えている。嬉しくないわけがないだろう？」

志緒はぽかんとして、七海を見つめる。

まさかそんな風に言われるとは、思ってもみなかった。

気長に待つとか、志緒のペースで答えを出せばいいなどと言いつつも、内心では早く答えを出してほしいはずだと考えていたのに。

「志緒の思考スペースに俺という要素が入り込み、しかもその領域がだんだんと広がっている。志緒を見ていると、そう感じるんだが……正解？」

茶目っ気のある目で、採点を求める生徒のように訊ねた。

志緒は思わず呆れ、諦め混じりに笑ってしまった。

「そうかもしれません。七海さんはいつも、強引に私の中に入り込んできますからね」

七海のことを考えざるをえない状況に、いつも置かれている。むしろ、彼に影響されない人間なんているのだろうか。

それくらい、七海の人間性は強いのだ。

美しいプラネタリウムと、素敵なカクテル。おだやかな語らい。

志緒の心がどんどんと解れていくのがわかる。両親に詰め寄られ、あんなにも傷ついていたのに、七海のおかげで元気を取り戻していく。

――彼らのことを完全に乗り越えたわけではない。すぐに忘れてしまえるほど、優しい過去ではない。

だけど、それでも、立ち直ることはできるのだ。

志緒は改めて思う。気持ちを切り替えるだけで、こんなにも前向きになれるのだと。

「喜んでもらえたかな？　こんな夜のデートも悪くないだろう」

「はい。私にはもったいないほどです」

志緒は答えて、しばらくプラネタリウムを見つめる。

「七海さんは、いつか私にこう言いましたよね。これは『人生は楽しいぞプロジェクト』なんだって」

志緒が祖母の死を乗り越えられずにいた頃。

間違いなく、志緒は七海に救われた。

「七海さんのプロジェクト――それは大成功です」

「志緒……」

淡いすみれ色のブルームーンは、キャンドルに照らされて、一層幻想的な色合いになっていた。

――きらきらと光る星を眺めていると、あの日を思い出す。北海道で夢のような夜を過ごしたひとときを。

「自分勝手で豪快で、やることなすことすべてが派手で、私は驚いてばかりで……」

こぼれ落ちそうなほどにきらめく満天の星と、夢のような時間。

これらはなにもかも七海と知り合わなければ、見ることはできなかった。

すべて、そうだ。七海に手を引っ張ってもらわなければ、志緒はずっと寂しく生きていただろう。なにも楽しみを見いだせず、過去にしがみついて、屍(しかばね)のように生きていた。

「七海さんが、私にすべてをくれました。悲しんでばかりで、なにも考えることができなかった私に、たくさんの『楽しい』というものを思い出させてくれた」

志緒は今、ようやく思い至った。

自分は今、とても心が満たされているのだと。

……正直、ここまでされなければ自分は立ち直れなかったのかと思うと、情けない。

七海に対する申し訳なさで一杯になる。

でも、だからこそ終わらせなければならないと思った。

「ありがとうございます。私はもう大丈夫です。両親のことも、なんとか乗り越えられそうな気がしてきました。あなたに、人生は楽しいということを教えてもらいましたから」

ここで終わらせよう。シンデレラのような夢のひとときを終わらせよう。

そうでなければ、自分はだめになってしまうから。

七海は静かに志緒を見下ろした。無表情で、なにを考えているのかは、読めない。

「そうか」

短く相づちを打ち、彼はコクリとブルームーンを口にする。

そして、ニヤリとひどく酷薄(こくはく)な笑みを浮かべた。

「では、これからは君を口説くことだけに専念できるということだな？」

「え……？」

志緒が呆けた声を出すと、七海は形のよい目をゆっくりと細める。

「夢は、醒めない」

まるでこれが魔法の合図だと言うかのように、七海は自分のグラスを志緒のグラスにかちんとあてる。

志緒は目を見開いた。

「言っただろう？　解けない魔法をかけてあげると」

「七海さん……」

「俺は、君を立ち直らせるだけの優しい魔法使いになるつもりはないよ。俺にはちゃんと欲望がある。下心がある。君を俺のものにするという、確固たる目的がある」

テーブルにのせていた志緒の手を、彼の大きな手が力強く掴む。

頬が熱くなる。志緒は恥ずかしさに俯いた。

「志緒、君と出会った瞬間、俺は一目惚れした。ただ正確に言うと、想いはまだそれほど強くなかった。きっと君を好きになると予感して、それは見事に的中し、恋に落ちた。どうしても君がほしくなってしまった」

親指の腹で手の甲を撫でられ、志緒の敏感な体はぴくっと震える。

「こんなにも人を好きになるなんて思ってもみなかったから、個人的には驚いていたんだよ」

「……そう、なんですか？」

志緒がおずおず訊ねると、七海は優しい笑みを浮かべて頷く。

「志緒の目には、俺はどんな男に見えている?」

「えっ、それはその……ええと」

なんと答えればいいのか。志緒は唐突な質問に戸惑いつつ、思っていたことを口にする。

「強引で、人の話をあまり聞いてくれなくて、やることが派手すぎて心臓に悪い人で……」

「散々だな」

「で、でも! 優しい人だと思っています。思いやりのある、素敵な方だと」

慌てて言うと、七海は朗らかに笑った。

「ありがとう。でも、本当の俺はそうじゃないって言ったら、君は信じるかな?」

彼の言葉に、志緒は驚く。

「俺はね、幼少の頃から、完璧であることを常に求められていたんだ。まあ、それ自体は苦痛ではなかったよ。うまくやっていたと自分でも思っている。でも、きっと俺は、器用すぎたんだろう」

いつも自信に満ち溢れて、その人生に失敗はないと思わせる七海。すべてがうまくいっていて、なにもかもを持っている。

誰が見ても羨ましいと思うだろう。まさに彼は、ビジネス界の貴公子だ。

そんな七海が、今は少し、寂しそうな表情を浮かべていた。

「いつの間にかね、俺はここが、死んでいたんだ」

七海は自分の胸に手を当てる。

「なにも感じないんだ。喜びも悲しみも、楽しみも怒りも。なにをしている時も、心は一ミリも動いていなかった。俺の頭にあるのはひとつだけだった」

それは、七海財閥の跡取りとして、誰もが納得する言動であるかどうか。

周囲の評価。それが七海のすべてだったから、彼は自分の心を動かすことを忘れてしまっていた。

自身が生み出すものなど一切求められなかったから。否――余計だったから。

彼はぽつぽつとそう呟いた。

「俺が起業して間もない頃だけど。学生時代から切磋琢磨してきた友人が、自殺したんだ」

静かな告白に、志緒は「えっ」と声を出した。

「傾きかけた親の事業を継いだ友人はなんとか会社を立て直そうと、毎日朝から夜まで奔走していた。俺に一言でも相談してくれれば、なんとかしてやれたのに」

でも、なにひとつ七海に弱音を吐くことなく、すべて自分ひとりで抱え込んだ。

七海は諦めたような顔をして、儚く微笑む。

「その理由は簡単。俺が七海財閥の跡取りだったからだ。彼は俺にだけは頼らなかった。自分のプライドを守って、死んだんだ」

「七海さん……」

志緒には、その友人の気持ちがわかる気がした。七海に相談すれば、自分の悩みなど瞬く間に解決してしまうだろう。それが嫌だったのだ。どうしても悔しかったに違いない。

だからといって自殺する道を選ぶべきではなかったと思うが、それが友人の意思だったのだろう。

「ショックだったよ。……友人が亡くなったことに、なんの痛みも感じていない自分にね」

七海は自分をあざ笑うように唇の端を上げ、プラネタリウムの幻想的な星空を眺める。

「社長が自殺したら、困るのは社員、ひいては社員の家族だ。取引先にも多大な迷惑をかけるだろう。そんな損害を出す死を選んだ友人は愚かだと考えた。そんな風に思う俺は人でなしだろう？　もっと俺は……彼の死を、悼むべきだったのに」

心が死んでいたから、死を悲しむこともできなくなっていた。友の死も、七海の表面上を通り過ぎていく、ただの『出来事』と化していた。

「君のことは、いいな、と思っていた。志緒のような女性が傍にいたらいいだろうなって、会うたびにその思いは募り、いつしか君がほしいと望むようになった。でも、その望みがより一層強くなったのは、あの時だよ。志緒を地下鉄で見かけた日だ」

それは志緒にとって、始まりの日。

祖母の死を乗り越えることができずに心が死にかけていた自分が、七海に救われた日。

「友人はね、電車に飛び込んで死んだんだ」

バーの中には他にも人がいるはずなのに、まるで世界でふたりきりになったみたいに、志緒は七海の声しか聞こえなかった。

それくらいの衝撃を受けた。

あの時、七海が必死な顔をして志緒の腕を握りしめたのは、友人の死と重なったからだったのだ。

「俺はあの時、やっと心を取り戻した気がしたんだ。君を失いたくない。本能のような衝動で、君の腕を握っていた。志緒を助けたい。志緒の笑顔が見たい。志緒の傍にいたい。志緒と幸せになりたいと」

七海の強い眼差しは、まっすぐに志緒の心を突き刺す。

その強すぎる想いに対し、志緒はどうしたらいいかわからなくなる。

「俺の世界の中心に、志緒がいた。俺の本当の恋はきっと、あの日から始まったんだ」

七海はそっと手を伸ばし、志緒の頬に触れた。品のよいフレグランスが志緒の鼻孔(びこう)をくすぐる。

安心する匂いに、志緒は泣きそうになってしまって、彼の大きな手に自分の手を添えた。

「愛している。君がおばあさまの悲しみを乗り越えて楽しみを見いだしたのなら、俺は全力で君を口説く。君の心を癒(い)やすのは俺だ。君の心を独占するのも俺だ。抗(あらが)えないように、君を捕らえてあげよう」

七海は志緒の顎(あご)を掴(つか)み、クイと上げさせる。そして、少し吊り上がった目を優しく細めた。

「志緒の心を俺だけで一杯にしてみせる。俺のことしか考えられないようにしてやるから、覚悟しておけ」

熱く激しい告白に、志緒はその瞳を潤(うる)ませた。七海はそっと親指で、志緒の唇をなぞる。

こんなにも愛されて、嬉しくないはずがない。

志緒はもう、七海への恋を自覚しているのだ。想いを口にしさえすれば、すべてうまくいくだろう。

シンデレラは王子様と両想いになって、幸せな日々を送ることができる。

だけど、それでいいのだろうか？　どうしても、ためらいの気持ちが消えない。

怖い。

臆病な自分が嫌になる。それでも、怖かった。

七海に夢を見せてもらっても、現実にはなにも解決していない。このまま七海に守られたままで、事態が丸くおさまるだろうか？

志緒はきっと、夢から醒めて、シンデレラの夢が壊れるのを恐れているのだ。

七海が見せてくれるこの世界は、あまりに幸せで優しいから。

物語の世界は『めでたしめでたし』で終われば、それ以降の話は続かない。だが、現実は延々と続いていく。

世知辛く、思い通りにいかない毎日を、志緒は生きている。

自分の気持ちを口にして、この物語を終わらせることに怯えていた。

◆　◇　◆

二月十四日。

バレンタインのこの日は毎年、女性社員たちでカンパをしてチョコレート菓子を休憩室に置いている。男女関係なく誰でも食べる、義理チョコはそれくらいの気軽さがちょうどいいのだろう。

　そして社長室では、デスクワークをしている占部が一息入れようとしたところを見計らって、志緒が個人的にチョコレートを贈った。

「社長、毎年のことですけれど……」

「おお、バレンタインデーのチョコレートだね。ありがとう。いや、毎年楽しみにしているんだよ」

　ペンを置いた占部が嬉しそうに志緒からチョコレートを受け取る。老眼鏡をはずして、でっぷりとした体を椅子に預けた。

「お口に合うといいのですが」

「河原さんの選ぶチョコレートはいつもおいしいよ」

　ニコニコと占部が人のいい笑みを浮かべる。心がほっこりする、いつもながら暖かいひだまりのような人だ。早速占部がチョコレートの包装をほどき始めたので、志緒は給湯室へ向かい、彼が愛飲しているハーブティを淹れた。

「んん～、ここのメーカーのチョコレートは、間違いないおいしさだねえ」

「仕事に支障がないように、すべてアルコール分が含まれていないチョコレートです。こちらは、ミントとカモミールのハーブティです」

「ありがとう。うん、ミントの香りが爽やかだ」

休憩モードに入った占部は、嬉しそうにハーブティを飲む。彼は、蜂蜜とミルクを加えたものを好む。

「河原さんは、七海さんにもチョコレートを贈るのかい？」

「ど、どうしてそんなことを聞くんですか？」

ぎょっとして、志緒は思わず手に持っていたポットを落としかけてしまう。……すんでのところで、持ち直したが。

「いやあ、最近の河原さんは、前よりもずっと魅力的になったというか、一層綺麗になったからねえ。うまくいってるのかな～って、オジサンは思うわけなんですよ」

占部がからかいモードになって、チョコレートを頬張る。志緒はむむっと渋面を作ったあと、顔を熱くした。

「からかわないでください。人はそんなに簡単に雰囲気が変わったりしません」

「いや、それはどうかな？　本当に河原さんは綺麗になったと思うよ。前から、奥ゆかしいお嬢さんという感じだったけれど、今はその雰囲気に、優雅さが加わった気がするんだ」

「優雅さ……ですか？」

首を傾げると、占部はハーブティを飲んで「うん」と頷く。

「華やか、と言ってもいいかもしれない。社内でも噂されているよ。僕の秘書の河原さんといえば、高嶺の花で有名だもの」

「た、高嶺の花⁉」

思わず志緒は素っ頓狂な声を出してしまった。一体誰がそんな噂を立てているのだ。

まったく聞いたこともないし、別にお高くとまっているつもりもない。

(嫌だな。私、威圧的な態度を取っていたのかしら。それとも慇懃無礼に見えているの?)

両手を頬に当ててアレコレと自分のこれまでを思い出していると、占部が明るく笑う。

「違う違う。なんでそう、ネガティブに捉えちゃうかな~。河原さんは入社当時から誰に対しても丁寧な態度で、仕草にも気品があるから、いつの間にか社内のマドンナになっているんだよ」

「マドンナって……お言葉ですが、少々言い回しが古いのではないですか?」

「ぐっさあ! 傷つくな~。僕もいい歳だから、そこは勘弁しておくれよ。まあ、最近はその高嶺の花がますます素敵になったものだから、ちょっと社内がざわついてるってわけだ」

はあ、と志緒は答えた。

自分が知らなかっただけで、意外と社内の人間は噂好きが多いようだ。

「まあ、その分、今までに起きなかった弊害がありそうだけど……」

ぽつりと占部が呟いた。志緒が「え？」と振り向く。

彼は「いや」と言って、軽く笑った。

「いいんだ。河原さんが不器用なのは僕もよく知っているからね。今はまだ、見守るべきところなのだろう。それに、僕がでしゃばらなくても七海さんがいるからね」

「……どういう意味でしょう？」

志緒は首を傾げるが、占部は曖昧な笑みを浮かべるだけで、なにも答えてはくれない。

そしてつかの間の休憩時間は終了して、仕事を再開する。

志緒も社長室を出て、総務部でデスクワークに勤しんだ。夢中で仕事をしているうちに時間は過ぎていって、やがて終業のチャイムが鳴り響く。

いつものように更衣室へ移動して、志緒は帰り支度を始めた。

（最近は帰りが定時で済むのがありがたいわね）

スーツ姿から普段着に着替えながら、そんなことを考える。

三月末までは占部も多忙であるはずなのだが、ここ最近は、夜までかかる仕事は入っていない。個人的にはありがたい話だ。特に今は、会社の前にハイヤーを待たせているので、あまり目立ちたくはない。定時上がりでさっさと帰るのが、一番人の目にも留まらずに済む。

（今日は七海さん、ホテルに来るのかしら。ここ数日は、さっぱり来なくなったけれど……）

あの夢のようなプラネタリウムのデートの次の日から、七海はホテルに顔を出さなくなった。

志緒がホテルに匿（かくま）われてからプラネタリウムを見た日まで、七海は毎日ホテルを訪れていた。しかし、さすがに仕事が忙しくて、疲れも出てきたのだろう。

（私が、もう大丈夫だって言ったから、七海さんも少しは安心したのかもしれない）

それなら、よかった。彼の負担になりたくないと、常々思っていたから。

志緒は、バッグを持って会社をあとにする。そしてハイヤーが停まっている場所へ移動したところで足を止めた。

ハイヤーの前に、女性がひとり、立っている。

忘れるはずもない。彼女は――河原愛華。

志緒のたったひとりの妹だ。愛華はハイヤーの後部ドアの前で腕を組み、志緒を待ち構えていた。

「こうして会うのは久しぶりね、お姉ちゃん」

「……そうね」

志緒はその場から動くことができない。愛華がわざわざハイヤーの前で待っていたのは、志緒がホテル住まいをしていて、しかもハイヤーで通勤していることをすでに知っているからに違いない。両親が直接会社にやってきたのも、そうしないと志緒を捕まえることができないとわかっていたからだろう。

「さて、時間がないから早速お話しさせてもらうけど。お姉ちゃん、これなーんだ？」

愛華が笑顔で、一枚の写真を見せる。

距離があって、志緒にはよく見えなかった。仕方なしに近づき、愛華から写真を受け取る。

その写真には、志緒と、そして志緒を抱きしめる男の姿が映っていた。

「これは、あの時の……」

志緒がアパートの前で元敬に抱きしめられた、あの時。それを写真に撮られていたのだ。

「これをね、七海さんに渡してきたの。そして、真実を話してきたわ」

「真実？」

志緒が眉をひそめる。愛華は朗(ほが)らかな笑みを浮かべて、ハイヤーにもたれかかった。

「あたしのお姉ちゃんは、七海さんと元敬さんとで、二股をかけていたの。本当は元敬さんとよりを戻したいんだけど、贅沢(ぜいたく)もしたいから七海さんも手放したくない。こんな恥(は)ずかしい姉でごめんなさいって、あなたの代わりに謝ってきたわ」

「……なにを、言っているの？」

志緒は信じられない思いで、妹を見た。

彼女がなにを言っているのか、わからない。そんなデタラメを、本当に七海に話したのだろうか。

「すべて真実でしょ？　ふしだらで男癖の悪いお姉ちゃん」

「ふざけないで！　七海さんがそんな与太話を信じるわけがないわ！」

思わず志緒は大声を上げた。こんなにも怒りを露わにしたのは生まれて初めてかもしれない。

愛華は、そんな志緒に少し驚いたようだった。しかし、ふっと余裕めいた笑みを浮かべる。

「ねえ、最近、七海さんから連絡がこないんじゃない？」

志緒は言葉をなくす。確かにここ数日、七海から連絡がこなかった。ホテルにも訪れない。それは単に多忙だからと思っていたが、愛華の笑みは、違うのだと示していた。

「七海さんのご両親が、お姉ちゃんと会うなってストップをかけているのよ。だって七海さんが可哀想でしょ？　パパとママがね、社交界を通じて、七海さんのご両親にお話ししてくれたの。あなたの息子が悪い女に騙されている。それは恥ずかしながら、私どもの娘なんですってね」

くすくすと愛華が笑う。志緒は、返す言葉が見つからない。

まさか両親が、七海の親まで巻き込むとは思わなかった。

「ねえお姉ちゃん。もう充分夢は見たでしょう？」

歌うように愛華は囁く。志緒の頬に触れ、長く綺麗な爪で、ガリリとひっかいた。

「七海さんを、あたしにちょうだいよ。あたしのほうがふさわしいって、まだわからない？」

志緒の頬に、薄く血がにじむ。愛華の目が、酷薄に細められた。

「……七海さんは、愛華の言葉に対して、どう答えたの？」

「そんなこと、聞く必要ある？」

「いいから！　答えなさい」

志緒は愛華を睨んだ。彼女は少し不機嫌そうに唇を尖らせると、ぽつりと答える。

「別に。『ふぅん』って一言だけだったわ。まあ、あなたの所業に呆れたんでしょうけどね」

愛華の言葉に、志緒は俯く。その一言からでは、果たして愛華の言葉を信じたのか、それとも志緒を信じているのか、今ひとつわからない。

「お姉ちゃん。いい加減、もう終わりにしましょう。元敬さんも、この方法で奪い取れたんだもの。きっと七海さんもあたしのものになるわ。結婚式の招待状は、ほしいなら送ってあげるわよ」

愛華は完全に七海が自分のものになると思っているようだ。両親が味方である以上、自分が手に入らないものはないと確信している。

対して志緒は、握った拳を震わせた。

——元敬は、突然志緒に別れを切り出した。その時は、理由がまったくわからなかった。いきなり志緒を罵倒して、見下して、愛華と共になじり出したのが、理解できなかった。

しかし、蓋を開けてみれば、こんなからくりだったのだ。両親が元敬の両親に志緒の醜聞を吹き込み、愛華は元敬本人を説得し、元敬は志緒よりも愛華や自分の両親の言葉を信じてしまった。そして志緒は、汚名を着せられ、元敬に嫌われてしまった。

「どうして……？」

自然と、口からこぼれ出た。幼少の頃から、ずっとずっと、疑問に思っていたこと。

「いい加減にしてよ。どうしてここまでするの？　どうしてあなたは、私からなにもかもを奪おうとするの⁉」

友達からもらった手作りアクセサリーも、初めて好きになって婚約した人も。すべて、すべて、妹に奪われた。家族と関わらないために家を出たのに、今度は志緒を監視し、七海を奪おうとしている。

どうして自分に構うのだ。御曹司なんて他にもいる。財閥の跡取りと結婚がしたいなら、他にも候補はいるはずだ。それなのに、なぜ。

志緒の叫びに、愛華はニッコリと笑顔になった。真っ赤なルージュを塗った唇が、三日月のように弧を描く。

「あなたが幸せになるのが、虫唾(むしず)が走るほど嫌なのよ」

それは両親にも浴びせられた、呪いの言葉。

「あの意地悪なばあさんに、あたしはどれだけいじめられたと思っているの？　毎日、まいにち、歩き方はこうだ、食べ方はこうだ、仕草のひとつひとつ、さらには考え方にまで注文をつけてきたわ。嫌で仕方がないけど聞いていたのに、あなただけ特別扱いされていて、憎たらしくて仕方なかった」

志緒は首を横に振った。

違う、違うのだ。どうして両親も妹も、祖母をわかっていないのだ。彼女はただ、厳格だっただけ。家柄にふさわしい品格と意思を、子どもや孫に受け継がせたい一心で――

「そんなあなたが、のうのうと幸せになるのが嫌なの。どうしてパパとママがあなたを監視していたか知っている？　あなたが社会の片隅でじめじめしているところを見て、笑うためだったのよ」

祖母を失った悲しみを抱いて、抜け殻のように生きている。そんなみじめな志緒を笑うために監視していたというのに、実際は違っていた。

新たな出会いを得て、幸せの階段をのぼろうとしていた。しかも相手は、七海財閥の跡取りだ。

自分たちが望んでいたものとは違う現状に、彼らは歯ぎしりする思いだっただろう。

「お姉ちゃん。散々いい思いをしたんでしょう？　それなら、妹であるあたしも同じ思いをするべきよ。そして、お姉ちゃんよりも幸せになるの。あたしはそうなるべく生まれてきたんだから」

「勝手なことを言わないでよ……」

志緒は拳を握り、キッと愛華を見つめた。

今までは、ただ傷ついて、自分の殻に閉じこもっていた。目を閉じて耳を塞いで、すべての理不尽は台風のようなものだと、諦めてやり過ごしていた。

でも、嫌だ。もう二度と、なにも奪わせないと決めたのだ。

「七海さんは、絶対に渡さないわ」

愛華の顔が、初めて醜く歪む。大人しい姉に反抗されるとは思わなかったのかもしれない。

しかし、七海との仲を引き裂かれるのは嫌だ。こんなにも嫌だと思ったのは初めてだと思うくらい、心が拒否をした。

彼は志緒にたくさんのものをくれた。下心があるからだと言っていたけれど、七海がくれた優しさは本物だった。

「愛華。私は、七海さんが好きなの。だから、どんな理不尽にも負けたくない。あなたたちがどんな手を使って私から奪おうとしても、私の意思では、絶対に七海さんは譲らないわ」

彼の傍にいて贅沢がしたいのではない。そんなものはいらない。ただ、七海が傍にいると、自分は笑えるのだ。

気持ちが前向きになって明るくなれる。こんな人生でも、楽しいと思えてくる。

その気持ちをくれた七海は感謝するべき人であり、愛しい人だ。

本当に大切なものは、どんな仕打ちを受けたとしても、諦められるものではない。

「愛華、これが最後のお願いよ。……私に関わらないで」

志緒は志緒の幸せを追求するし、愛華は愛華で、自分の世界で幸せになればいい。

そんな思いを込めて志緒が愛華を見つめると、彼女は苛立ちを露わにして、バン、とハイヤーのドアを叩いた。

「はあ？　なに、バカなことを言っているの？　あたしは、あんたを不幸せにしたいのよ。そのためにはなんだってやるわ。元敬の時と同じで、絶対にあんたを幸せになんてしてやらない。ドブみたいな場所に堕としてやる！」

ぎらぎらと、悪意に満ちた瞳を光らせ、志緒を睨み付ける。

「愛華……」

志緒は戸惑いの表情を浮かべた。その憎悪はなんなのだ。どうしてそこまで志緒を憎む？

両親もそうだ。祖母に関することだけでは足りないくらい、その憎悪はあまりに深いように思える。

——もしかしたら、志緒の知らない事情があるのだろうか。

愛華は大声を出したあと、はあはあと肩を上下させ、息を整えた。そして、ようやく余裕を取り戻したのか、カールのかかった髪を掻き上げる。

「いいわ。あたしは手段を選ばない。あんたを不幸にするために、こうなったら、七海さんの評判を下げるしかないわね」

「なんですって？」

志緒が訝しく思い睨むと、彼女は酷薄な笑みを浮かべる。

「あんたが諦めないから、七海さんに悪い噂が立つのよ。人はね、成功者のゴシップが大好き！　ビジネス界の貴公子と呼ばれる彼の醜聞は、さぞかし人の興味を集めるでしょうね」

愛華は志緒が握りしめる写真を、するりと取り返した。そして、ぴらぴらと揺らす。

「これをビラにして、七海さんの会社にばらまいてやるわ。今をときめく成功者が、つまらない女に熱を上げて、しかも別の男と二股をかけられてるなんて、笑い話もいいところね？」

「な、なにを言っているの？　そんなことをしたら、七海さんに迷惑がかかるでしょう！」

「ええ、あんたの存在が迷惑になるのよ。ゴシップが大好きな出版社に送ってみるのもいいわね。きっと面白おかしく記事を書いてくれる。彼らは低俗な物語を書くのが得意だもの。見物ね」

くすくすと笑って、愛華はカツカツとヒールを鳴らしながら去っていった。

志緒は追いかけようとして、途中で足を止める。

「なんてことを……」

ぐっと唇を噛みしめた。

自分に関することで、彼に迷惑だけはかけたくなかった。

自分と元敬と七海の、醜悪な三角関係。実際はそんな関係ではないのだが、愛華がビラをばらまくと言ったからには、きっとろくでもないゴシップを作り上げるのだろう。

そして人は、おもしろおかしく噂する。やがて七海の名声に傷がつき、彼は窮地に立たされるかもしれない。

七海が以前言っていた。自分に近づく人間には、彼を蹴落とそうとする人間もいるのだと。

そういった人にとって、愛華の用意した根も葉もないゴシップは、格好の攻撃材料になる。

そんなことになれば、彼が困ってしまう。自分という存在が、邪魔になってしまう。

「嫌だ……」

なによりも、それが嫌だった。七海の足枷にだけはなりたくなかった。

好きだからこそ、七海には幸せになってほしい。愛したからこそ、七海を守りたい。

両親が、妹が、寄ってたかって不幸になれと願う。

『なぜ、おまえは今、幸せなんだ？』

『あなたが幸せになるのが、虫唾が走るほど嫌なのよ』

志緒を陥れるために、彼らは手段を選ばない。志緒が不幸せになるまで、彼らは行動をやめるつもりがない。

きっと志緒が抵抗するほど、彼らは七海に迷惑をかけるだろう。

……それだけは、嫌だ。

志緒はハイヤーの運転手に謝罪して、そのまま帰ってもらう。そしてスマートフォンを取り出すと、七海にメールを送った。

『今までありがとうございました。ホテルの料金は必ずお返しします。ご迷惑をおかけして申し訳ございませんでした』

彼は今、なにを思っているのだろう。

愛華の与太話（よたばなし）を信じただろうか。両親から志緒の話を聞いて、嫌悪（けんお）しているだろうか。

ふいに、元敬の顔が頭に思い浮かぶ。

優しかった元敬。だけど突然、志緒を突き放した。軽蔑（けいべつ）の目で見下して、別れ話を口にした。

あれと同じことを、七海にもされるのかと思うと、身がすくむ。

もう二度と、好きだった人に蔑（さげす）まれたくない。それならいっそ、自分から離れてしまいたい。

やっと手に入ったと思った。大好きな人と共に歩みたいと、夢を見た。

「でも、これが現実なんだ」

七海は、夢は醒（さ）めないと言った。……だけど今、志緒の夢ははじけて消えたのだ。

両親と愛華がいる限り、志緒は幸せになれない。

いっそ自分なんて生まれなければよかったのか。幸せになろうとするたび邪魔をされるなら、もう、幸せになりたいなんて、思いたくない。

志緒はふらふらした足取りで地下鉄に乗り、自分のアパートに向かった。

もう、そこしか、自分に残された家はなかったのだ。

ずいぶん久しぶりに見るアパートは、志緒が元敬から逃げた時のままの姿で、志緒を迎えた。

とりあえずひとりになって、寝たい。

なにも考えたくなかった。七海のことを考えるのも怖いし、愛華のことを考えると辛くなる。

カチリと解錠して、扉を開いた。

——志緒は、息を呑む。

「なに、これ」

志緒のたったひとつの帰る場所。狭く、薄暗いワンルーム。

そこは見るも無惨(むざん)に、荒らされていた。

志緒は力なく歩き、ワンルームの中を見回す。ベッドはひっくり返されていて、仕舞っていた服はすべて床に散らばっている。土足で歩き回ったのか、辺りには泥が付着していて、食器棚に置いていた数少ない食器も、すべて割れていた。

無事な場所はひとつもない。

クローゼットの傍に行くと、七海と北海道を旅行した時に購入したクリスマスツリーが、真ん中で折れていた。懸命に選んだ陶器製のオーナメントは壊されて、紐の飾りもちぎられている。

　徹底的にクリスマスツリーが破壊されている。

「一体これは、どういうことなの」

　誰が、いつ、荒らしたのだ。志緒が呆然と立ち尽くしていたところで、うしろでガタッと物音がした。

「誰!?」

　振り向くと、目の前に影があった。志緒は恐怖のあまり、ヒッと喉の奥で引きつった声を出す。

「ようやく、ここに戻ってきたね」

　陰気に笑う顔。痩せこけた頬。聞き慣れた声。

「元敬……さん」

　志緒がその名を呼んだ途端、目の前の影は志緒の肩を掴み、床に押し倒す。

　ガシャンと音がして、近くにあったクリスマスのオーナメントが、ころころと床を転がった。

　影の正体は、元敬だ。ずっとこのアパートに潜んでいたのか。

「いやっ！　やめて！」

　志緒は身をよじって逃げようとする。だが、元敬は痛いほど志緒の手首を握りしめ、床に縫い付ける。

「やめないよ。ずっと待っていたんだ。志緒を、ぐちゃぐちゃに汚すためにね」

照明をつけていない部屋は暗く、中途半端に開いたカーテンから月明かりが差し込む。そのわずかな光に照らされた元敬の目は昏く、どんよりと濁っていた。

「僕は、おまえたち河原家に散々振り回された」

ぐ、と志緒の首に手がかかる。恐怖で声は出ず、かたかたと体が震えていた。

「愛華から、志緒の目的は僕の家柄と資産なのだと聞いて、僕は君を心底軽蔑したよ。でも、それは嘘だったんだ。僕は愛華に騙されていたのだということを、捨てられた時に思い知った」

ぐぐ、と志緒の首に負荷がかかる。息がしづらくなって、志緒は苦しそうに顔を歪めた。

「愛華はね、志緒を幸せにしたくなかったから僕を奪ったのだと、別れ際に笑って言っていたよ。そして僕は用済みになったから捨てるんだってさ。ゴミのようにね！」

片手で首を絞めながら、もう片方の手は志緒の服を脱がしにかかる。慌ててその手を掴むと、バッと払われ、返す手で頬をぶたれた。

「僕は、なんだ!?」

それは元敬の慟哭。誰にも言えない怒りや悲しみを、志緒にぶつけているのだ。

「おまえらは人のことをなんだと思っているんだ。散々人を振り回して、利用して、河原家は人をなんだと思っているんだ。おまえらのせいで、僕の人生はメチャクチャだ！」

ブラウスが引きちぎられる。前が開かれて、肩や胸が露わになる。

元敬は志緒の肌に唇を落とし、舌でたどった。

「ひ……っ」

志緒から拒絶の声が上がる。怖気が体を襲い、吐き気のような嫌悪がさざなみのようにきた。

「おまえには、責任を取ってもらう」

首にまきついた手はほどけない。より一層の力で締め付ける。

「そもそもおまえと出会わなければ、僕はこんな風に利用されてゴミのように捨てられることはなかった。おまえが悪いんだ。おまえが、河原家というクズの事情に、僕を巻き込んだから！」

胸を揉まれる。舌が首筋を這う。

志緒は目に涙を浮かべた。この人はとても可哀想な人だ。自分が元敬と出会わなければ、彼はずっと穏やかで優しくいられたのに、自分たちの歪んだ事情に巻き込んだせいで、ここまで人格が変わってしまった。

おそらく、よほどひどい別れ方をしたのだろう。罪悪感が一切ない妹だ。自分を正当化して、散々元敬をこき下ろしたに違いない。

彼はなにも悪くなかった。ただ彼は、妹と両親に翻弄(ほんろう)されただけだった。悪いのは彼らで、元敬は被害者だ。

肌にまとわりつく彼の舌が気持ち悪い。体中に鳥肌が立つ。それでも志緒はぐっと唇を噛んで耐えた。これで彼の気持ちが晴れるなら、あまんじて受けるしかない。

(私が元敬さんを好きにならなければ、彼はずっと穏やかな心でいられたんだわ――)

志緒が諦(あきら)めにも似た気持ちを抱いた時。

バン！　と、玄関の扉が勢いよく開かれた。

「志緒!!」

七海の声だ。志緒が慌てて起き上がろうとすると、元敬は両手で志緒の首を掴(つか)み、ぎりぎりと絞めた。

「おまえまで、僕を拒むのか」

元敬の目はまっ黒で、虚(うつ)ろだった。志緒が目を見開く。だが、その瞬間、彼の体が唐突に横に飛んだ。

男の悲鳴。ベッドにぶつかる音。力強い手が、志緒の体を抱き起こす。

七海は息を荒らげ、髪さえ乱し、必死の表情をしていた。

「な、七海……さん」

志緒が呆然と呟くと、七海はひどく苛立たしげな顔をした。そしてコートのポケットからスマートフォンを取り出し、どこかへ電話をかける。

「以前お話ししていた七海です。不法侵入をした不審者を捕まえました。至急来て頂きたい」

短く会話を終えると、七海は志緒から離れた。元敬の両手首を掴み、背中に回して拘束する。

「離せえ！　これは当然の報いだ。僕はそこの女に、プライドも人生もメチャクチャにされたんだ。許せるはずがない。僕と同じくらいグチャグチャにしてしまわなければ気が済まない！」

「馬鹿が。おまえを振り回したのは志緒ではない。単におまえは、志緒に八つ当たりをしているだけなんだ。そもそも――」

七海は言葉を切る。パトカーのサイレンが近づいてきた。

「おまえは、志緒を信じなかった。すべての原因はそれだよ」

ぐっと元敬の顔が歪む。

パトカーはアパートの前で停まって、ばたばたとふたりの警察官が入ってきた。

七海は元敬を引き渡し、彼らは元敬を連れてアパートを出ていく。

「……仕方ないだろう。両親が、志緒はひどい女だと言ったんだから」

元敬が、絞り出すような声で呟いた。

志緒の悪評を信じた元敬の親は、彼に『志緒とつきあうのはやめろ』と、心配して忠告したのだ。純粋で、騙されることに慣れていなかったからこそ、元敬は両親の言葉を信じた。親が嘘をつくはずはないと確信していたからだ。

元敬の家族は皆、犠牲者なのだ。志緒を憎む人たちに騙されただけで、彼らはなにも悪くない。

「君からメールをもらって、きっとここに戻るだろうと思った。間一髪だったな」

誰もいなくなったアパートで、七海が静かに言う。

志緒はゆっくりと起き上がると、恐々と辺りを見回した。部屋に静寂が戻っても、志緒が独り立ちして築き上げた城は、もうどこにもない。

荒らされ尽くした部屋を眺めて、ぽつりと訊ねた。

「七海さんは……ここの現状を、知っていたんですか……?」

真っぷたつに折られたクリスマスツリーを見つめていると、七海は軽くため息をついた。

「ああ、知っていた」

「どうして、教えてくれなかったんですか?」

「この惨状を片付けてから、君に伝えようと思っていたんだ。警察の現場検証が長引いたのと、この部屋を出入りする不審者が絶えなかったため、なかなか動きが取れずにいた」

淡々とした口調の説明を聞いて、志緒は俯いた。

「不審者というのは、元敬さんのことですか？」

「いや、他にもいる。単刀直入に言えば、この部屋を荒らしたのは、君の両親だ」

志緒は悔しくなり、顔を歪めた。

荒らされた部屋の中でも、徹底的に壊されたものがある。クリスマスツリーだ。

それはある意味、幸福の象徴である。鍵の開いた部屋に侵入した両親は、これを見つけた途端、現在の志緒が幸せであることを確信したのだ。プラスチック製のツリーを折ったのは、それほどまでに許せなかったから。

なんだろう。ここまでくると、笑えてくる。

「ふふ……」

荒らされた部屋の真ん中で、愕然と座りながら、志緒は静かに笑った。

「なんなのよ……。なんなのよ、なんなのよ……っ！」

ぐっと手に持っていたものを掴む。北海道で購入した、志緒が一目で気に入った陶器製のオーナメント。それはひび割れていて、無残な姿と化していた。

「私がなにをしたの。どうしてここまで憎むの。私はただ……」

ただ、幸せになりたいだけなのに。

皆が、志緒の足を引っ張る。かつては恋をした元敬でさえ、憎しみに塗(まみ)れた瞳で見つめていた。どうして誰も彼もが志緒を憎むのだ。そんなにも自分は悪いのか。嫌われて当然なのか。

志緒は歩こうとしない。

「志緒。とにかく場所を変えよう。ここは、精神衛生上よくない」

七海が志緒の手を掴(つか)み、立ち上がらせた。そして自身のコートを着せるが、それでも志緒は歩こうとしない。

いや、正直なところを言えば、もう放っておいてほしかった。心労が押し寄せて、緊張の糸がプツリと切れたのだ。

無気力と化してしまった志緒を見て、七海は眉間に皺(しわ)を寄せる。

「失礼」

一言断って、七海は志緒の体を横抱きにした。

「えっ……」

「君をここに置いておくわけにはいかない」

そう言って、七海はスタスタと歩いてアパートをあとにする。ポケットから鍵を取り出して施錠すると、アパートの前に停めていた車の助手席に、志緒を座らせた。てきぱきとシートベルトを締めて、自分は運転席に座る。

エンジンをかけて、七海は運転を始めた。

静かな駆動音。窓から街を見ると、美しいイルミネーションに彩られている。

そういえば、今日はバレンタインデーだった。今更ながらに思い出すと、窓の外が別世界のように見えた。

まぶしくて、きらめいていて、美しい世界。街を歩く恋人同士は、皆、幸せそうに寄り添っている。

対して志緒は、どんなに人を好きになっても、幸せになれない。

最後には必ず壊されてしまう。どんなに自分が前向きになろうとしても、志緒の不幸を望む者が、あらゆる手を尽くして志緒の心を折ろうとする。

ぼんやりと夜景を眺めていると、やがて車は、高層マンションの地下駐車場で停まった。

七海に手を引かれて、エレベーターに乗る。最上階にたどり着いて、七海は黒塗りのドアにある取っ手に手をかけた。
ピ、と音が鳴ると同時に、カチャリと解錠音が響いた。
「俺の部屋だ。ここなら絶対に安全だから、入りなさい」

そっと背中を押されて、志緒は吸い込まれるように玄関へ入った。

マンションの一室とは思えないほど、広々とした玄関フロアだ。どうやらメゾネットタイプとなっているらしく、玄関は吹き抜けの天井になっていて、とても高い位置に天窓がついていた。

靴を脱いで、七海が横手にある扉を開ける。すると、その先はこれまた広い部屋に繋がっていた。ダイニングルームとリビングルームが一緒になっているのか、手前にラグマットや布張りのソファが設置されていて、奥には丸テーブルと椅子がある。その先には、キッチンがあった。

ため息が出るほど洗練された部屋だ。自分のアパートの惨状を思い出して、志緒は肩を落とす。

「お茶でも淹れよう。君はそこに座って……」

「七海さん」

キッチンに行こうとする七海の背中に、志緒は声をかける。彼は「ん？」と振り向いた。

「あの……。七海さんは、愛華に会ったんですよね？　それで、私の話を聞いたんですよね？」

志緒は、元婚約者と二股をかけるような女だ。七海と出かけたりしたのは贅沢がしたかったからで、男ふたりを手玉に取るような悪女だと、愛華は七海に写真を見せて言ったと聞いている。

そして七海の両親にも同じような話が伝えられて、志緒に会うなと指示しているはず。

しかし七海はフッと目を細めて、意地悪な笑みを浮かべた。

「俺が、あんな与太話を信じるボンクラだと思っていたのかな？」

「そ、それは……。でも、ご両親からも、私の話をされたんじゃないですか？」

「ああ、面倒事だけは起こすなと言われたよ。残念ながら、両親は俺のプライベートに興味がないんだ。うまくやればそれでよし、下手を打てば落胆する、ただ、それだけの関係だからね」

志緒は驚愕した。七海と両親の関係は想像以上にドライなものだ。

「親にとって息子の相手なんて誰でもいいんだよ。家名に泥さえ塗らなければね」

「私の存在は、泥、だと思うんですけど」

「いいや。彼らは君の両親の話なんて毛の先ほども信じていない。ただ、俺がこれからふるう采配だけは興味を持っている。この程度の苦難を乗り越えられないようでは、とてもじゃないが次期財閥当主にはできないからね」

ソファで待っていてくれと言われて、志緒は大人しく座る。

しばらくすると、ふわりといい香りがした。七海がローテーブルに、ハーブティの入ったカップを置く。

「これは、ジャスミンとカモミールですか？」

「ご名答。よくカモミールまで嗅ぎ分けたね。隠し味程度にブレンドしたのにな」

くすくすと笑って、七海は志緒の隣に座った。彼がおいしそうにハーブティを口にするのを見て、志緒も両手でカップを持ち、ふうふうと冷ましてから飲む。

はあ、と安堵の息を吐いた。ジャスミンとカモミール。あまい花の香りは、志緒の心をゆっくりと解していく。

……やっぱり、七海が好きだ。

志緒はそう、心の中で強く思った。彼が傍にいると心が落ち着く。安らぐ。優しくなれる。

本当は、ずっと傍にいたい。七海と一緒になれたら、どれだけ幸せだろう。贅沢なんていらないのだ。ただ、七海がほしい。七海さえいれば、あとはなにもいらない。

でも、と志緒は俯いた。

愛しているから、迷惑をかけたくないのだ。自分にとっての両親のように、彼の幸せの足枷になりたくない。七海に幸せになってほしいと思うからこそ、やっぱり自分は、七海を諦めなければならない。

「七海さん。私はつくづく思いました」

ぽつりと話し出す志緒に、七海が顔を向ける。

「私は、ひとりでいなければならないんです」

誰かと共になって幸せを得ようとするから、彼らは志緒の人生に介入するのだ。逆に言えば、志緒がひとりで居続ければ、両親も妹も、志緒以外の人間には手を出さない。

大切な人を巻き込まないために、志緒はひとりでいなければならないのだ。

「あの人たちは手段を選ばず、私の大事な人に迷惑をかけ続けます。私は、それにどうしても耐えられないんです」

ぐっとスカートを掴（つか）んだ。これで終わりにしよう。この優しい味がするハーブティを飲み終わったら、この部屋を出よう。

「七海さんに幸せになってほしいんです。だから、私はひとりでいなければならない」

まっすぐに、七海を見た。彼は無表情で、志緒を見つめ返している。

「愛華は七海さんの会社でビラをばらまくと言いました。それには七海さんにとって不名誉な内容が書かれているはずです。私があなたの傍にいる限り、彼女はこの手の嫌がらせをやめないでしょう。両親も、あなたの両親を説得し続けるはずです。七海橙夜にとって河原志緒は毒にしかならないと」

志緒がそう言うと、七海は気のない様子で「ふぅん」と相づちを打った。

「そこまでするのかと、俺は君のご両親や妹さんに嫌悪（けんお）感しか抱かないけどね。それでも、彼らは俺に妹さんを薦（すす）めるつもりなのかな？」

「それは、私にもわかりません。もう、七海さんがどうこうというより、単に私を孤独にしたくて、躍起になっているように見えます」

「俺も同感だ。もはや彼らの、志緒に対する執着は病的と言えるね。でも、君はそれでいいのか？」

七海が訊ねた。志緒は、力なく俯く。

「彼らに屈して、負けを認めるのか。君は俺と幸せになりたくないのか？」

「なりたいです！　……でも」

唇を噛んだ。血の味がして、志緒は眉尻を下げる。

「嫌なんです。七海さんに迷惑をかけたくない。彼らは、私を傷つけるためには手段を選びません」

「俺は誓って、君を迷惑だなんて思うことはないよ」

「そうは言っても、これから思うんです。元敬さんみたいに、七海さんはいつか絶対に、私を嫌う！」

志緒は、はじかれたように声を上げた。それはずっとずっと、心の中に秘めていた本音だった。

両親と妹は執拗だ。きっと元敬のように、七海はなにもかもが嫌になるだろう。

志緒と関わらなければこんな面倒に巻き込まれなかったと、舌打ちをするだろう。

志緒は彼らの憎しみが本物だと理解しているからこそ、諦めないと確信している。

七海が志緒に嫌悪を覚えるまで行動をやめないなら、その前に志緒が離れないといけない。なによりも、七海に嫌われたくないから。

「お願いです、七海さん。私をひとりにしてください」

七海の手を掴み、志緒は願った。

「大丈夫です。私は、七海さんから人生を楽しむことを教わりました。ひとりでもできます。決してもう、悲観的になりません。ただ、ひとりにならなくてはいけないんです」

七海から離れて。大切な人をもう二度と作らないようにして。

そうすれば誰にも迷惑はかからないし、誰にも嫌われない。

「寂しいのはひとときだけです。時間が経てば、孤独に慣れるはずです」

自分なりの幸せを見つけて、ひっそりと生きていけばいい。

七海は志緒の言葉を聞いて、からかうように目を細めた。

「俺には今の君が、まったく楽しそうには見えないな。そんな様子では、せっかく楽しみを見いだしたのに、また以前の君に戻ってしまうよ？」

「しばらくはそうかもしれません。私は、七海さんと一緒にいる時はとても楽しかった。でも、それではだめだと気づいたんです」

以前から思っていたことを口にする。

志緒は、心のどこかで常に危機感を覚えていた。七海と共に過ごして、幸せを感じれば感じるほど、怖いと思った。

それはなぜか。

「私は、七海さんがいないとだめになってしまったんです。七海さんに誘われて、励まされて、その時は本当に嬉しかった。前向きになれた。でも、あなたから離れてしまうと、途端に私は――」

目を瞑ると、涙が浮かぶ。

「……弱くなってしまうんです」

そっと目を開け、ぽつりと告白する。

「根本的にはまったく変われていない。あなたが傍にいないと、私はすぐに物事をうしろ向きに考えてしまう。諦めてしまう。そんなの、自立した大人として間違っています」

志緒は、もっと強くならなくてはいけないのだ。

このままではいけない。七海から離れないといけない。だって、七海にそっぽを向かれたら、自分は本当の意味で孤独になってしまう。その寂しさに、自分の心が耐えられるとは思えない。

だから先に離れたいのだ。自分勝手な言い分だとわかっている。それでももう、二度と。

大切な人が離れていく喪失感を、味わいたくない。

「私、七海さんが……好きです」

もう、以前からばれていたかもしれない。それでも、志緒は自分の気持ちを告白する。

「優しく、私をたくさん励ましてくれた。私の心は七海さんに惹かれていた。でも、この気持ちは、依存も同然なんです」

七海がいなければ楽しくなれない。七海がいないと前向きになれない。

それはまさしく、依存だ。

「人に依存する生き方はいけないと思うから……」

七海の手を握る自分の手が、わずかに震えている。本当にひとりになれるのかと、寂しがり屋な自分が心を揺さぶる。

――強く、ならなきゃ。

ぎゅっと目を瞑(つむ)った。七海に頼りきりではいけない。ひとりで生きていけるように、心を強く持たなければ。

志緒がそう強く言い聞かせていると、耳元に、低く艶(つや)やかな声が響いた。

「いや。むしろ、望ましい」

思わず「え?」と顔を上げてしまった。その時、志緒の唇に、七海の唇が重なる。

それがあまりに優しい口づけだったから。志緒は目を閉じたまま、その唇の感触を味わう。そしてようやく我に返って、驚きに目を丸くした。

「光栄だよ、志緒」

「な、七海さん……?」

彼がなにを言っているのかわからない。どうして彼は、笑顔を向けているのだろう。

「俺が傍にいなければ楽しくなれない? 前向きになれない? なんて嬉しい言葉だ」

七海は志緒をゆっくりと抱きしめた。段々と腕に力がこもって、志緒は息苦しさを覚える。

「簡単だよ、志緒。それなら、俺から離れなければいい」

とろけるような声色。七海が優しくあまやかす。ふるふると、志緒は首を横に振った。

「だめ……。だめです。人に依存した生き方なんて、許されません」

「誰に許されたいんだ? 君の敬愛するおばあさまか?」

言葉を失う。図星であったかもしれない。しかし七海は、穏やかに目を細めた。

「それなら問題ないな。君のおばあさまは、君が幸せになることを一番に望んでいた。俺と共にいて幸福になれるのなら、依存していようがしていまいが構わないはずだ」

「え……?」

志緒は七海の言葉に疑問を覚えた。その言い方はまるで、志緒の祖母を前から知っていたかのようではないか。

「なあ、志緒。俺はね、誰でもない、俺によって君が堕落するなら構わないんだ」

唇が重なる。ソファの上で体重をかけられ、押し倒された。

「俺を頼れ。俺に守られろ。俺は君を、一生かけてあまやかそう」

「だ……っ」

「だめ、はなしだ。なぜなら俺は、君にだめになってほしいのだからね」

クク、と含み笑いをする。志緒の服に手をかけ、するすると脱がしていく。

「志緒。――俺に、溺れてしまえ」

その言葉を皮切りに、七海は深く志緒に口づけた。冷たい舌が侵入し、志緒の舌を探り出す。何度も舌を絡めて奪い合っているうちに熱を帯び、七海は口腔をくまなく舐める。

「んんっ、んっ」

志緒は声にならない声を上げて、抵抗を試みた。七海の胸を押し、自分の体を起こそうとする。

しかし七海の強い力には敵わなかった。ブラのホックがぷつりと外されてしまう。

「や、ぁ……、七海さん……っ」

「俺が、好きなんだろう?」

七海が耳元で囁いた。志緒は涙目になりながら、こくりと頷く。

「でも、怖いんです。七海さんの傍にいるのは夢みたいだから……醒める日が怖いの」

「なら、醒めなければいい」

志緒は目を見開いた。七海は微笑み、志緒の首筋にキスを落とす。

「永遠に俺の傍で眠り続けたらいいんだよ。言っただろう? 夢は醒めない、とね」

志緒は慌てて身じろぎをした。このままでは絆されてしまう。あの北海道の夜の時みたいに、身も心も、七海で一杯になってしまう。

手にしたものが幸せである分、あとになって辛くなるのだ。

志緒はくるりとうつ伏せになり、ソファのへりを掴んだ。彼から逃れようと膝をつく。

「今日のお姫様は、うしろからがいいのか?」

低く笑われた。そして志緒の腹に腕を回され、ぐっと引き戻される。

「あっ」

七海は志緒の背中に覆い被さり、その両手で胸の尖りを摘まんだ。

ビリッと電気が走るような快感を覚え、志緒は体を震わせる。

「ああっ」

ぐっとソファのへりを掴む手に力がこもる。膝が笑い出し、体がぷるぷると震える。

七海は下から持ち上げるように志緒の胸を掴み、その重さを楽しむようにやわやわと揉みしだく。そして胸の尖りを親指と人差し指で擦り合わせ、軽く引っ張り、ぐりぐりと抓った。

「ふ、ぁ……っ、あぁ！」

なんてあまい快感。

志緒の体から力が抜けていく。

七海は志緒の胸を弄りながら、首筋を舌でなぞった。首のうしろにも舌を伝わせられ、ぞくぞくした震えが体中を走っていく。

「ああ、綺麗な背中だな」

胸から腹に手を滑らせ、背骨を伝って、七海が舌で撫でていく。

「ひぁ、ああ……！」

こそばゆく、気持ちがいい。背中にかかる快感に耐えられなくて、志緒の体は弓なりに反った。

ソファのヘリに手を置いたまま胸を張るような体勢になってしまう。七海は露わになった無防備な胸に、ふたたび手を伸ばす。ツンと天を向く赤い尖りを、人差し指でコリコリとあまく引っ掻く。

「あ、ああっ！」

「すっかり硬くなって。まったく、体だけは本当に素直だな」

うしろから七海が囁いた。耳元に届く吐息で、志緒の体はふるふると震える。

「志緒、快感に溺れるのは悪いことではないし、人は誰しも、なにかに依存して生きるものだ。人は、ひとりでは生きられない。……そうだろう？」

指がばらばらに動いて、志緒の胸の尖(とが)りを撫(な)でる。彼の硬い指がそこに当たるたび、志緒の官能は花開いていく。

「ふ、ぁ……ああっ」

「俺もそうだ。志緒なしでは生きられない。君がたとえ逃げたとしても、俺は地の果てまで追いかけて君を捕まえるだろう。そして、二度と逃げられないように、自分だけの檻(おり)に入れて隠すだろう」

ぎゅう、と尖(とが)りを摘(つ)まれた。そして強く抓(つね)られ、志緒はあまい嬌声(きょうせい)を上げる。

七海はそんな志緒の首筋に歯を立てて、ニヤリと笑った。

「俺も充分、君に依存しているんだよ」

チュ、と強いリップ音が鳴った。七海は志緒の白い首筋に赤いしるしを刻み、半開きになった志緒の口に、人差し指を差し入れた。

「愛してる」

七海の指が、志緒の口腔(こうこう)を掻き混ぜる。

くちゃくちゃといやらしい水音を立て、もう片方の手の指は、ぐりぐりと尖りを擦る。

「志緒。君が愛しくて仕方がない。君の唯一無二になりたいんだ。俺なしでは生きられないようにして、俺だけを見させたい」

「あ、ふ……っ、あ……っ」

志緒の口の中を蹂躙して、唾液で濡れた指。それは志緒の首をツッとなぞって、胸から腹へと、伝っていく。

「そのためなら、俺は、なんだってやるよ？　ああ、それこそ、手段を選ばずにね」

「な、なみ……さ……」

あえぐ志緒が涙目で彼の名を呼ぶと、ぎゅっと胸の尖りが潰された。

「ああっ!!」

「君をすべての障害から守る。俺の腕の中で、一生幸せに生きるんだ」

濡れた指は最も秘めた場所へ。スカートと下着はするりと取り払われ、素肌を晒す志緒の茂みを探り、秘所の割れ目をくちりと開く。

「ここを知るのは、俺だけ。あとにも先にも、俺しかいない」

志緒が体をひねって振り返ると、七海はいつになくギラギラと目を光らせ、志緒を見据えていた。

「なあ、志緒。元婚約者に襲われた時、どこを触れられた？」

「え……」

志緒が戸惑いの声を出すと、七海は薄く目を細める。

「アパートに押し入り、君の上にのしかかる男を目にした時、俺の視界は真っ赤になったよ」

唇の端を上げる。それは今まで見たことがないほど、禍々しい笑みだった。

「初めて——殺意というものを抱いた」

恐ろしいほど優しい手つきで、七海が志緒の秘所を人差し指で弄る。

ツンツンと体を突き刺すような快感に、志緒の体はぴくぴくと震えた。

「志緒。俺の自制心を褒めてほしい。どこを触られた?」

怒らないから、言ってみて。

まるで親が子をなだめるように、猫なで声で七海が訊ねる。

志緒は表現しがたい恐れを抱きながら、体をあおむけに戻した。そして、震える指でゆっくりと首筋や、胸元を指す。

「そこに、触れられた?」

「その……く、唇を、押し当てられました」

「へえ? それは俺が徹底的に上書きしてもいいってことだな」

クク、と七海が低く笑う。志緒が不安になって眉尻を下げると、彼はにっこりと微笑みを見せた。

「大丈夫。俺が忘れさせてあげよう。嫌な現実はすべて忘れて、幸せな夢を見るといい」

ちゅ、と唇が軽く重なった。そして七海は、志緒が示した場所に順番に口づけ、赤いしるしを刻んでいく。

同時に、秘所を弄る指はいたずらに動いて、志緒はじわじわした官能を感じ始めた。

「あ、……あぁ」

息が段々と上がる。内側からこぼれ落ちそうな快感に耐え、志緒は七海の腕を掴んだ。

「真面目な生き方しかできない志緒は、夢を見るくらいが、ちょうどいいんだよ」

ちゅ、チュ。

七海が執拗に志緒の肌に痕を残す。

そして、志緒の膝裏に手を差し込み、ぐっと持ち上げた。大きく脚が開かれて、志緒の顔はみるみる熱くなる。

「あ、や……恥ずかしい……っ」

「ふふ、これからもっと恥ずかしくなる」

するすると内股を指で撫でられた。くすぐったくて、志緒はぴくんと体を揺らす。

七海はゆっくりと体を下げて、志緒の両脚を一層押し広げた。体がひっくりかえりそうになって、志緒は慌ててソファに手をつき、体を支える。

だが、すぐに手の力がゆるんでしまう。

七海があろうことか志緒の秘所を舐め始めたのだ。

「あぁああっ！」

初めての感覚にあられもない声を上げてしまう。

七海は両手で大きく秘所を開き、舌で割れ目をたどる。

はあっ、と熱い息がかかって、志緒はそれだけでビクビクと体が震えた。

「あ、はぁ、や、七海……さんっ」

顔を熱くして、七海の柔らかな髪を掴んでしまう。しかし七海の動きは止まらない。

ちゅるっと音がして、花びらをめくるように舌で襞を開かれ、濡れた唇で吸いつかれる。

それは暴力にも等しい快感だった。がつんと打ちのめされるような官能に、志緒はくらくらと目を回す。

「い、ぁ……だめぇ……そんなところ……っ」

汚いとか、恥ずかしいとか、様々な思いがひしめく。

七海は大きく割れ目の真ん中を舐め上げると、ひどく艶めいた笑みを浮かべた。

「愛するとは、こういうことだよ」

「いや……こんなの、違う」

志緒は首をふるふると振った。脚の間で、七海は婀娜めいた舌なめずりをする。

「俺は君のすべてを愛しているよ。ここも丹念に愛したい。俺がこんなにも君を好きなのだということを、その体に知らしめたい」

そう言って、七海はじゅるっと音を立てた。秘芯を吸われ、志緒の顎がクッと上がる。

「あぁ、いやぁ、アんっ」

なにも抗えない。

快感に耐えるしかできない。それすらも危うい。七海の愛撫に身も心もとろけてしまいそう。

気持ちよくて、快感が強すぎて、志緒の頭の中はぼんやりしてくる。

「は、はぁ、あ……っ」

絶え間ない舌の愛撫。あますところなく、丹念に舌で撫でられて、そのたびに体はビクビクと反応し、官能の雫が溢れ出す。

志緒が感じるほどに、そこは蜜で潤った。淫靡な水音は一層いやらしいものになり、七海は蜜口に舌を、ぬるぬるとねじ込む。

「は、ヤ、ぁ……ああっ！」

体中に力が入って、志緒は思わず七海の肩を掴む。

なにかにすがりたくなる。快感のさざなみは止まらない。

七海は赤く尖る小さな秘芯を舌で転がした。こりこりした舌触りを楽しむように、時々チュッと音をたてて吸う。

頭がおかしくなる。なにもかもがどうでもよくなって、また、あの感覚がやってくる。

——北海道旅行で初めて肌を合わせた時のこと。

理性が溶かされて。ただ、快感だけで埋め尽くされる。背徳的で、だけどたまらない、快感の果てに飛ばされるようなあの感覚。

「あぁ、あぁアアあっ！」

一際大きな嬌声を上げ、志緒は目を瞑り、体を震わせる。

頭の中で火花が散ったような大きな衝撃。

——気持ちがいい。その感覚の頂点に達するのは、たまらなくあまやかだ。志緒は息を荒らげ、くたりと脱力する。

思い切り七海の肩を掴んでしまったのだろう。志緒がようやく手を放すと、彼の肩には赤い爪痕が残っていた。

「ア……、ごめん……なさい」

志緒が力ない手で爪痕を撫でる。七海は痛かっただろう。それなのに彼は手の甲で口元を拭うと、ニヤリと笑った。

「いいや。君からもらえるものは、傷痕でも嬉しい」

そう言って、七海は起き上がった。乱暴にネクタイを外し、ワイシャツのボタンをひとつふたつと外す。

「ああ、とても綺麗な顔をしている。そのとろけた表情は、俺だけのものだ」

カチャリとベルトを外した。

七海は手早く準備をすませて、しとどに濡れる志緒の蜜口に、スキンを被せた己自身をあてがう。

「志緒。愛していると、言って？」

七海が促した。志緒は脱力した体で、瞳を潤ませる。

それを口にしたら最後、もう戻れない気がする。志緒がその選択をしたあとに自責の念に苛まれることになっても、逃げることは許されない。……そんな予感がするのだ。

だけど、この手を振り払えるだろうか。

七海を拒否できるだろうか。

彼から逃げてひとりになって。両親や妹にこれ以上人生を乱されないよう、遠く離れたところに移住して。

……孤独に、大切な人を作らないようにして、生きる。

（そんなの、辛すぎる）

志緒の瞳から涙がこぼれた。あんなにも固く決意したのに、七海にあまやかされて身も心も絆されるほど愛されて。

その快感を味わい、他人の温かさを再確認したあとではもう、意思を戻すことはできなかった。

なんて、弱い。

自分が情けなくて辛い。ひとりで生きていく覚悟すら、できないなんて。

志緒は自分の顔を手で覆った。悔し涙が、頬を伝う。

「好き……です」

ひっ、としゃくりあげる。迷惑をかけたくないのに、好きで好きで、離れたくなくて、優しくしてもらいたくて、守ってもらいたい。

「愛してます。ごめんなさい……」

こんな私を許してほしい。臆病者で、意思が弱くて、両親や妹の介入にすぐ心を折られて。

それでも、愛してほしいと思う。

七海の傍にいたい。七海がいたら、自分は笑えるのだ。楽しめるし、嬉しくなれる。

夢を見ていたい。

醒めない夢を見せてくれるなら、ずっと瞳を閉じていたい。

そんな願いを、確かに持っている。志緒は、自分の醜悪な本音が心底嫌になった。

「七海さん、私……」

言葉を続けたところで、七海は人差し指を志緒の唇に押し当てる。

「いいんだ。わかっている」

彼の瞳は慈しみに溢れていた。志緒の流した涙を舐め、その瞼に口づける。

「俺が、全部守るよ。これ以上志緒を傷つけさせはしない。君は俺だけのために笑って、泣いて、感情のすべてを俺に向けてくれたらいい」

ちゅ、と音を立てて首筋にキスをし、七海はあてがった己の杭を、蜜口にぐりりとねじ込んだ。

「あ、ァアあっ！」

「君の、ひとりで生きていこうとする意思が愛しい。俺に迷惑をかけたくないと、気遣う心も愛しい。君の苦難は、俺の苦難だ。だから俺と一緒に乗り越えよう」

ぐりぐりと、滾る杭が膣道を擦り上げる。志緒は強い圧迫感とたまらない快感に喘ぎ、七海を見つめた。

「な、ななみ、さん……っ」

「橙夜、だ」

「とうやさん……。橙夜さんっ」

志緒が両手を広げた。七海は志緒の細い体を抱きしめ、志緒も彼のたくましい背中に手を回す。

ああ――好きだ。

この人が好きだ。

体が繋がって、ひとつになって。強く、自覚する。

もう、戻れない。なにがあっても、どんな苦難が待ち受けていても、彼を離したくはない。

「私、弱くて……それでも、好きでいてくれますか……？」

「もちろんだよ。俺は君の弱さが好きだからね」

「なかなか前向きになれなくて、すぐに逃げることを考える私ですけど」

「ふふ、それも問題ない。だって俺がすぐに捕まえるからね。……こうやって」

最奥までたどり着いた杭が、ぐりぐりと擦る。志緒は「あぁっ」と声を上げて、一層強く七海を抱きしめた。

「俺から離れられないようにしてあげよう。俺なしでは生きられないように」

唇を重ねた。くちゅりと艶めかしい水音がして、彼の舌は志緒の舌をこね回す。

「志緒、君は、そうしたら安心できるかい？」

全部守ってあげる。離れようとするのは許さない。

腕の中に捕らえて離さず、一生抱きしめていてあげよう。

七海の愛を聞いて、志緒は涙を流して彼の唇を味わった。

彼の、志緒に対する愛は重いのか普通なのか、わからない。

だけど七海の告白は嬉しいと思った。そんな風に愛してもらえるなら、幸せだ。

「橙夜さん、私を……守ってください。私、橙夜さんから離れたくありません。傍にいたいです。愛してほしいです。こんなにも大好きになった人は、いないから」

七海は、愛華がなにを言おうとも、両親が七海の親を説得しようとも、決して志緒を疑わなかった。

それはなによりも志緒を安堵させた。この人は自分を疑わない。それがどれだけ嬉しいことか、七海にはわかるだろうか。

すん、と鼻を鳴らした志緒が七海の背中に手を這わせると、彼はそれ以上の力強さで、志緒の体を抱きしめた。

「ようやく言ってくれたね。その言葉を待っていたよ」

七海はズッと腰を引き、それからぐりりと勢いよく杭で貫いた。

「あ、あぁんっ！」

「志緒の望み通り、すべて叶えてあげよう。だからもう二度と、俺から離れようだなんて思ってはいけない。わかったね？」

「はいっ、あ、もう、離れ……ません、とうやさん……ああっ！」

ビクビクと志緒の体が震えた。

七海は容赦なく志緒の膣内を蹂躙する。何度も腰を引いては硬い先端をねじ込んで膣内を突き、あまやかでいながら激しい抽挿を続ける。

「とうや、さん、あっ、すき……なの……っ」

志緒が快感のあまり舌足らずな言葉で愛を口にする。七海はそんな志緒の唇を奪い、ぐちゅぐちゅと口腔を犯して、深く唇を重ねる。

「ああ、俺も愛しているよ。志緒。これからはずっと一緒だ」

ぐちゅっ、ぐちゅ。

はしたない水音に混じって、肌がぶつかる音も鳴る。

ぱん、と一際大きな打音がして、七海は膣奥を貫いた杭でぐりぐりと擦り上げた。

「ああ、いやぁ、あ、ンッ、きもち……いっ……それ、だめ……っ」

「だめなことはない。もっと乱れて、志緒」

七海が耳元でいやらしく囁き、膣道を扱くように腰を動かす。

そして志緒の両脚を両腕で担ぎ上げ、上から突き刺すように抽挿を繰り返した。

「あぁぁああっ、ふかぁ、……い、だめなの、それ……っ、んんっ」

強すぎる快感に、理性はすっかりとろかされている。

七海の額に汗が浮かんだ。彼もいつの間にか余裕をなくしていて、無我夢中で志緒の中を犯す。愛を紡ぐ言葉はなくなって、ただ、部屋の中にみだらな水音が絶え間なく響く。

くちゅっ、ぐちゅ。

志緒の脚を大きく広げて体を密着させ、上から貫く。

辛い体勢に志緒は顔を歪めた。それでも、快感のほうがずっと強くて――

「あぁ、だめ……きちゃう……っ、あぁアアアっ！」

二度目の絶頂を迎えた。

しかし息を整える間も与えられず、なおも七海は志緒を貫き続ける。

愛を訴えるように。これが愛なのだと証明するように。

「はっ、志緒……っ、志緒！」

七海は愛しい人の名を呼び、一層激しく抽挿を続けた。脱力した志緒はがくがくと揺さぶられ、与えられ続ける快感にむせび啼く。

何度もキスをして。首筋を舌でたどり、胸元に痕をつけ。

七海は志緒の体を強く、強く、抱きしめた。

一切の身動きができないほどの拘束の中、腰だけを動かす七海に快感を貪られる。

やがて、七海の吐息が切れ始めた。

はっ、はっ、と、獣のような息づかいをして、何度も隘路を抉る。

「……っ、く……っ！」

まるですがるように、志緒を掻き抱いた。

七海が、快感の頂点に到達する。びくっ、とその大きな体を震わせ、志緒の膣内にはめ込まれた彼の杭が、一層熱く滾り、欲望の飛沫が迸る。

「は……っ、志緒……っ」

七海の頬に汗が伝った。志緒は震える指を伸ばし、彼の汗を拭う。

「離さないよ。君は俺のものだ」

「……はい。離さないでください。私を」

志緒が潤んだ瞳で言うと、七海はその目元に優しく指で触れた。

生涯をかけて七海を愛する。志緒は、ようやくその覚悟が固まったように思えた。

どんな苦難があろうとも、障害が待ち受けていようとも。

七海が共に乗り越えようと言ったのだ。志緒はその言葉を信じたい。

彼を理解し、受け入れて、共に人生を歩む。……大丈夫、七海と一緒なら、自分は明るくなれる。人生を楽しめる。

七海と一緒なら、もう、なにも怖くない。

第五章

情熱に包まれるような夜を過ごした次の日。

七海の部屋に泊まった志緒は、服を着替え、仕事に出かける準備をしていた。

ベッドルームで化粧をして、手持ちの鏡を見ながら深呼吸をする。

七海と気持ちを確かめ合ったが、状況はなにも変わっていない。妹は七海の会社でビラを配ると言っていたが、それは今日なのか、それとも明日なのか。

不安はある。だけど志緒は、きゅっと唇を引き結んで立ち上がった。

手早く化粧道具をカバンに入れて、ベッドルームをあとにする。

七海は、先に起きてシャワーを浴びているはずだ。そっと廊下に出た志緒は、戸惑いつつも階段を下り、一階にあるリビングに向かった。

（本当にマンションと思えない広さね。慣れていないと、迷ってしまいそうだわ）

確かここだったかな、と志緒は玄関の傍にある扉を開けた。広いリビングには、昨日飲みかけたハーブティのカップもそのままになっている。

このソファで七海に組み敷かれて……と考えると顔が熱くなってしまうが、志緒はパンパンと頬を叩いて、カップを片付けようと重ねて持った。

他人の家のキッチンを使うのは気がとがめたが、少しくらいなら構わないだろう。

志緒はカップを手早く洗って、辺りを見回した。キッチンはとても綺麗で、水垢もない。そもそも生活感がまったくなく、七海がここで料理をしているとは想像できなかった。

（冷蔵庫……を見るのは、さすがにデリカシーがないわね）

ふと、棚を見ると、そこにはたくさんのハーブの瓶詰めが並んでいた。

彼がハーブを好むのは本当らしい。それならと、志緒は湯を沸かした。そして、いくつかのハーブを拝借して、ポットの茶こしに入れ、湯を注ぐ。

しばらくして、カチャリとリビングの扉が開いた。

「ああ、いい香りだ」

現れたのは、シャワーを終えた七海だ。彼はビジネススーツのスラックスとワイシャツを身に着けていて、ネクタイはまだ締めていない。髪も整える前で、いつもうしろに撫でつけている前髪も下りていた。

七海の素のままの姿に、志緒は照れてしまう。

手早くハーブティを淹れていると、うしろに回った七海が、志緒の体をゆるやかに抱きしめた。

「おはよう、志緒」

「おっ、おはようございます。七海さ……」

「橙夜」

「と、橙夜……さん」

なんだろう。名前を口にするだけで恥ずかしい。うしろから抱きしめられているこの体勢も心がくすぐったい。

「いいね、朝から恋人にハーブティを淹れてもらうって」

「そ、そうですか？　本当は朝食でも、と思ったんですけど、勝手にあれこれ見るのはよくないと思いまして」

「別に志緒なら構わないよ。とはいえ、冷蔵庫には水しかないし、ご覧の通り、パンもないんだけどね」

ははは、と七海が笑った。やはり、彼は自ら料理をする習慣はないようだ。

「実は、表通りに前から行ってみたかったカフェがあってね。ひとりで行くのは少々億劫だったから、ちょうどいい。早めに家を出て、そこで朝食を取ろう」

七海は志緒の腹の前で手を組み、頭頂部にキスを落とす。

朝からやたらとスキンシップされている気がする。志緒は顔を熱くしながら、ハーブティのカップをひとつ持ち上げた。

「では、お茶を頂いたら早く用意しましょう。……その、こんな風にくっつかれるのは困ります」

「どうして?」

「どうしてって……私が動けません。それに、ちょっとだけ恥(は)ずかしいです」

「なら、問題ない。志緒を抱きしめたままハーブティを頂こう」

いやいや、と志緒は身をよじった。しかし七海はどこ吹く風で、マイペースに志緒の耳元にキスをしている。

「やっ、ン。朝から、だめです!」

「だめなことはない。だって俺たちは恋人同士だろう? 恋人は、こうするものだよ」

「そ、そうなんですか?」

志緒が振り向くと、七海はハーブティのカップを持ちながらニッコリと微笑んだ。

「そうだよ。想いを確かめ合った俺たちは恋人同士だ。恋人は、隙あらばいつでもくっついていていいし、キスをしてもいいし、愛を再確認してもいいんだ。夢のような関係だろう?」

「さすがに、所構わずくっついたりキスをしたりするのは違うと思います!」

「いいや。恋人同士はそうしないといけない」

くすくすと笑って、七海は志緒を片手で抱きしめながらのんびりとハーブティを口にした。

この人は相変わらずだ……と、志緒は肩を落として自分もカップを口に運ぶ。

「本当に橙夜さんは楽天家ですよねえ」

「そうかな。会社では悲観主義者と言われているんだけどな」

「そ……え？　本当ですか？」

意外すぎる。志緒が目を丸くして七海を見上げると、彼は微笑み、「ソファに行こう」と志緒を促した。

「まあ、悲観的なつもりはないんだが、仕事に関しては慎重すぎるくらいが身のためだからね」

「確かにそれは言えますね。占部社長も、大事なところはあらゆる可能性を検討しますから」

「そういうこと。でも、志緒に関して言えば、俺は楽観的かもしれない。だって君は身も心も俺のものになった。それ以外のことで、恐れることなんてひとつもないからね」

ニコニコと七海が言う。自信家なところも、いつも通りだ。

志緒はため息をついて、カップに入ったハーブティを見つめる。

「橙夜さんは、あの人たちを知らないから、そんなに楽観視できるんですよ」

これから始まることを考えると気が滅入る。志緒が渋い顔をしていると、七海はそんな志緒を抱き寄せて、頬に唇を押し当てた。

「大丈夫。俺に任せて。言っただろう？　君を守るって」

「私が守られたとしても、橙夜さんが困ることになるのは嫌なんです！」

くるっと彼のほうを向いて真剣に見つめると、七海はとろけるような瞳をしていた。

「本当に、志緒は優しいね。でも、それも問題ない。俺はこの程度のことで、自分が築いたものを失ったりはしないよ」

頬を撫でられ、志緒はキョトンと目を瞬かせる。

「まずは相手の出方を見ようじゃないか。志緒の肉親ということで最後の情けだ、先攻は譲ってあげよう」

ふふ、と七海が艶やかに目を細める。

なんだろう……。とてつもないことを企んでいそうな、不穏な笑みだ。

「そうだ、志緒。これを渡しておこう」

ふと思い出したように、七海は傍にあったビジネスバッグを持ち上げる。そしてバッグの留め金を外してぱかりと開けると、白い封筒を取り出し、志緒に渡した。

「これ、なんですか？」

「俺が占部社長から預かった手紙だ。君の心が回復したら、渡すようにと言われていてね」

（占部社長が？）

どうして直接渡さなかったのだろう。とりあえず受け取って、志緒は封筒を開ける。

中に入っていたのは、白い便せんと、数枚の書類だった。

「これは……」

内容を見て、志緒は驚愕に目を丸くする。

七海はハーブティを口にしたあと、カップをローテーブルに置き、膝に肘をのせて指を組んだ。

「占部社長は、君のことを本当に心配していた。家族のこと、おばあさまのこと。それらを乗り越えたあとでなければ、これを見せても意味がないと思っていたのだろう」

「だから、橙夜さんに預けていたんですか？」

手紙を読んだ志緒が振り向くと、七海はニッコリと笑みを浮かべる。

「占部社長には、俺が絶対に志緒を幸せにすると約束したからね」

志緒は少し複雑な気持ちになった。志緒を手に入れるとか、幸せにするとか、守るとか。彼はどうしてそこまで自信満々にすべてを言い切れるのだろう。

（でも、実際に幸せだから。これも有言実行というものなのかしら）

実行されてしまった志緒としてはなにかもの申したい気分ではあるのだが、気を取り直して便せんの内容を見る。

それは、今は亡き祖母からの手紙だった。

志緒は愛おしく思い、その懐かしい筆跡を指でなぞり、一筋の涙を落とす。

「私は、本当に……たくさんの人に、見守られていたんですね」

自分を愛してくれるのは、世界で祖母だけだと思っていた。その他の大切なものはすべて家族に奪われて、孤独に生きるしかないと決め込んでいた。

なんて馬鹿だったのだろう。悲しみに囚われて、大切なものから目を背けて。

「ありがとうございます、橙夜さん」

志緒は涙に濡れた瞳で七海を見つめる。彼はその瞼に、優しいキスを落とした。

梅の季節が終わりを告げ、桜が蕾を膨らませ始める。
多くの企業が決算期を迎え、繁忙のピークにさしかかった頃、志緒の危惧していたことが現実に起こった。
ぐちゃぐちゃに荒らされたアパートはまだ片付けることができない。さすがにあの状態の場所に帰ることはできなかったので、志緒は今も七海の厚意にあまえてホテルに住まわせてもらっている。
「志緒。君の両親と妹がようやく行動を起こした。今から行けるか?」

朝のアラームが鳴り響くよりも早い時間に、七海から電話がきた。

「はい、すぐに準備します」

「俺も今から家を出るから、ホテルに寄るよ。入り口で落ち合おう」

志緒はOKし、早速着替えを始めた。

少し前から、近く、両親と愛華は必ず動くはずだと、七海は予想を口にしていた。そして、いざ彼らが行動を起こした時に、迅速にこちら側も動けるよう、七海は緻密な準備を進めていたのである。

警察への事前連絡も怠らない。あらゆる布石を打った上で、七海は愛華が動くのを待っていたのだ。

（こんなことを言うのはなんだけど……敵に回したくないタイプね……）

両親や愛華がなりふり構わず志緒の幸せを阻もうとするのはもちろんのこと、七海の容赦のなさも傍で見ていると恐怖を感じる。

両親たちは、七海の家柄や、彼自身を調べているはずだ。人柄を知っていてもおかしくないのだが、どうして彼らは七海に恐れを抱かないのだろう。

志緒なら、裏に七海がいるとわかっていて、行動を起こそうとは思わない。

だが、家族がそこで怖気づくような性格をしていないことは、よく知っていた。

彼らは自分たちの要求が必ず通せるはずだと信じている。

元敬という『過去の成功例』が、彼らの自信となっているのだろう。

それに、彼らは行動をやめるという選択が、もうできなくなっているのだ。頭に血が上（のぼ）っている。正常な判断が下せなくなっている。

——幼少の頃からずっと、家族が自分に対して執念にも近い不幸への願望を持っていると感じていた。

今までは、その理由がわからなかったけれど——

この間、七海から受け取った遺言を読み、ようやく、理解できた。彼らがどうしてあんなにも志緒を虐（しいた）げていたのか。

『おばあさまに可愛がられた孫』という立場に、憎しみを抱いたのか。

（……終わらせなければ）

他ならない、自分の手で、幕を閉じなければならない。

それが、祖母の遺言を読み終えた志緒の結論だった。七海に相談すると、両親や妹が行動を起こした時、すぐに知らせると言ってくれて、今に至る。

支度を済ませた志緒がホテルの正面玄関で待っていたところ、見慣れた七海の車がやってくる。

志緒はすぐさま助手席に乗り込んだ。運転席には爽（さわ）やかな笑みを浮かべる七海がいた。

「おはよう。春の陽気が心地いい朝だね」

「おはようございます。……橙夜さんは余裕ですね」

いつも通りと言えばそうなのだが、志緒は呆れたため息をついてしまう。

妹が行動をし始めている……それだけで志緒は緊張で一杯になっているのに、七海はどこ吹く風だ。

「河原夫妻と愛華君は、今、ハイヤーで俺の会社に向かっているところだ。おそらく向こうが一足早く到着するだろうが、そのほうが俺たちにとって都合がいい。なにも心配することはないのだから、緊張する必要もないだろう?」

「本当に橙夜さんって、自信家ですよね」

つくづく感じる。その自信を、少しでいいから分けてほしいほどだ。

強引で自分勝手。嫌がる志緒の手を引っ張り、無理矢理、素敵な所に連れていく。

どう考えても、傍若無人極まりない。

だけど、そうだからこそ志緒は、七海を意識した。

嫌悪感を覚えたこともあったけれど、最後には彼の優しさに気づき、好きになった。

「俺よりも、志緒はいいのか?」

車を運転しながら、七海が訊ねる。

「本当は、俺がひとりで片付けるつもりだった。愛華君は君にとって毒でしかない。両親も同じだ。……だから、あまり会わせたくなかったんだけどね」

苦々しく言葉を続ける。

志緒は前を向き、フロントガラス越しに空を見た。

……確かに、七海が言う通り、澄み渡るような青空が広がっている。雲ひとつなく、すっきりした遠い空には、白い月が浮かんでいた。

「覚悟はしています。その毒は、私が受け留めなければならないと思いますから」

彼らの慟哭を、憎しみを、志緒は幼少の頃からぶつけられていた。

どうして私がと、両親や妹を恨んだこともある。

しかし、そのどうしようもない負の感情は、志緒が受け留めなければ、彼らは前に進めないのだ。七海にすべてを任せたら、きっと同じ過ちを繰り返していつかは自滅するだろう。

そんなのは虚しいから——

「これでも、私たちは家族ですので。たとえこれからも彼らに憎まれるのだとしても、私は娘として、姉として、役割を果たしたいんです」

家族なんて言えるような関係じゃなかった。

温かい団らんなんて、一度もなかった。

食事を与えられない時もあった。学校の入学式の日に、ボロボロの服を与えられたこともあった。

そのたびに祖母に助けられ、いつしか志緒の『家族』は祖母だけになった。

でも、非情にはなれなかった。それはやはり、血縁という絆があったからなのだろう。

たとえそれが、儚く切れてしまいそうなほど細いものでも。

七海がひとつ、呆れたようなため息をつく。

「まったく、君はすごいね。あんな連中に対しても優しいのだから、恐れ入るよ」

「それは……皮肉ですか？」

「まさか。本心だよ。俺にはない感情だから、本当にすごいと思っているんだ。いや、むしろ、そんな君だからこそ、俺はここまで惚れたんだろうね」

横目で志緒を見て、軽くウィンクをする。

そんな気障な仕草も似合ってしまうのが、七海の罪なところである。

志緒はくすりと笑って、緊張に固まっていた肩の力を、ゆっくりと抜いた。

「実を言えば、私にだって言いたいことくらいあるんですよ。もう二度と会えないかもしれないから、最後くらい、不平不満をぶつけたっていいでしょう？」

少し唇を尖らせて言うと、七海は運転をしながら目を丸くし、明るく笑い出した。

「ははは、確かにそうだな。ああ、言いたいことを言うといい。たまには優等生の殻を破ってみるのも、いいものだよ」

「ゆ、優等生ってなんですか」

「俺から見れば、志緒の生き方や信念は『優等生』だからね。そんな品行方正なところも俺は好きだけど、たまには感情を剥き出しにする志緒も見てみたいよ」

クックッ、といまだに笑いながら、七海は運転を続ける。

(どういう意味よ。そんなに私は『いい子ちゃん』に見えるのかしら)

口に出さないだけで、心の中では理不尽なことに憤慨(ふんがい)したり、文句を言ったりしているのだが。しかし七海がそう言うのなら、自分の見た目はずいぶん優等生なのかもしれない。

(私のそういうところも、彼らは気に入らなかったのかもしれない。だけど、こればかりは性格だから……。ちゃんと言うしかないわ)

相手の心には届かないかもしれない。だけど、志緒はもう、逃げようとは思わなかった。

七海との語らいのおかげだろうか。先ほどまで感じていた緊張は、すっかり解(と)けて、消えていた。

午前六時半――

七海のオフィスは七海財閥が所有する総合ビルの上層部にある。

まだ、社員が出社するには早すぎる時間なのか、朝のビジネス街は人影もまばらだった。

　車を路肩に横付けして、ビルの正面玄関に向かうと、確かに、両親と愛華の姿があった。

「志緒、少し待ってくれ」

　七海が志緒の手を掴み、ビル正面にあるモニュメントの裏に回り込む。

　息を潜め、彼らの動向を注視する。

「なにをしているんでしょう……。三人とも、うしろを向いているから、わからないですね」

　小声で志緒が話すが、七海は答えない。真剣な顔つきで彼らを監視しつつ、懐からスマートフォンを取り出す。そして片手で番号を押し、耳に押し当てた。

「七海橙夜です。私の名前を、警視総監にお伝え頂けませんか」

　通話を始めた七海に、志緒は驚きに目を丸くする。

（えっ、今、警視総監って言った？）

　志緒は警察にそこまで詳しくはないものの、やたらと高い階級だった気がするのだが……。

「おはようございます。ええ、ようやく動きました。これから足止めをしますので、計画通りに、よろしくお願いします」

(け、計画？　もしかして事前に全部打ち合わせ済みなの……⁉)

怖い。七海が怖い。だが、そんな彼に助けられているのも事実だ。

「七海さん……」

「シッ、志緒。彼らが動き始めた」

人差し指を自らの唇に押し当て、七海がビルの正面玄関に視線を向ける。

志緒もつられて見たところ、ずっとしゃがみ込んでなにかしていた彼らが動きを見せていた。

(ビラを、正面玄関に貼っているんだわ)

志緒の顔が悲愴に歪む。

前に愛華が言っていた通りだ。彼女は、志緒や七海を誹謗中傷するビラを七海の会社にばらまくと言っていた。

どれだけ印刷したのか。ビラは束になっていて、両親がテープを使ってべたべたとガラスの扉に貼っている。

あそこまでやれば、誰の目にも入るだろう。

しかし、なんて嫌なものを見てしまったのだ。志緒は嫌悪感に目を瞑りたくなる。

だけどこれは志緒が選んだ道。今度こそ逃げたくない。

志緒は彼らの愚行を黙って見つめた。

愛華はその場に立っているだけで、自分でビラを貼るつもりはないようだ。まるで両親を手下のように使っている姿に、志緒の胸は痛くなる。

「よし、状況証拠としては充分だ。行くぞ」

七海が志緒の手を掴み、走り出した。転げそうになりながらも、志緒は慌ててついていく。

彼らはうしろを向いているから、しばらくは気づかなさそうだった。

しかしガラス窓に映る七海に気づいたのか、驚愕の表情を浮かべてこちらを振り向く。

「な……っ!?」

「はい、そこまでだ」

余裕めいた笑みで、七海が彼らを制止する。

父はビラを握りしめて、母はテープを持ったまま立ち尽くす。

最初に動いたのは、愛華だった。さすがにこの場に七海がいるのは危険だと感じたのだろう。すぐさま逃げようとする。

「逃げても無駄ですよ」

七海の容赦ない声が響き、彼女は足を止めた。

「じきに警察がくる。それに、君たちの『足』には、帰ってもらいました」

「な、なんですって……どういうことよ！」

母がヒステリックに声を上げた。七海は涼やかに視線を向ける。

「ハイヤーを使って来たんでしょう？　犯罪に加担させられているから逃げたほうがいいと、ハイヤーの会社に連絡しておきました。今頃は運転手にも話が届いて、移動してますよ」

くっ、と父が唇を噛む。

逃げ場を失った三人は、黙り込んだ。

「私がここに来るのが、そんなに意外でしたか？」

七海が笑った。母が悔しそうに、ぎりりと唇を噛む。

「どうしてよ。七海財閥の当主夫婦には、ちゃんと話をしたのに……！」

両親は、七海の両親に対して根回しをしていた。志緒の悪評を吹き込み、このままでは家名に泥を塗られかねないと煽り、七海を志緒から引き剥がそうとしていたのだ。

元敬の時と同じ手だ。彼の時は成功したから、七海でもうまくいくと思ったのだろう。

「なんであなたが志緒と一緒にいるのよ！　おかしいわ！」

「そうだ。そんな恥さらしと一緒にいたら、七海の名が汚れる。それがわからないほど、君は愚かじゃないだろう！」

父も一緒になって七海をなじった。

しかし、七海は歯牙にも掛けない。困ったものだと言いたげに、肩をすくめた。

「確かに両親から志緒の悪評は聞きましたよ。でも、私は元敬という志緒の元婚約者とは違います」

　七海の口から元敬の名が出て、両親は驚愕の表情を浮かべた。

「私は、彼と違って疑り深いんです。ですから、外野がなにをさえずろうが、私は、私の見聞きしたものしか信じない。——残念でしたね」

　他人はおろか両親の言葉さえも、七海は信じてないのだ。だから志緒の両親がどれだけ外堀を埋めようが、無意味である。

「そういえば、両親から、河原愛華の釣書を受け取りましたよ。その場で破り捨てましたが」

　容赦のない七海の言葉に、両親は目を剥く。

　明確な拒否に、愛華はわなわなと唇を震わせる。

　いまだかつて、自分がこんなにも拒まれたことはなかったのだろう。

　なんでも与えられてきた娘だから、七海の言葉が信じられないのだ。

　七海はニヤリと笑って、三人に視線を向ける。それは志緒に見せたことのない、背筋が凍るほど冷たい目だった。

「私をブランド品かなにかと勘違いして、志緒に『七海がほしい』だの『譲れ』だのと言っていたようですが、私があなた方になびく可能性など、一切ありません、なぜなら、私はあなた方のような人間を、心底軽蔑していますからね」

血も涙もない冷酷な視線を向けられて、両親はたじろぐ。

七海は、すっとその目を細めた。

「それに、あなたにはもうなんの価値もない。それは、あなたたち自身がよくご存じでしょう」

それは、とどめにも等しい言葉だった。

両親は愕然として目を見開いたあと、烈火の如く怒りを孕んだ目で志緒を睨んだ。

「おまえが、七海さんをたぶらかしたせいで……」

「そこは訂正しておきますが、私が志緒をたぶらかしたんですよ？」

クスクスと七海が笑う。

「うるさい！　七海財閥のボンクラが、俺を笑うな！」

父はとうとう本性を剥き出しにし、怒鳴り立てた。

「趣味が悪すぎて反吐が出る。七海財閥の跡取りとは思えない愚行だ！」

「あなた方が大切に飼っている愛娘に比べたら私は、かなりいい趣味だと思いますけどね」

七海の言葉に、母が金切り声を上げる。

「なんて失礼なことを言うの!?　愛華を飼っているだなんて！　信じられないわ！」

「失礼。私にはどうしても彼女が、あなたたちの愛玩動物に見えて仕方ない。恩恵を得られなかった憎しみを志緒にぶつけるための『八つ当たりの道具』とも言えますね」

祖母のお眼鏡に適（かな）った志緒と、適（かな）わなかった両親。

どうして自分たちを認めてくれない、という思いは憎しみに変わって、祖母に愛される志緒に手ひどい仕打ちをした。

愛華への溺愛は、その一環なのだ。溺愛ぶりを志緒に見せつけることで、苦しめようとした。おまえは産みの親にすら愛されない娘なのだと言わんばかりに。

愛華はそんな歪（ゆが）んだ愛を一身に受けたせいで、こんな性格に成り果ててしまった。

……すべての原因は、祖母にある。いや、祖母が持っていた『財産』が、元凶だ。

志緒はゆっくりと歩いて、ビラを一枚取る。

書かれていたのは、七海橙夜の醜聞（しゅうぶん）だ。金にしか興味のない女として志緒の名が実名で書かれていて、彼はその女に熱を上げていながら二股をかけられているのだと、おもしろおかしく書き立てられている。

おそらくプロのライターに書かせたのだろう。そのビラはまるで週刊誌のようなレイアウトで、大変完成度が高い。

「ひどい……ですね」

志緒がぽつりと呟く。悪意だけで塗り固めたようなビラだ。この紙切れ一枚に、志緒に対する憎しみがこれでもかというほど、詰め込まれていた。

「事実だろう。現に元敬にも執着されていて、二股状態じゃないか」

はっ、と父が鼻で嗤う。

「そうよ。襲われた時だって、本当は嬉しかったんでしょ？　ふたりの男が私を巡って争っているなんてステキ！　ってね。あたしはそんなあんたの本音を、プロに書かせただけよ」

愛華がひどく醜悪な笑みを浮かべた。

ビラを握る志緒の手が震える。元敬に襲われた様子まで知っていて、どうしてそんなことが言えるのだ。

あの時、志緒が感じたとんでもない恐怖。彼に舐められた場所、胸を掴んだ手。すべてがおぞましい記憶として残っている。その苦しさを、ぶちまけたかった。

しかし言ったところで、彼らの心は一ミリたりとも動かない。

そんなことはもう、嫌になるほど……理解していた。

「お父さん、お母さん、そして愛華。もう、今後一切、私に嫌がらせをするのはやめてください。私たちは血が繋がっているけれど、他人になるのが一番いいんです」

違う場所で、二度と顔を合わせず、それぞれの幸せを追求すればいい。

人を憎み、妬み、嫌がらせばかりに労力を割くのは、とても無益なことだと思うから。

それは志緒の本心だ。

『家族』として、志緒の最後の願いだった。

だが、両親は、愛華は、嘲るように笑い飛ばした。

「言ったでしょう？　あんたが不幸になれば、いくらでも他人になってやるわよ」

「おまえはそうやってお高くとまって、悲劇のヒロインを気取って、綺麗事ばかりを口にして。虫唾が走るんだよ。おまえは俺たちをずっと見下していたんだろ。わかっているんだ！」

父が怒鳴った。

それはまごうことなく、父の本音なのだろう。

昔から憎まれていると感じていた。それに加えて祖母が亡くなったあとに遺書を読んで、その感情は増大したのだろう。

なにがなんでも志緒を不幸に陥れようとしている。

なりふり構わず。手段を選ばず。こんな最低なビラを用意するほどに、堕ちてしまった。

だから志緒は、ここで終わらせようと思う。

彼らが――なによりもほしがっていたものを、奪い取ることによって。

「お父さん、お母さん。私は、おばあさまの遺書を、読みました」

両親が目を見開く。なにも聞かされていなかった様子の愛華はキョトンとしていた。

「そして、私はおばあさまの遺言に従い、河原家の当主を、継ぐことを決めました」

父が血走った目で志緒を見つめる。

殺したいほどに憎いと、その目が訴えている。

それらをすべて受け留めて、それでも志緒は毅然と言った。

「すでに担当の弁護士とは話をしてあります。現当主として、すべての権利はもう私の手に渡っているのです」

「お、ま……え……！」

ふるふると父の手が震えた。

そう、これこそが、憎しみの原因。

志緒が七海から受け取った、占部からの手紙。それは、祖母の遺言書の写しだった。

ここまで志緒を貶めた理由。

原本は祖母と懇意にしていた弁護士が所持している。

——私亡きあと、河原に関わるすべての権限は、河原志緒に譲る。

祖母は生前、自分の跡継ぎを決めていたのだ。それは覆らない決定事項で、祖母が亡くなったあと、弁護士より遺言書のことを聞いた両親は慌てたのだ。

そして両親は、志緒は河原家の跡継ぎにふさわしくないと、元敬や七海、さらには弁護士にも志緒の悪評を吹き込んだ。

　戸惑った弁護士は、噂の信憑性を確かめるため、志緒の勤める会社を訪れた。そうして話を聞いたのが占部だったのだ。占部はその時、遺言書の写しを預かったという。

　歴史のある名家、河原家。当主だった祖母には、己の後継者を選ぶ義務がある。

　父はずっと、次の当主は自分だと主張していた。祖母はそんな息子を、黙って見ていた。そして、ずっと悩んでいたのだ。果たして自分の息子を後継者にするのは、正しい選択なのか、と。

「遺言書と一緒に、おばあさまから私宛の手紙が入っていました。そこには、おばあさまの苦悩が記されていた……。お父さんが生まれた時、必ず後継者にしようと、おばあさまは懸命に教育したそうです。でも、その教育が、お父さんを歪めてしまった」

　志緒は目を伏せて祖母の手紙を思い返す。

　それは懺悔に満ちた、祖母の弱音。存命中は一度も見せなかった祖母の悲しみ。

「厳しい教育によって、お父さんはおばあさまを嫌い、反抗するようになった。おばあさまの反対を押し切って結婚し、私は生まれた」

　父も母も、祖母の言うことをまったく聞かなかった。唯一、彼女の話を聞いたのが、志緒だった。祖母の心境としては嬉しかったのだろうか、それとも、やるせなかったのだろうか。

「おばあさまは手紙に書いています。『父親と同じ教育を、志緒と愛華にも施した』と」

祖母なりに、公平に判断しようと思ったのかもしれない。

家名を大事にする祖母だからこそ、名を継ぐ者の教育に、妥協はできなかったのだ。

そうして、志緒が選ばれた。

父は……選ばれなかった。

「お父さんが投資に失敗して、大きな借金を抱えてしまったことが、おばあさまにとって決め手になったようです。河原家を守るために、大切な息子よりも、孫を選んだんです」

実の息子に嫌われても、自分の信念は曲げられなかった。

祖母もまた、不器用な人間だったのかもしれない。河原家には、完璧な人間などひとりもいなかったのだ。

「だから私は、おばあさまの遺志を継ぎます。河原家の名は、私が頂きます」

志緒も守りたいのだ。祖母が大切にしていたものを。

お金なんていらない。ただ名を継ぎ、その名にふさわしい人格を継承し続けること。

それが志緒の役割だ。

河原を継ぐのは志緒であり、自分ではない。その事実を娘からはっきりと言われて、父はぶるぶると体を痙攣させ、血がにじむほど唇を噛む。

そして殺意すら含めた目で、志緒を睨んだ。

「おまえが……おまえさえ、生まれなければよかったのに」

もはやそれは、血を分けた娘を見る目ではなかった。彼は心底、志緒を憎んでいる。

「俺が手にするはずだったものをおまえが奪い取っていく!!」

なりふり構わず、志緒に殴りかかった。七海が立ちはだかり、父を止めようとする。

だが、その前に、到着した警察官が父を羽交い締めにした。

「離せ、この野郎！　俺は、河原家の当主だ！　こんなガキに取られてたまるか！」

「あなた、どうするの。このままだと私たちはおしまいよ。全部志緒に取られてしまうわ！」

ばたばたと暴れる父親に、母親が悲愴な顔をする。

「うるさい！　志緒の生活をメチャクチャにしてやる！　絶対にその座から引きずり下ろしてやる！」

父はもがくが、警察官にふたりがかりで押さえられてはどうにもできない。

――両親は、とりわけ父は、家名に拘っていた。だからこそ、手段を選ばず行動した。

用済みとなった元敬を愛華に捨てさせ、七海に手を出し、あらゆる嫌がらせを行った。

とはいえ祖母は、志緒だけを最初から特別扱いしていたわけではなかった。家族全員が彼女の跡を継ぐ可能性を持っていた。祖母こそ、本音は息子に後を継いでもらいたいと願っていた。

だが、父には覚悟がなかった。守るべきものを守るつもりもなく、ただ、河原家当主の座を得ることに固執したのだ。

結果、志緒を選ばざるをえなかった。つまりは消去法で決めたのだろう。

祖母の苦悩を思うと、心が痛む。

たとえ実父に憎まれても、彼女の遺志は継ぎたい。自分になにができるかはわからない。それでも、祖母の教えを思い出しながら、受け継いだものを守っていきたいのだ。

そして、両親の志緒に対する憎しみは、これで終わりにしたい。

家名に振り回されない、新しい人生を生きてほしい。

願いにも似た気持ちを抱き、志緒は両親に言い放った。

「私は、家名は継ぎますが、それに関わらないお金はすべて差し上げます」

その言葉に、父はもちろん、母も驚愕した。

「私は、河原の名だけをもらいます。……お金は、好きに使ってください」

借金を返すもよし、新たな投資で運用するのもいいだろう。

お金を手にすれば、少しは納得するだろうと思ったのだ。

だから、家名を維持するために必要なもの以外はすべてを捨てる。志緒には、祖母の願いだけが叶えられればいい。

志緒の言葉は、さすがに効いたようだ。

父は抵抗するのをやめた。

「さようなら。お父さん、お母さん」

最後の別れの言葉。もう二度と会うことはないだろう。

せめて幸せでありますようにと言いたかったけれど、間違いなく余計な一言だ。

だから志緒は目を伏せて、せめてと思い、付け加えた。

「……その、私を、産んでくれて……ありがとうございました」

志緒の、精一杯の感謝の言葉だ。

どんな理不尽さに悲しんでも、両親に『どうして』と問い、嘆いても。

情を捨てることだけはできなかった。今だって、彼らの不幸を願っているわけではない。

それはどうしようもない理由。志緒がこの世に生まれたのは、両親のおかげだからだ。

彼らがいなければ、志緒は生まれなかった。だから、そのことだけは感謝したい。

父と母は警察官と共に、気落ちした様子で去って行く。

そして次は愛華に、捕縛の手が伸びた。

「ちょっと！　なんであたしまで警察に行かなきゃいけないの!?　無関係だから！　やめて！」

慌てて騒ぎ立てる。愛華には、河原家の事情などまったく興味の外にあるのだ。

彼女はただ、自分のことだけしか考えていない。

自分の思い通りにいかなくて癇癪を起こしている。

「なんなの⁉ パパもママも使えないなんて最悪。あたしは悪くないもん。あたしがほしいものをくれないあんたが悪いんでしょ！ なにが河原家を継ぐ、よ、ばっかみたい！」

女性の警察官が、困った顔をしながら暴れる愛華の手を掴んだ。

「離してよ！ 気持ち悪い手で触るな！」

ばたばたと暴れながら、愛華は志緒を睨み付けた。

「あんたが昔っから大嫌いだった。あんたが悲劇のヒロインを気取るのが大嫌いだった。パパとママがあんたをいじめているのを見ていると、胸がすっとした。ざまあみろって思った！」

赤いルージュを光らせて、ぎらぎらと見つめる。

「おいぼればあさんのお気に入りってだけで、あんたはいつもお高くとまってた。パパとママとあたしを可哀想な人を見るような目で見た。その目を見るだけで、顔が変形するくらいめちゃくちゃ痛めつけたくなった！」

愛華の罵詈雑言は聞くに堪えない。

「もう十分だろう。これ以上は、志緒の心に障る」

七海が止めに入り、女性警察官を促す。しかし志緒は、彼の袖を引いて止めた。

「いいんです。これが、最後ですから」

「その態度よ！　それが気に食わないの。なによ聖人ぶっちゃって。何様のつもり？　どんなにいじめても、あんたはずっと優等生を気取っていて。ものわかりのいいロボットみたいだわ！」

優等生。

それは先ほど、七海にも言われた言葉だ。

確かに自分は、あまり自分の気持ちを主張しないし、物わかりのいい人間なのかもしれない。だけど、それには理由がある。そうならざるをえなかった、原因があるのだ。

「愛華。両親が言うには、私はとてもどんくさくて、顔の造りも悪くて、不器用だったの」

志緒が静かに口を開いた。愛華の唇が、グッと引き結ばれる。

「逆にあなたは、とても可愛くて器用で、頭もよかったから、お父さんもお母さんも、あなたを可愛がったのよ」

志緒は、両親には選ばれなかった。彼らが愛すべき対象として選んだのは、妹だった。

「――あの家で、私の味方は、おばあさましかいなかった。それなら言うことを聞くしかないでしょ？　あなたが言う、私の『優等生』はね、生きていくための方法だったのよ」

祖母に嫌われたら終わりだった。

あの家に味方がひとりもいなくなる。幼い志緒にとって、それは絶望も同じだった。

唯一の味方に嫌われたくない。どんなに教育が厳しくても、弱音は吐かない。

いつしか祖母の慈しみに気がつき、本当の意味で慕うようになったけれど……。きっかけは、そんな生存本能。優等生は、あの家で生きていくための、術だったのだ。

「今更どうしようもないけれど、両親が私に優しかったら、もっと違う未来になっていたと思う。もし、そんな未来があったとしたら……」

こんなことを言っても意味がない。

わかっていても、言わずにいられなかった。

「私は愛華が、大好きだったかもしれない」

唯一の妹を愛してみたかった。よくある姉妹のように、お人形遊びを一緒にしたり、ままごとをしたり、じゃれ合いながら成長したかった。

「さようなら、愛華。あなたにもいつか、本当の意味で、好きな人ができるといいね」

姉を虐げるための道具ではなく。姉に自慢するための道具でもなく。

志緒が七海を愛したように、彼女も恋をするといい。

「……そういうところが、嫌いだっていうのよ……」

愛華は苦々しく呟き、ようやく女性警察官に連れられて、去っていった。

両親も、愛華も、これからのことを考えるべき時がきている
警察官が証拠品としてビラを回収し、後処理の打ち合わせをして、去っていく。

朝のビジネス街。残されたふたりは、静かに佇んだ。

「言いたいことはすべて、言えたかい？」

七海がゆっくりと志緒の肩を抱き寄せた。

鼻孔をくすぐる、優しいフレグランスの香り。

志緒は安堵にも似た気持ちを抱きながら、こくりと頷く。

「必死で、うまく言葉になっていなかったかもしれませんが、おおむねは」

「河原家の後継者になると断言した志緒は、凜々しくて素敵だったよ」

くすくすと七海が笑って、「からかわないでください」と志緒は俯く。

「私は家族と、二度と会わないほうがいい。それが互いのためになる。……そうはわかっていても、他に道はなかったのかと、考えてしまいます」

だが、志緒にも譲れないものがあった。

祖母の遺志だけは、ないがしろにできない。だからこその、選択だった。

七海は優しく志緒の背中を撫でる。そして、空を仰いだ。

「志緒。君も、彼らから解放されるべきだ。もう過去に囚われず、自由に楽しく生きてほしい。俺は君に、人生を謳歌(おうか)してもらいたいんだ。もちろん、俺の傍でね」

七海の静かな口調に、志緒はゆっくりと彼を見上げる。

「俺は君を守りたいと、言ったことがあったな」

「……はい」

「その肩にのっている重荷を、俺は少しでも軽くできたか？」

「はい。これ以上ないくらい、私は橙夜さんに救われました」

志緒はこくりと頷いて、七海を見上げる。

――地下鉄で、腕を引っ張られた瞬間を一生忘れることはないだろう。

あの時からすべての歯車が動き出したのだ。志緒の気持ちが七海に傾き、心が揺れた。

まるで止まっていた時計が動き出したみたいに、たくさんの感情が動いて……

時に強引だったり、ついていけなかったりしたこともあったけれど、それでも志緒は、七海と共に過ごすうち、幸福に心が満たされた。

「橙夜さんの、『人生は楽しいぞプロジェクト』は、大成功です」

「そうだな。次は、『俺と一緒に幸せになろう』プロジェクトが始まるけどね」

茶目っ気たっぷりに片目を瞑(つむ)るので、志緒は思わず噴き出してしまう。

七海は相変わらずだ。志緒はいつも七海の明るさに励まされてきた。

「そのプロジェクトは、長くなりそうですね」

「一生ものだからな」

七海は優しく目を細めて、志緒の手を握り、軽く引っ張る。

「――愛しているよ」

耳元であまく囁き、口づけを落とす。

くすぐったくて志緒は首を縮め、七海に笑顔を見せた。

「私もあなたを、愛しています」

その言葉に、七海は嬉しそうに破顔した。

これからの人生でも、きっと幾多もの苦難に直面するだろう。それでも志緒は、怖いとは思わなかった。

辛いことも、悲しいことも、七海と一緒に味わおう。そして、共に乗り越えよう。

嬉しいことも、楽しいことも、七海と共有しよう。そうすればきっと、もっと幸せになれるから。

「私、橙夜さんを好きになれて、よかった」

温かく、愛おしい気持ちを抱きながら、志緒は目元ににじんだ嬉し涙を指で拭った。

エピローグ

春の風がそよそよと心地よく、窓の中に入り込む。

志緒が勤める会社の社長室。そこでは、めずらしく七海が声を荒らげていた。

「絶対に海だ！」

「いいえ、ここは譲りません。私は川を希望します」

七海に冷静な言葉をかけるのは、志緒。

仕事の打ち合わせの途中、小休憩をとりたいと、占部が内線で志緒を呼んだ。

早速、茶菓子とハーブティを用意して社長室に伺ったところ、七海がソファに座っていて、ニコニコ顔の占部が『河原さんも同席してよ』と、小さなお茶会に誘ったのだ。

そうして話題に上がったのが、五月の大型連休の使い方。

『僕は久しぶりに、夜釣りに行きたいなあ。うーんでも、たまには川でアタックするのもいいね』

占部の趣味は釣りだ。クルーザーを所有しているし、船舶免許も持っている。

前々から占部の趣味話を聞いていた志緒が『私も釣りをしてみたいですね』と言い出

したのが、すべてのはじまりだ。

『それでは、連休のデートは釣りといこう！』と七海が機嫌よく言ったところまではよかった。

しかし、志緒は川釣りを希望し、七海は海釣りを希望する。

思えば、初めて両者の意見がぶつかったのだ。議題は、とてもくだらないのだが……

「川釣りなんて地味じゃないか。やはり広々とした大海原で、クルーザーをレンタルし、
悠々と魚を釣るほうが絶対楽しいぞ。最新のクルーザーは魚群探知機も搭載されている
し、ピンポイントで移動して釣り糸をたらせば、勝手に魚が食いつくほどなんだ」

「そんな釣りは、楽しくないです。それにレンタル代がもったいないです」

志緒はすっかり、七海に対して意見が言えるようになっていた。

いや、言わなければ、終始彼のペースで振り回されるのだ。

一生を共にすると決意したら、覚悟も決まった。

「前から思っていたのですが、橙夜さんのデートはお金の使いすぎです」

「あっはっは、言われてしまったねえ、七海さん」

占部は完全に面白がっている。逆にムッと顔をしかめるのは七海だ。

「普段から豪遊してるわけでもなし、たまの贅沢は人生の潤いに必要なんだ」

「でも私は、魚群探知機任せの釣りなんてしたくありません。楽しくないです」

きっぱり。

志緒が断言すると、七海は「うっ」とたじろいだ。『楽しくない』と志緒に言われてしまったら、諦めざるをえないのだろう。

「志緒も言うようになったな。初めて会った時から気丈な女性だと思っていたけれど、最近はどんどんしっかりしてきて、俺の立つ瀬がない」

「意外だなあ～。どちらかと言えば、七海さんは自分より三歩うしろを歩くような、大人しい女性を好むのかと思っていたけれど、案外、尻に敷かれるのも向いてるみたいだな？」

「相手が志緒なら、むしろいくらでも敷かれたいですね」

「なんの話をしているのですか……!?」

志緒が不審な目を向けたところ、男ふたりは「ハハハ」と笑ってごまかす。

まったくもう、と呟き、志緒は呆れながらため息をついた。自分で淹れたハーブティのカップを手に持つと、ペパーミントとレモングラスをブレンドした、爽やかな香りが鼻に届く。

気分転換に適したハーブブレンド。

すっきりした味わいが、頭の中を優しくリフレッシュさせる。

――家族とあんなことがあり、もっと自分は落ち込むのだと思っていた。

だけど、意外と志緒は、冷静に現実を受け留めていた。それはすべて、七海が傍にいるおかげであるのだろう。彼がいないと途端に弱くなってしまうけれど、彼は自分から離れない。その確信が、志緒の心を強くした。

両親や妹、そして元敬のその後は、七海から少しだけ聞いている。

器物損壊に住居侵入、脅迫、名誉毀損など、様々な罪で起訴されていた両親は、現在、保釈金を支払った上で、借金返済に奔走している。彼らは、河原家の資産をあてにして贅沢三昧をしていたのだ。

祖母の遺産を充てることで最悪の事態は免れたようだが、父も、そして母も、手堅い仕事を探して働く必要が出てくるだろう。

だが、愛華は相変わらず志緒に執着していて、両親にあれこれと嫌がらせの指図をしているようだ。しかし両親はすでに志緒に対する執着を失っていた。

最後に会った時、志緒が訴えたこと。少しは、彼らの心に響くものがあったらしい。

愛華は癇癪がひどくなり、大学などでたびたび騒ぎを起こしているようだ。

両親は、そんな愛華に辟易し始めているらしい。

だが、愛華は、志緒を虐げる両親を見て育ったから、そんな風にふるまってしまうのだ。ある意味では被害者と言ってもいい。

だから、見放さず、きちんと妹と向き合い、三人で家族を作ってほしいと志緒は願う。

自分はもう『他人』になってしまったけれど、やはり、人の不幸せなんて願えない。

また、志緒の元婚約者だった元敬だが、彼はとある大企業の御曹司だ。

彼が志緒を襲い、警察に捕まった際、七海は彼の両親と直接会って示談を持ちかけた。

今後一切、志緒に近づかないこと。七海が提示した条件はそれのみで、元敬の両親は心の底から安堵して彼に言い含めたらしい。

すでに別の女性との縁談も決めているらしく、彼は早々に両親が望む女性と結婚することだろう。

あんな風に変わり果ててしまった元敬だけど、いつかはきっと、元の穏やかな彼に戻れるはず。

志緒はそう願ってやまない。悲しみはすれども、憎しみは抱かなかった。彼にも幸せになってもらいたい。

河原家の当主を継いだ志緒は、弁護士や七海のアドバイスを受けながら、当主としてやるべき務めを行っている。

祖母が守っていたものを、いずれは自分も守りたい。

(そのためにも、今は少しでも自分を変えていかなくちゃ、ね)

志緒はハーブティの香りを楽しみ、ゆっくりと目を細めた。

もう誰にも振り回されないように。自分の人生を、自分の足で歩くために。

七海の傍で、いつまでも笑っていられるように——

愛しているという言葉では
足りない感情

生も死も、喜びも悲しみも、さらさらと乾いた砂のように、この手からこぼれ落ちていた。

——君に、出会うまでは。

◆◇◆

五月の連休。多くの人が羽を伸ばして、余暇を楽しむ黄金週間。

七海橙夜の会社も、志緒が勤める会社も今日は休日だ。

ふたりは、車で少し遠出をして山に赴き、渓流で釣り糸を垂らしていた。

「うーん、釣れない」

「あっ、橙夜さん。またきましたよ!」

岩場でしかめ面をする橙夜の横で、志緒が立ち上がって釣り竿を持ち上げる。

「ううっ、重い！　でも、ええいっ！」

志緒らしからぬ気合いの声を上げて、彼女は思いきり釣り竿を振り上げてリールを回した。パシャンと川の水が撥ね、活きのいい川魚が現れる。

「わあい、二匹目ですよ！」

志緒が嬉しそうに魚を見せた。橙夜はそんな志緒をまぶしく見て「よかったね」と微笑んだ。そして前を向き、がっくりと肩を落とす。

「くっ、一匹も釣れないとはどういうことだ」

「占部社長が言うには、釣りは、心を無にすることが大事だそうですよ」

「心を無って、禅のつもりか？　そんな話は初耳だ」

「橙夜さん、雑念を捨てて自然と一体化するんですよ。釣りはお魚との駆け引きです！」

志緒が、ぐっと拳を握って応援する。それは嬉しいが、自然と一体化なんて無理だ。それに大体、釣りなんてものはロッドとリールが最新のものであれば大概簡単に釣れるはずなのだ。

だが、今日は橙夜も志緒も、レンタルの安い釣り竿を使っている。それなのに、志緒はポンポンと魚を釣って、橙夜はこの体たらく。おそらく釣りのセンスがないのだろう。

今日ここに来て、初めて知った悲しい事実だった。

「釣りがしたいのなら、いくらでも釣り堀に連れていってあげるのに」

「そんなのつまらないじゃないですか。占部社長から趣味の釣り話をよく聞いていたので、自分の力で釣ってみたかったんですよ」

あの社長は釣りが得意だ。クルーザーも所有しているし、この連休も海に繰り出して釣り糸を垂らしているのだろう。

結局志緒は、そのあとさらに二匹を釣り上げ、橙夜の釣果はゼロだった。新鮮な川魚は近くにある休憩所に持って行き、塩をまぶしてもらって、囲炉裏(いろり)で焼く。

「炭火でお魚を焼いて食べるのは、初めてですね」

「志緒にいいところを見せたかったなあ。一匹も釣れないとは想定外だった」

橙夜が拗(す)ねた顔をする。志緒はクスッと笑って、焼き上がった川魚の串を持ち上げた。

「私、ずっと、橙夜さんになにかをあげたいって思っていたんです。いつももらってばかりだったから」

ほかほかと、香ばしい匂いのする川魚。それを橙夜に渡して、志緒は優しく目を細める。

「だから、私が釣ったお魚をプレゼントできて嬉しいです。はい、どうぞ」

「川魚のプレゼントなんて、生まれて初めてだ。ありがとう」

橙夜も思わず笑ってしまう。受け取って、魚の身を口にした。焼きたての魚はほくほくしていて、塩加減もちょうどいい。肉とはまた違う旨さがあり、あっさり一匹を食べてしまう。

志緒も両手で串を持って食べながら、橙夜に顔を向けた。

「まだまだ、これからもっと、たくさんプレゼントしますね」

「川魚を？」

「違いますっ！　次はもっと……おしゃれなものとか、かっこいいものとかです」

唇を尖らせて話す志緒に、橙夜は楽しくなって笑う。

「俺は、志緒から毎日、色々なものをプレゼントされているよ」

「え？　私、なにもあげていませんけど……」

「例えば今日の朝食とか」

「そ、それはプレゼントじゃありません。単なる食事ですっ！」

志緒が突っ込みを入れて、橙夜はあははっと笑った。

「俺にとっては、毎日一緒に過ごせること自体がプレゼントみたいなものだ」

志緒を抱き寄せ、そのこめかみにキスをする。途端に彼女は顔を赤らめ、もそもそと魚を食べる。

なんて可憐な姿だろう。やっと彼女を手に入れたのだと思うと、例えようもない喜びが心を満たした。

志緒は信じるだろうか？

橙夜は、志緒に出会うまで心が死んでいたことを。

彼女を知ったからこそ、橙夜の心は人間らしく動き始めたのだ。

喜びも悲しみも怒りも楽しみも、すべて志緒がくれたもの。だから、それ以上の『プレゼント』なんてありはしない。


七海橙夜は、幼い頃より人に評価されて生きていた。両親はもちろん、親戚、友人、教師。すべてに対して百点を取らなければならなかった。

国内でも有数の大財閥。その当主の跡を継ぐべく生まれた嫡男。

『七海財閥の御曹司』。そのラベルは常につきまとった。百点を取らなければ途端に橙夜は『ボンクラ息子』と蔑まれ、嘲笑される。だから失敗は許されなかった。他人の評価が橙夜の価値を決めていたのだ。

他人に好印象を持たせるため、明るくてポジティブな性格を貫いた。同時に冷酷な判断を下さねばならない時は徹底的に情を捨てた。

感情を揺らすものは邪魔なのだ。いつの間にか橙夜は、心を切り捨てていた。

勉学もスポーツも仕事も、すべてパーフェクトにこなさねばならない。その人生の課題に取り組むだけで精一杯で、恋なんてする暇はなかった。

それに、女性関係は橙夜にとって一番煩わしいものだった。下手を打って拗れれば、思わぬスキャンダルにもなりかねない。そんなリスクは負いたくなかった。

しかし世間体もあるため、そのうち両親が血筋のいい女性を見つけて結婚させられるのだろうと、なんとなく考えていた。

橙夜には、長い間自分の心が死んでいるという自覚はなかった。きっと、うまくやりすぎたのだろう。表面上では悲しんでみせたり、喜んでみせたり、そういう演技がうまかったのだ。

そんな橙夜が、自分自身の冷血さにショックをうけたのは、友人が自殺した時のことだった。

大学時代から仲良くしていたはずなのに、知らせを受けた時、最初に思ったのは『残された社員をどうするつもりだ』という、彼の死とは関係のないこと。

友人が、親より継いだ会社の経営に悩んでいるということは聞いていた。しかし、自殺は究極の逃避だ。友人は社会的責任から逃げたのだ。残された人間のことなんてなにも考えていない、自分勝手な悲観主義のなれの果て。

落ちぶれたものだと嘆息して、ようやく橙夜は、自分が友人の死をひとつも悲しんでいないことに気がついた。そして、頭を殴られたような衝撃を受けた。

なんて冷酷。人として、まず最初にすべきことは、友人の死を悼むことだろう。なのに自分は別のことばかりを考えていたのだ。

橙夜の心は死んでいる。本当の自分はなにも感情が動いていない。効率のよい人生の歩み方しか考えていない。そんな自分に絶望を覚えたが、橙夜の周りは誰もそんなことに気づかない。

本当に、橙夜は器用すぎたのだ。表面を取り繕うことは、もはや息をするようにできていた。

自分は一生、こんな風にしか生きられないのだろう。『七海財閥の御曹司』である限り。

そんな風に考えていた頃、橙夜は志緒に出会ったのだ。

淑やかな仕草と、気遣いに溢れた所作ひとつひとつが気になった。冗談を飛ばすと困ったような顔をするのが可愛らしくて、何度もからかってしまった。

自分に近づく女性は、七海財閥の看板に惹かれた人ばかりで自己主張が強かった、というのも理由にあるかもしれない。志緒のように物静かな女性を見ていると癒やされた。

そして、志緒に会うのを楽しみに思うようになった。

電話で済ませばいいものを、わざわざ占部の会社まで赴いたこともあった。

公私混同していると気づいていた。今までの自分では考えられないことだ。それなのに、志緒に会いたいとそれだけの理由で、橙夜はなにかと理由をつけて占部の会社に足を運んでいた。

志緒を見ると、胸のうちがほわりと温かくなるのを感じて、七海はいつの間にか自分でも気づかぬうちに、感情を取り戻していることを知った。

しかし、本当の意味で心が動いたのは、志緒の表情が消え失せた時だ。

志緒の優しくて控えめな微笑みを見るのが楽しみだったのに、彼女はある時から笑わなくなった。

占部も、どこか心配顔をしている。

事情が気になった橙夜は、すぐさま業者を使って志緒を調べた。——思えば、他人のために金と時間を使ったのは初めてかもしれない。

そして橙夜は知ったのだ。志緒が河原という、旧家の出身であること。そして当主である祖母が亡くなり、家族から虐げられていることを。

慕っていた祖母の死を乗り越えられなくて、心がすり切れてしまった志緒。その姿は痛ましい。

志緒が寂しそうな顔をしていると、自分も悲しくなった。

そして橙夜は、思い詰めた表情をして歩く志緒のあとをつけ、あの地下鉄で腕を引っ張ったのだ。

彼女の姿が、自殺した友人の姿と重なったのもある。

（もっと早く心を取り戻していれば、俺はこうやって友人を助けたのかな——）

そんな見当違いなことを、考えたりもした。

橙夜は、絶対に志緒の心を救うと決めた。

本当の動機は、過去に亡くした友人への罪滅ぼしだったのかもしれない。あるいは、自己満足かもしれない。だけど、志緒をこのままにしておくのは嫌だと思ったのだ。

七海は志緒に恋をしていると、はっきり自覚した。

強引に志緒を引っ張り出して、色々なところに連れて行って。

少しずつ笑顔を見せて、嬉しそうな表情を浮かべ始めた志緒を見て、七海は幸せを感じた。

志緒と食事をしたら、いつも味気なく思う料理がおいしく感じる。

志緒と旅行をしたら、見るものがすべて新鮮だった。

そして、彼女が家族に虐げられて、悲しみの表情を浮かべていると、自分も辛くなった。

志緒を傷つける者は決して許さない。——初めて他人に抱いたその気持ちは、滾るような怒り。

不思議だった。あんなにも自分の心は動かなかったのに、志緒に関する時だけは激しいほどに揺れ動く。

そうして橙夜は気づいたのだ。

自分の心は、志緒に寄り添っているのだと。志緒の心が動くたび、自分の心が共鳴する。

……それは、決して不快ではなかった。むしろ、志緒の心に連動する自分の心を愛しいと思った。

ようやく志緒の身も心も手に入れた時の喜びは、言葉では言い表せない。

彼女の心を救うためなら、なんでもやると決めたのだ。志緒を中心に物事を動かした。

幸せになろうとする彼女の足を引っ張るものは、たとえ肉親であろうとも容赦はしない。

もちろん、すべてが片付いた今でも、彼らの動向は監視している。七海にとって、志緒の両親と妹の愛華は、これから先もずっと要注意人物だ。常に監視し、妙なことをし始めたらすぐに手を打つ必要がある。

だが、今のところ、彼らはなりを潜めたように大人しかった。

おそらくだが、両親はさすがに志緒によって毒気を抜かれたのではないだろうか。

愛華にしても、両親といううしろ盾がなければ無力な人間だ。それでも監視を解くつもりはないが、おおむね、収まるべきところに収まったのではないかと、橙夜は思っている。

山の散策で楽しい時間を過ごし、志緒と橙夜は揃って、橙夜のマンションに帰った。

現在の志緒は、橙夜のマンションで同居しているのだ。提案したのはもちろん橙夜で、志緒は少し悩み顔を見せたものの、最終的には橙夜の言うことを聞いてくれた。

やはり彼女をひとりにしておくのは心配だし、共に暮らせば常に志緒を守ることができる。

◆
◇
◆

それに、ほどなく結婚するのだから、一緒に住むくらい構わないだろう。

志緒が作った温かい夕食を食べて、夜を共にする。

風呂から上がったばかりの志緒は頬が赤く染まっていて、ひどく扇情的だ。

たがが外れたように自制がきかない。共に暮らし始めて毎晩幾度となく抱いているのに、少しも飽きることはない。

ベッドで横になる志緒の耳朶に、橙夜はキスを落とした。

切なさに潤む瞳が、とても愛おしい。

責任感が強くて、気丈にふるまおうとして、だけど本当はとても弱くて。そんな自分の弱さにいつもジレンマを感じている志緒。

なんて人間らしいのだろう。悩み苦しみ、考えてもがいて、自分で答えを導きだそうとする志緒の生き方はとても美しい。

辛さも、悲しみも、喜びも、楽しさも、すべてを共有したいのだ。

「あ……橙夜さん。きょ、今日、も？」

毎日盛ったケモノのように貪っているから、さすがに志緒は困った顔をしていた。

その姿すら、艶めかしい。

我慢しきれなくなって、ちゅ、と首筋にキスを落とす。志緒が脱衣所で着たばかりの寝間着に手をかける。

「今日も、そして明日も、明後日も」

「そ、そんなにする必要……あ、あるのでしょうか……ンッ」

ツツ、と首筋を舌でたどれば、志緒は可愛い声を出した。

寝間着がはだけた体に手を添える。するすると志緒の体をなぞり、形のよい胸をほわりと掴む。

「ん……んっ」

志緒はピクンと反応した。

——本当に敏感な体。嬉しくなる。

「もちろん必要はある。もっと志緒を気持ちよくさせて、セックスは楽しいということを教えないとね？」

「や、そ、そういうのはちょっと……」

遠慮したいと呟く志緒の声は、聞こえないふりをする。

橙夜は唇で志緒の首筋からデコルテに向かって撫(な)でる。彼女の柔(やわ)らかさと、胸のまろみを味わい、可愛らしく尖(とが)る赤い頂(いただき)に口づける。

「は、ぁ……っ、や、とうや、さん……っ」

ぎゅっと志緒は橙夜の腕を掴(つか)んだ。その瞳はあまい官能でうるうると潤(うる)んでいる。

たまらない。理性が容易に崩れる。

志緒は、橙夜がどれだけ彼女のことを愛しているか、おそらく半分も理解していないだろう。

なにせ、いまだに自分がなぜ愛されているかわからなくて、不安がっているくらいなのだ。そのたび、橙夜は志緒を可愛がっているが、あまやかされることに慣れていない彼女は、それすらも疑問に思っている。

――親に愛されなかった子どもというのは、一生ものの傷を負うのだ。

志緒の自信のなさは、間違いなく両親が原因なのだろう。

だが、彼女の自尊心の低さは、橙夜にとって問題ではない。

なぜなら、たとえ志緒が橙夜の愛を疑おうと、その気持ちが変わることはないと断言できるから。

「志緒。とても可愛い顔をしているよ。気持ちよさそうだな？」

「ん、んっ、んん」

胸の尖りに舌で触れ、ちろちろと舐めると、志緒は目を瞑って顔を赤くし、ぴくぴくと肩を揺らした。

何度でも、愛を語ろう。君が好きだと告白しよう。

何十年かけてもいい。いつか、愛されることに慣れたらいい。橙夜の愛に溺れたらいい。

志緒が悲しむ時は、橙夜も悲しむ。志緒が喜ぶ時は、橙夜も喜ぶ。

そうやって、心を共有しよう。

（君の傍にいれば、俺は人間でいられるんだ）

心の中で呟き、ちゅ、と胸の頂にキスをする。たっぷりと唾液を含ませた舌で舐め上げ、とろとろに濡れたそれを指で摘まみ、ぬるぬると扱く。

官能によってすっかり硬くなった胸の尖りは、ころころと橙夜の指の中で転がった。

「あっ、あぁ、んんっ!!」

志緒の反応が一層強くなる。志緒はここが弱い――すっかり熟知している橙夜は、昏く笑って目を細める。

「もっと俺に夢中になれ。俺が君に抱く気持ちと同じくらい、俺を好きになれ」

いっそ溶け合いたい。ひとつになりたい。心がくっついて、離れなくなったらいいのに。

散々弄った胸の尖りは可哀想なほどに赤くなって、ふるふると震えている。

……可愛い。

心からそう思った七海は、軽く唇にキスをして、その手をゆっくりと下肢に伸ばした。

「あ、ぁ……橙夜さん……」

どこを触られるのか、志緒は理解している。潤んだ瞳で橙夜を見つめる。

ああ、たまらない。そのすがるような目。

いっそ焦らして意地悪をしたい。志緒からほしいと願わせるくらい、彼女を壊したい。

獰猛な支配欲に身を焦がし、橙夜は笑みを深める。

クチュリと音を立てて秘所に触れると、そこはたっぷりと蜜を湛え、七海という雄を受け入れる準備を済ませていた。

「志緒の体は素直だな。ほら、こんなにも濡れている」

橙夜が人差し指で蜜口を掻き混ぜると、クチュクチュと卑猥な音が辺りに響いた。

「……や、恥ずかしい……です」

志緒が両手で顔を覆う。そんなことは許さない。

七海は志緒の手首を握り、そのはしたない顔をうっとりと見つめる。

「君の恥ずかしがる顔が、もっと見たい」

「……いじ、わるっ」

「ふふ。こんなにも優しくしているのに？」

くすくすと笑って、橙夜は自分の服をくつろげる。

己の杭は、大分前から反応しっぱなしだった。己が使われる機会を今か今かと待ち望み、早く志緒の中に入りたいと言わんばかりに、先走りがしたたり落ちている。

年甲斐もなく興奮して、我慢もしきれなくて。

まるで性欲を持て余す少年のよう。

橙夜はそんな自分に苦笑しながら、己の杭にスキンを被せる。

本当は、避妊具など煩わしいと思う。志緒のまっさらなナカを、己の精で満たしたい。

そうして志緒は橙夜のものなのだと認識させ、彼女のすべてを支配したい。

だが、まだ時期尚早だと、すり切れそうな理性が言う。

（籍を入れたら、いくらでもできることだ。それまでのお楽しみとしておこう）

自分を焦らすのも悪くない。名実共に夫婦になれたら存分に、たっぷりと。

「入れるよ？」

わざわざ一言断りを入れると、志緒が覚悟したように身を硬くした。

一緒に住み始めてから毎日のように性交しているが、いまだ志緒は慣れないらしい。その初々しい反応に微笑ましさを感じながら、橙夜は志緒の脚の間に割り入った。

ああ——なんて美しい。

脚をはしたなく広げて、最も隠すべき秘所が大きく暴かれて。

淫靡で、情欲をそそる、羞恥の極みのような姿。

それなのに、なんて綺麗なんだろう。

今の志緒は、橙夜だけのものだ。志緒本人すらも見ることはできない、橙夜だけが独占できる、艶めいた志緒の痴態。

存分に愛でて、橙夜は志緒の蜜口に己をあてがう。ぐりりと先端が入り込み、志緒は眉尻を下げて泣きそうになりながら、顔を赤くする。

志緒の変貌を、舐めるように見る。ぐりぐりと杭は侵入していき、志緒は「はっ」と息を上げた。そしてすがるように橙夜の腕を掴む。その白い手はふるふると震えている。

乱暴に扱ったら途端に壊れてしまいそう。その姿に感動すら覚える。

いっそ破壊したくなる。だけど、実際には壊れないのだろう。

志緒は気丈な人だから。ただ、橙夜の愛を受け留めようと頑張るだろう。

「んっ、ぁ、ふ……っ」

杭が膣奥に向かうにつれて、志緒の顔は官能にむせぶ。

相当きついのかもしれない。橙夜も、志緒の膣内は狭いと思っているくらいなのだ。怒張を受け留める志緒の辛さは想像以上のものだろう。

だけど、これがたまらない。自然と顔がニヤついていた。

この、狭い膣道を無理矢理こじ開ける感じが、己の征服欲を満たしていく。

困ったような顔をしているのに、彼女の膣内は橙夜のそれにまとわりつき、まるで舌のごとく、ざらついた襞で濃厚に舐め上げる。

ほどなく我慢の限界がやってきて、橙夜は思い切り腰を突き上げた。

ズズッと志緒の膣奥を貫き、勢いよく付け根をぶつける。

「あぁあああっ！」

志緒が啼いた。はくはくと息を吐き、橙夜に切ない目を向ける。白く細い手を握り、橙夜は彼女の背中を掻き抱いた。

はあ、と熱い吐息が漏れる。

志緒の最奥に突き立てると、そこは橙夜の情欲を煽るようなあまやかさに溢れていた。

なにかがほしいとねだるように、何度も何度も、吸い付いてくる。

優しくてくすぐったくて、凶暴な雄を目覚めさせようとする、なんとも罪深い器だ。

「志緒、きついか？」

存分に彼女の中を愉しみながら、橙夜が気遣う。志緒は瞑っていた目をゆっくりと開け、汗に濡れた顔で、橙夜を見つめた。

「い、いいえ……。つづけて、ください」

言葉とは裏腹に、志緒は甘美な感覚に耐えようと唇を引き結んでいる。なんて情欲を誘う顔。本当に壊してしまうぞ？　と、橙夜は笑みを浮かべつつ、志緒の膝裏に腕を差し込み、大きく持ち上げる。

「では、遠慮なく頂こうかな。志緒も、これがほしいだろう？」

わざと羞恥を煽るように聞くと、志緒はパッと顔を背けた。恥ずかしそうに目を瞑る。

「ほら、答えて」

思い切り腰を引き、ふたたび勢いよく貫く。

「あぁっ!!」

志緒の体が跳ね上がった。橙夜はなおも抽挿を続け、志緒の控えめな性の衝動を引きずり出す。

「しーお？」

あまえるように答えを促す。志緒はふるふると体を震わせて、ぎゅっと橙夜を抱きしめた。

「ほし……い……です」

小声で囁く、おねだり。橙夜の笑みが深くなる。

まったく可愛い人だ。愛しさが溢れる。どこかに閉じ込めて守りたいほどに大切な、橙夜だけの宝物。

志緒がほしいと言うのなら、なんでもあげよう。

服でも、アクセサリーでも、きらびやかな宝石でも。

しかし志緒はそんなものを望まないとわかっている。志緒がほしいものは、たったひとつだけだ。

「愛しい志緒。今日もたくさん愛してあげよう」

ちゅく、と濃厚に唇を重ねる。志緒は素直に受け入れる。橙夜が彼女の舌に絡ませると、多少もたつきながらも、応えようとしているのか、つたなく舌を動かす。

奥ゆかしい志緒の舌使いがたまらなく欲を煽る。橙夜は深く唇を重ねながら腰をグラインドさせた。

ずちゅっ、ぐちゅっ。

濃厚な交わりの音が響き、志緒は恥ずかしさが極まったのか、橙夜の体を強く抱きしめる。

——志緒の望むこと。それは『穏やかな幸せ』。それだけだ。

旧家の当主という椅子に座っていながら、なんとも欲のない話だと思う。

だが、だからこそ、志緒の祖母は後継者に彼女を選んだのだろう。

橙夜はそんな志緒を助けたい。支えたい。彼女の力になりたい。

そして、志緒が幸せを望むのなら、自分は全力で与え続けよう。やがてその幸せが当たり前になって、一生穏やかに過ごすといい。

夢は醒めることなく、志緒の日常となるだろう。

絶え間ない性の交わり。夜ごと続く愛の営み。

橙夜は志緒の膝を腕にひっかけたまま、ベッドに手をついた。志緒の腰が浮き上がり、結合部が上を向く。

橙夜は上から突き刺すように抽挿を続けた。

「あンッ、あ、ふか……ぃ、っ、ん……」

奥を抉るような激しい貫きに、志緒は息も絶え絶えにあえぐ。橙夜は志緒の頬を舐め、首筋に噛みつき、己の性衝動に任せるまま、ケダモノのような交わりを繰り返す。温かく、ざらつきのある膣道は橙夜の杭を容赦なく締め付けた。膣奥は橙夜の先端にちゅくちゅくと吸い付き、吐精を促す。

清純そのもののような顔をして、志緒のナカはどろりとあまく、淫靡だ。

そんな彼女を知っているのは自分だけ。たまらなく嬉しい。本当はもっと乱れさせたいくらいだが、こうして恥じらいながらも控えめに腰を動かす志緒もいじらしくて可愛らしい。

「ああ、もう。志緒……愛している。君が望むのなら、何度でも言おう」

愛している。愛している。

もっと確実に愛を伝えられたらいいのに。志緒を、自分の愛で溺れさせたい。自分と共に体を溶かし合い、ひとつになりたい。

……愛している。

「志緒……っ」

快感が極まり、精が迸る。

自分が手に持つすべてをぶちまけるみたいに、汗で濡れた志緒の体を抱きしめた。

――初めて人を愛した橙夜は、この愛がどんなものか理解していない。

真っ黒で粘り気のある泥の中に、どんな宝石のきらめきよりも勝る、清らかで美しい光がある。

ただひとつ言えるのは、志緒が傍にいる限り、自分は道を間違えないということだ。

志緒はいつも正しい。ドがつくほどに真面目で誠実な女性だから。

それが嬉しい。彼女に寄り添う橙夜は、道を外れないで済む。

――志緒だからこそ、俺はようやく心を持つことができたんだよ。

たくさんの楽しみを分かち合って、苦しみすらも共に味わおう。

生も死も、喜びも悲しみも、生きているだけでは実感できないもの。

心があるからこそ、人は感情を得られるのだ。そして、人とは感情の生き物である。
志緒と共にいれば、自分は人間でいられる。
それがなによりも嬉しくて、志緒という存在が愛おしかった。

書き下ろし番外編

後輩との親睦の深め方

結婚は、職場環境でそれなりに影響を及ぼす。

「というわけで、河原さんに後輩をつけようと思うんだ」

志緒が淹れたハーブティをおいしそうに飲みながら、占部が指をふりふり振って言う。

「はあ、後輩ですか」

「これから必要になると思ってね」

「つまり、これからはふたり体制で社長をお支えするということですか？」

「そうだね。でも、新入社員を入れるつもりはないよ。総務部から条件に合う人に来てもらうんだ。その選定もすでに済んでいてね。そろそろ来ると思うけど」

占部はちらりと壁時計を横目で見て、言った。

「結婚するとなにかとあるじゃない。子どもが産まれたら、さらに忙しくなるしね」

「……まだ子どものことは考えていないのですが」

「でも、産休や育休が必要になった時、君の仕事を代われる人がひとりもいないと困るでしょ？　長年、僕の秘書は君ひとりだったからね」

「確かに、いざという時に私の仕事を任せられる人がいたら、安心できますね」

占部の配慮がありがたい。志緒が穏やかに微笑んだ時——コンコンと社長室のドアをノックする音が聞こえた。

「失礼します。総務部の木嶋です」

つり上がった眦から気の強さを思わせ、ショートカットの髪型は活発な印象を受ける。

それが志緒と木嶋の出会いだった。


「まあ、出会いといっても、木嶋さんは勤続四年ですから、社内でたびたび顔を合わせていましたよ。ただ、それまでは廊下ですれ違う時に会釈し合う間柄というか」

七海のマンションで食卓を囲みつつ、志緒の話に七海が相づちを打った。

「わかるよ。会社の規模がそれなりに大きいと、そういう人は多くなる」

今、ふたりは同棲している。志緒のアパートはすでに引き払っており、結婚に向かってあれこれと調整中というところだ。七海は志緒よりも休日が少ないので、結婚式の打ち合わせにしろ、新居の検討にしろ、一緒に住んでいたほうが話し合いもしやすいと、七海の説得に志緒が応じた形である。

「それで、なにを悩んでいるのかな？」

お茶碗を片手に、七海が訊ねる。特に悩みを口にしたつもりはないのだが、どうやら志緒の心の内は見透かされているようだ。敵わないなと苦笑しつつ、志緒は話を続けた。

「秘書の仕事って、あまりに多岐にわたるからでしょうか。教えるのが難しいと痛感していまして」

「確かに、社長のサポートと名がつくなら何でもやるって感じだね」

「そうなんですよ。それで、木嶋さんがひとつひとつ『これも業務なんですか？』『これは業務外じゃないんですか？』って訊ねてくるので、そうかもしれないって、悩んでしまって」

お箸でギョウザを摘まみ、志緒は困った顔をする。

――少し前の志緒なら、自ら弱音を吐くようなことはしなかった。

でも今は違う。頼ってもいい人がいるとわかったから。特に七海には、どんなに弱い自分を見せても絶対に嫌われないと……わかっているから。

「『仕事』か『個人的な心配り』か。秘書の仕事において、その違いを明瞭にするのは難しいかもしれないね」

「例えば休日であっても社長のスケジュールによっては出勤しなければならないのが秘書なので、その場合は別の日で代休を取ったりするんですけど、有給休暇と重なった場合はどうすればいいのかとか、私は有給を取ったことがないからわからないんですよね」

「志緒は割と仕事人間というか、仕事に生きてるところがあるからなあ」

「……そこまで仕事に人生を捧げているつもりはないんですけど」

むむっと顔をしかめる。だが、違うと断言するほどの自信はない。正直な話、特に趣味もないので、休日にやりたいこともない。だから仕事が入ってもそんなに困ったことがなかった。しかし木嶋は旅行が趣味で、有給休暇もしっかり取得して足繁く出かけているらしく、その趣味の計画が崩れることを嫌がっているのだ。

『そもそも私、秘書なんかしたくなかったんですよ。でもくじ引きで負けて、仕方なく引き受けることになったんです』

木嶋が社長室に挨拶に来たあと、ふたりでミーティングをした時、そんな愚痴をこぼしていた。何でも総務部で、勤続四年以上で英文の読み書きができる社員を集めて、くじ引きをしたらしい。一応最初に立候補を募ったのだが、誰も手を挙げなかったそうだ。

まあ、秘書になっても基本給はそう変わらない。それなのに業務内容が多く、休日出勤もある。となれば、きっちり土日祝の休日が決まっている総務部のほうが気楽でいい、というのが皆の本音なのだろう。木嶋の隠そうともしない面倒臭そうな表情を見れば、総務部の総意が見て取れた。

「本音を言うと、やる気のない人に仕事を教えるのってすごく疲れるんです。ちょっと注意しただけで、すぐにふてくされるとこっちも落ち込みますし」

「あはは、世の『先輩』の多くがそう思っているだろうね。気持ちはわかるよ」

七海がクスクス笑う。

「これでも真剣に教えているつもりですが、やる気のない態度を取られると、のれんに腕押しみたいな脱力感を覚えてしまって……」

はあ、と志緒はため息をつく。

こんな調子でこれから先やっていけるのかと不安になってしまう。

「いっそ秘書志望の新入社員を採用してもらうほうが楽なんですけど……そんなこと言えませんしね」

「ずっと総務部で仕事をしていた人に、いきなり秘書になれっていうのは難しいさ。相手が秘書の仕事に興味がないならなおさらだ。けれども、社長が『勤続四年以上』と条件を出している以上、そうせざるをえない理由があるんだろうね」

「はい。きっとうちの会社のことをよく知っている人がいいと社長は判断したんでしょう。なら、私が頑張るしかないですね。すみません、食事の席なのに愚痴っちゃって」

志緒がぺこりと頭を下げると、七海は楽しそうに笑った。

「いやいや、君の成長が見て取れて、俺としては嬉しい限りだよ」

「私の成長……ですか？」

首を傾げると、七海は目を細めてニッコリした。

「前までは、他人に弱みを見せることも、誰かに頼ることも、頑なに拒んでいただろう。あの頑固さときたら、ダイヤモンド並だったからね」

「そ、そんなに？　いや、そうですね。否定はできないかも、です」

「俺の好き好きアプローチにも、けんもほろろな拒絶ぶりだったもんな」

「あれは単に、橙夜さんが人の話を聞かなさすぎて腹が立っていただけですよ！」

もう、と不満の声を出してから、志緒はふいにクスッと笑い出す。

「でもまあ、あれくらい強引じゃないと、ダイヤモンド並の頑固な性格は直せなかったかもしれませんね」

「そうそう。俺の判断は正しかったのだ」

「ほんと、調子いいですよね、橙夜さん」

これで会社での彼は血も涙もない冷徹だという話だから信じられない。だが、時折垣間見える彼の明断ぶりは氷の刃のように鋭くて正確なので、それもまた彼の一面なのだろう。

「俺からできるアドバイスなんてたかが知れているけれど、円滑な上下関係を築くテクニックをひとつ教えてあげようか」

「本当ですか？　助かりますけど……」

「答えは単純明快。『一緒に酒を飲む』だ」

指をふりふり、若干ドヤ顔で言う七海に、志緒はたちまち嫌な顔をしてしまった。

「それっていわゆるアルハラでは……」

「はは、アルハラじゃないよ。アルコールが嫌なら単に食事をするでもいい。ただし、強制はいけない。あくまで自然な形で誘うのが重要だ。でないと部下が『上司につきあわされた』というマイナス感情を持ってしまう。それじゃあ相手の心の壁は壊せない」

「な、なるほど。自然に誘う……ですね」

七海の言うことは一理ある。最初からマイナスの感情を持っていると、どんなにおいしい料理を用意しても、相手は自分を警戒し続けるだろう。それだと、一緒に食事をする意味がなくなってしまう。

「一番誘いやすいのはランチだが、ランチの時間は短いから、腹を割った会話はできないだろう。それなら多少難しくとも、夕食に誘うしかないね」

「……わかりました。チャンスを窺(うかが)ってみます」

「その時は連絡をくれると嬉しいな。でないと俺は、ここで志緒の夕飯を待つばかりの寂しい人になってしまう」

「なにを言ってるんですか。一緒に夕飯を囲むのだって二週間ぶりだというのに」

七海は多忙な人間なので、ほとんど夕食は共にしない。だから今日だって一人分のギョウザを作っていたのだ。それなのに七海が突然夕飯時に帰ってきたおかげで、志緒は自分のギョウザを半分こするはめになってしまった。

「そっちこそ、ここで夕飯を食べるつもりなら、先に連絡くださいよ」

「悪い。毎回連絡しようと思ってるんだけど、いつもフリーになるのが突然なんだ」

常に予定が入っている七海ならではの悩ましいところ。彼は困った顔をした。前なら、フリーになっても外食で済ませていたようだが、今は少しでも時間ができたら這ってでもマンションに帰ってくる。

おかげで時々志緒の食事が半分になってしまうけど、七海はそれくらい志緒に会いたいと思っているのだとわかるから、ちょっとだけ嬉しい。

「突然帰っても、こうやって俺の食事も用意してくれる志緒は優しい。だから大丈夫だよ。君の優しさはわかりやすいから、その後輩も理解してくれるだろう」

「そ、そうですかね？」

どちらかというと自分はわかりづらい人間だと思っていた志緒は、意外に思う。

「気付かぬは自分だけってね。志緒は自分が思うよりずっと表情豊かなんだよ。だから大丈夫。大事なのはきっかけだ」

「……そうですね。あまり焦らないようにします。焦ると、相手にも伝わりそうですし」

「そうするといい。ところでこのギョウザ、すごくおいしいな。副菜のナムルも手作りなのか」

「はい。ギョウザは挽肉多めの肉餃子が好きなんですよね。その分、ナムルで野菜を摂るようにしているんです」

ナムルの材料はもやしと小松菜だ。中華だしと少々の砂糖で混ぜたあと、コチュジャンで辛みをつけ、胡麻油をたらすのが志緒の好みである。

「今更ですけど、財閥の御曹司さんに出す献立じゃないですよね」

会社帰りに寄ったスーパーで、その日安かった野菜と特売の挽肉で作った料理は、単価計算すると五百円にも満たない。それを、天下の財閥の御曹司がおいしそうに食べている姿は、どうにも違和感を覚えてしまう。

すると七海は困ったような顔をして笑った。

「君と付き合う前の、財閥の御曹司さまの食事情を聞いたら、きっとびっくりするだろうね」

「すごくいいものを食べていた……とか？」

「その逆だよ。俺、普段の食事は本当に最低限だったから、ひとりで外食する時は、バーで酒を飲みながらつまみを少し摘まむ、みたいな感じだったしね」

「え、まさかそれが夕食だったんですか？」

「そうだよ。自分で言うのも何だけど、不健康も不健康。自炊なんてしなかったから、家にあるのはミネラルウォーターくらいだったしな。君とつきあって、俺の食生活は飛躍的にレベルアップしたんだ」

「こ、こんなのがレベルアップ……ですか」

自分の作った料理をまじまじ眺めてしまう。どこから見ても何の変哲もない、よくある庶民の夕飯だ。

「立派じゃないか。栄養バランスがしっかり整った、理想的な食事内容と言えるね。しかもおいしい。これはすごいことだよ。おいしくて栄養が摂れる。まるで夢のようだ」

「橙夜さんは言うことがいつも大げさだからイマイチ信用しきれませんけど、そう言って頂けるのは嬉しいですね」

「ひどいな本心なのに。今や俺の健康は志緒が握っていると言っても過言ではない。まさに胃袋を掴(つか)まれている状態なんだ。だから志緒、俺の胃袋を手放さないでくれよ」

「なにを言ってるんですか。意味がわからないですよ、もう」

はあ、とため息をついて、志緒は食事の続きを始める。

(でも、愚痴(ぐち)をこぼしたらちょっとだけ気持ちが軽くなったかも)

七海が大丈夫だと言ってくれただけで、なぜだか自信が湧いてくる。

彼が持つ、不思議な力だ。思えば出会った時から、志緒は彼の『大丈夫』に励まされ、自信をもらってきた。

（そうよね。悲観的になるのはよくない。明日から、木嶋さんと仲良くなれるチャンスを見つけよう）

志緒はそう心に決めて、お茶碗に残っていたごはんを口に入れた。


木嶋の仕事ぶりはもたつくこともあったが、一ヶ月も経てば、普段の業務はそれなりにそつなくこなせるようになった。

彼女がどことなくやる気がなさそうなのは、最初から変わらないけれど。

そうして、志緒が待ち望んでいたチャンスがふいに訪れた。

それは社長が出席するコンペティションに同行した日の帰り道。本当なら三人で夕食を食べる予定だったのだが、突然社長に急用が入ってしまった。

「ごめん！　とりあえずこれで夕飯食べておいで。今日はふたりとも僕をサポートしてくれて本当に助かったよ。ありがとう！」

そう言って、社長は志緒に紙幣を押しつけると、タクシーを捕まえて去ってしまった。

残された志緒と木嶋は途方に暮れて、互いに目を見合わせる。

「どうしましょう。こんなに紙幣を渡されると、逆に困りますね」

「ふたりで二万円って、だいぶ多過ぎですよね。仕方ない……おつりは返すとして、適当に夕飯を済ませましょう」

　木嶋は困った顔をしてスマホを操作した。本意ではないが、社長から食事代として紙幣を渡された以上、このまま解散して彼の厚意を無碍にするのは悪いと思ったのだろう。

「ところで河原さんって、どんな料理が好きなんですか？」

「何でも好きですよ。木嶋さんこそ、どういう料理がお好きなんでしょう」

「私はちょっと変わった料理が好きですね。外食は冒険したいタイプです」

「へえ、冒険……」

　志緒は目を丸くした。食事に冒険を求める人は初めて見たかもしれない。

「河原さんが嫌じゃないなら、冒険してみます？」

「あ、はい。じゃあ冒険します」

　口にしてから『なにを言ってるの私』と、思わず心の中でツッコミを入れてしまう。

　すると木嶋は少し驚いた表情で、志緒を見つめた。

「……意外です。河原さんって案外ノリがいんですね」

「どういう意味ですか。私って、そんなに融通が利かなさそうに見えますか？」

「恐れながら……はい。なんだか、高価なフランス料理か、ガチガチの純な和食しか食べなさそうな感じでした」

「どういう認識ですか！　中華もイタリアンも大好きですよ！」

「いや、そういうんじゃなくて。……いや、あはは。私、ちょっと河原さんを誤解していたのかもしれません」

木嶋が照れたように微笑んで、志緒は目を丸くする。

――初めて木嶋が笑ってくれた。それが、すごく嬉しく感じたのだ。


木嶋が選んだ店は、多国籍料理の店だった。

「前から行きたかったお店なんです。とにかく肉の種類が豊富なんですよね」

彼女が言ったとおり、メニューに載っていた肉料理は種類豊富だった。

「カンガルー、ワニ、ウサギ、ヘビ……カエル……」

文字通り、肉の種類が豊富である。まさかこういう意味で種類豊富だとは思っていなかった志緒は、てっきり肉の色々な部位が食べられるお店なのだと思っていた。

「こういうお店って、なかなか人を連れていけないんですよね。ほら、嫌いな人は嫌いじゃないですか。河原さんはどうですか？　牛肉や豚肉の料理もありますけど」

「いえ、驚いたけど、嫌いじゃないですよ」

「本当ですか！　よかった～！」

同好の士が得られたのが嬉しいのか、木嶋が安堵の笑顔を見せる。

（木嶋さんにこんな可愛い一面があったなんてね）

注文した肉料理は、唐揚げや蒸し物など、シンプルなもの。しかし肉の味が個性豊かで、食べ飽きることがない。

物珍しい肉料理をあれこれ摘まみながらお酒を飲み、気付けば志緒は二杯目のチューハイを口にしていた。

「クセの強いお肉も、料理の工夫でこんなにおいしくなるなんて知りませんでした。なにより食事が楽しいですね」

「私としては『高嶺の花』の河原さんがこんなにいろいろ食べてくれるとは思わなくて、びっくりしましたよ。意外とがっつり食べるほうなんですね。もっと小食だと思ってました」

「普通だと思いますけど……高嶺の花って何ですか。そんなにお高くとまっているように見えますか？」

こくりとチューハイを飲んでから、志緒は唇を尖らせる。木嶋はビールを片手に照れ笑いをした。

「高飛車っていうより、高貴な人みたいな感じでしたね。育ちのよいお嬢様感がありましたから。ほら、河原さんって立ち振る舞いや仕草のひとつひとつが優雅じゃないですか」

「そんな同意を求められても……私としては普通にしているつもりなんですが」

「社長秘書の河原さんといえば、憧（あこが）れない男はいないってほど大人気なんですよ。知らなかったんですか？」

「初耳ですよ～！」

ほろ酔いも相まって顔が熱くなってしまう。そういえば社長も似たようなことを言っていたっけ、と思い出した。あの時は話し半分に聞き流したけれど、本当に『高嶺（たかね）の花』扱いされていたなんて。恥ずかしいやら困るやらである。

「そっ、それより木嶋さん。この際だから聞いておきたいんですけど」

志緒はこほんと咳払いをして、無理矢理話題を変えることにした。

「その、秘書の仕事はどう？　最近は、ちょっと慣れてきた感じがするけれど」

すると木嶋は少し神妙な表情をして、手に持っていたビールのジョッキをテーブルに置く。

「そうですね。正直なことを話すと、最初はすっごく嫌でした。なんで私が……って」

「何せ、くじ引きで負けたから、だものね」

志緒が苦笑しながら言うと、木嶋も決まりわるげにポリポリと頬を掻く。

「……私、旅行が趣味って言いましたけど、詳しく言うと、ツーリングが好きなんです」

「ツーリング……。つまりバイク旅行ってこと？」

「はい。宿泊はキャンプ場です。ひとりで火を熾して、好きなもの焼いて食べて、夜空を眺めながらスマホゲームしたり、のんびり音楽を聴いたりするのが好きなんです」

旅行の記憶を思い出すように、木嶋は天井を仰いだ。

「大学の頃は、一ヶ月かけてツーリング旅行もできたけど、さすがに社会人になるとできないですよね。だから連休が貴重なんです。毎日仕事してると、どうしてもバイクに乗って走りたくなるんです」

「きっと、それが木嶋さんにとって大切なストレス発散法なのね」

「そうなんです！　……友人に言わせると『お金も時間もかかってコスパが悪い』そうですが」

「……自分の好きなことに、コストパフォーマンスは関係ないと思う。ツーリングやキャンプ、どれもとても楽しそうじゃない」

「うう、わかってもらえるの、すごく嬉しいですぅ……」

木嶋が泣きそうな声を出してビールを飲み干した。すぐさま店員を呼んでおかわりを注文する。

「だから、仕事とはいえ……連休が潰されちゃうのは、辛くて……。だから最初の頃は仕事が手につかなかったというか、これからどうしようって考えてばかりいました」

なるほど。あのやる気のなさは、それが理由だったのだ。志緒はようやく心から納得する。

確かに、趣味を大切にしている人にとって休日出勤は辛いものなのかもしれない。

「この場を借りて言うのはちょっと反則な気がしますけど、河原さん、ごめんなさい。私、だいぶ態度が悪かったです」

殊勝にぺこりと頭を下げる木嶋。彼女の言う『反則』というのは、お酒の力を借りないと素直に謝れなかったからだろう。

だが、今日の飲み会は腹を割って話すためのチャンスだったのだ。七海も、仲良くなるにはお酒を飲むことだと言っていた。それは、多少反則かもしれないが、お酒の力を借りれば心を開きやすくなる。口も少し軽くなる。そうして得られる信頼もある、ということなのかもしれない。

「木嶋さん、なにもあなたはひとりで秘書の仕事をするわけじゃないのよ。私は結婚するけど、仕事を辞めるつもりはないんだから」

「え？　上司……あ、総務部の課長の話によると、河原さんはすっごい社長と結婚するから絶対会社を辞めるはずだって泣いてましたけど」

「いろいろ突っ込みたいけど、それはいったん置いておくね……。とにかく私は、木嶋さんの趣味を犠牲にしてほしいとは思っていないわ。でも私にはいずれ、助けが欲しくなる時がくるの。その時、助けてもらうために今、木嶋さんに頑張ってもらっているのよ。もちろん、木嶋さんが助けてほしい時は私が助けるわ。それが先輩後輩という関係だと思うの」

志緒の言葉を、木嶋は神妙な顔をして聞いていた。

「それにその……えっと、休日出勤もそう悪いものじゃない……と、私は思うわ。休日出勤手当が出るし、月によってはお給料が結構変わるし……」

お金の話をするのは品がないかしら、と思いつつ、志緒がしどろもどろ話すと、木嶋の目がくわっと見開いた。

「待って。休日出勤手当ってそんなに出るんですか⁉」

「そ、そうね。みんなが休みの日に働くんだから、それなりに出るわよ」

「それで……さらに、好きな日に代休も取っていいんですか？」

「社長のスケジュールの妨げにならない日なら、いつでも構わないわ」

「ぐっ、具体的に言うと……どれくらい、もらえるんですか？」

何だろう、木嶋の目が血走っているような……。志緒は彼女の迫力に若干引きながらも、彼女の耳元に内緒話をするようにこそこそと金額を口にした。

「初耳っ！」

「ひゃっ」

「そんなにもらえるなんて初耳！　私、頑張ります。ちょうどキャンプ用品を新調したかったし、バイクのパーツも替えたかったんです。それによく考えたら、社長のスケジュールをうまくすり抜けて調整したら連休だって取れるってことですもんね！」

「そ、そうね」

「河原さん。私、心を入れ替えて仕事に打ち込みます。一緒に社長を支えましょうね！」

ガシッとジョッキを掴み、志緒のジョッキにかちんと合わせてごくごくとビールを飲み干す。

何とも単純明快な木嶋の様子にあっけにとられていた志緒だったが――

（仕事を頑張る動機なんて、これくらいわかりやすいほうがいいのかもしれないわね）

毒気を抜かれたように、くすっと笑ってしまうのだった。


ほろ酔いの志緒がマンションに帰ると、七海が「おかえり」と出迎えてくれた。

「連絡、なかったんだが？」

「ああぁっ、ごめんなさい〜！」

急に木嶋とふたりで食事することが決まったから、つい連絡しそびれてしまった。志緒が慌てて謝ると、七海は苦笑いをする。

「まあ俺も連絡しないで帰ることが多いから、お互い様だな」

「次からは気を付けますね」

靴を脱いで、リビングに入る。志緒がソファに座ると、七海が温かい紅茶を淹(い)れてくれた。

「それで、君は後輩と親睦(しんぼく)を図ることができたのかな？」

「相変わらず、全部お見通しなんですね。はい、何とか仲良くなれたかなって思います」

七海のアドバイスを聞いておいてよかった。彼の助言がなかったら、今日というチャンスをうまく生かせなかっただろう。木嶋に気を使って食事をするだけで終わっていた可能性が高い。

「ところで七海さん。今度の連休、キャンプに行きませんか？」

「えっ、突然だな」

「木嶋さんの趣味がツーリングとキャンプだったんですが、彼女の話を聞いていたら、すごく楽しそうだなって思ったんですよ」

あれから木嶋の話をたくさん聞いた志緒は、すっかりキャンプがしたくなってしまったのだ。

「思えばこれまでの人生、旅行の経験はほとんどなく、キャンプなんて一度もしたことがありませんでした。これからも体験していないことを知っては、ひとつひとつチャレンジしていきたいんです。……できれば、橙夜さんと一緒に」

顔を熱くしつつ言うと、七海は驚いたように目を丸くした。そしてみるみると嬉しそうな顔をして、志緒の体をぎゅっと抱き寄せる。

「ああ、嬉しい。君からそんな言葉が聞けるなんて。もちろん構わない。さっそく次の休みに、キャンプ用品を買いに行こう」

「はい！」

自分は無趣味だと思っていた。

休みの日も特にすることがないほどだった。

けれどそれなら、これから作ればいいのだ。だって人生はまだまだ長い。

きっと七海と一緒なら、どんなことをしても楽しいはず。

彼の暖かい腕に抱かれながら、志緒は幸せを噛みしめるように目を閉じた。

恋愛小説「エタニティブックス」の人気作を漫画化！
EC Eternity COMICS
漫画 玄野さわ Kurono Sawa
原作 桔梗楓 Kikyo Kaede
旦那様、その『溺愛』は契約内ですか？
この機会に
俺が君の夫に相応しいかどうかを試してくれ
気持ちいいか？
ぬるぬる滑って……
七菜 愛してる
君のペースに合わせて
君を愛そう
生活用品メーカーで働く七菜（なな）に、ある日、とんでもない特命任務が下される。それは新製品モニターとして、鬼上司・鷹沢（たかざわ）と“夫婦”想定で同居すること!?　戸惑いつつも仕事と割り切り、引き受ける七菜。すると、鷹沢からずっと好きだったと告白され、さらには「この同居を通じて、君の夫にふさわしいかも試してほしい」と言われて!?
B6判　定価：704円（10%税込）　ISBN 978-4-434-27988-1